猫武士

⑤ 烈焰焚河
River of Fire

［英］艾琳·亨特 ◎著
狼羽 ◎译

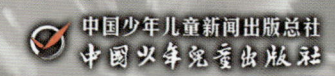

中国少年儿童新闻出版总社
中国少年儿童出版社
北京

特别感谢基立·鲍德卓

著作权合同登记：图字 01-2018-5077

River of Fire
Copyright © 2018 by Working Partners Limited
Series created by Working Partners Limited
Simplified Chinese edition Copyright © 2019 by
China Children's Press & Publication Group
All rights reserved.

图书在版编目（CIP）数据

猫武士六部曲.5,烈焰焚河/(英)艾琳·亨特著；狼羽译.--北京：中国少年儿童出版社,2019.7（2021.12重印）

ISBN 978-7-5148-5429-9

Ⅰ.①猫… Ⅱ.①艾…②狼… Ⅲ.①儿童小说-长篇小说-英国-现代 Ⅳ.①I561.84

中国版本图书馆 CIP 数据核字（2019）第 083380 号

LIEYAN FEN HE
（猫武士六部曲）

出版发行：中国少年儿童新闻出版总社
中国少年儿童出版社

出 版 人：孙 柱
执行出版人：马兴民

主持编辑：何强伟	责任校对：樊瑞瑞
责任编辑：何强伟	美术编辑：缪 惟
内文插图：杨 柳	责任印务：厉 静
社　　址：北京市朝阳区建国门外大街丙12号	邮政编码：100022
总 编 室：010-57526070	发 行 部：010-57526568
官方网址：http://www.ccppg.cn	编 辑 部：010-57526271

印刷：北京华宇信诺印刷有限公司

开本：880mm×1230mm　1/32	印张：9.25
版次：2019年7月第1版	印次：2021年12月北京第11次印刷
字数：200千字	
ISBN 978-7-5148-5429-9	定价：32.00元

图书出版质量投诉电话 010-57526069，电子邮箱：cbzlts@ccppg.com.cn

目 录

猫族成员……………………………………9
引子…………………………………………1
第一章………………………………………6
第二章………………………………………23
第三章………………………………………36
第四章………………………………………58
第五章………………………………………76
第六章………………………………………94
第七章………………………………………102
第八章………………………………………110
第九章………………………………………123
第十章………………………………………128
第十一章……………………………………135
第十二章……………………………………142
第十三章……………………………………161
第十四章……………………………………173
第十五章……………………………………188
第十六章……………………………………197
第十七章……………………………………212
第十八章……………………………………228
第十九章……………………………………239
第二十章……………………………………247
第二十一章…………………………………259

猫视界

两脚兽巢穴
绿叶季两脚兽地
两脚兽小道
两脚兽小道
天族营地
影族营地
半桥
小雷鬼路
绿叶季两脚兽地盘
半桥
湖岛
河族营地
小溪
马场

月亮池

废弃的两脚兽巢穴

旧雷鬼路

雷族营地

老橡树

小溪

风族营地

坏掉的半桥

两脚兽地盘

雷鬼路

族群标志

雷族

河族

影族

风族

天族

星族

北

观兔露营地

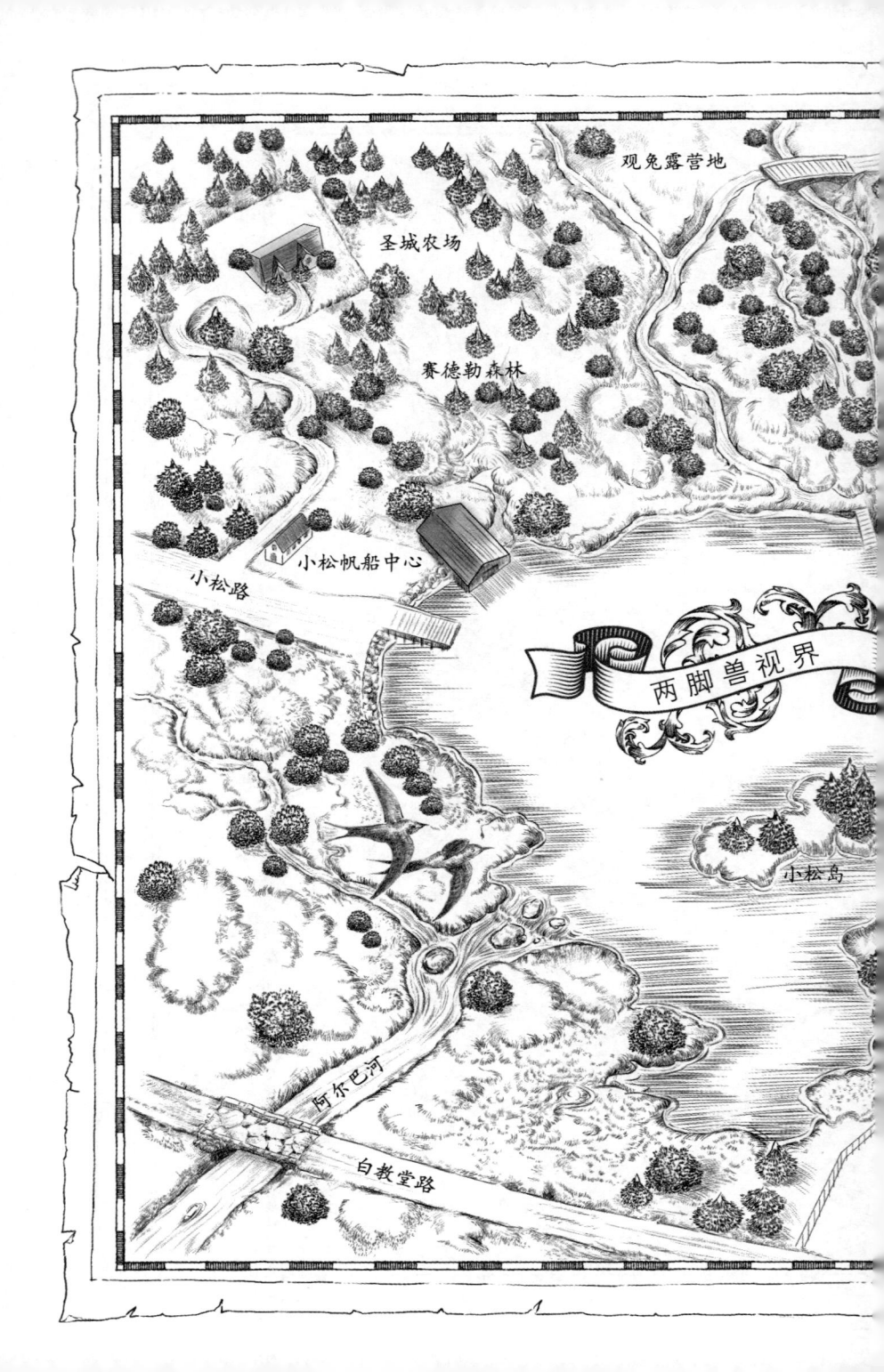

圣城农场

赛德勒森林

小松帆船中心

小松路

两脚兽视界

小松岛

阿尔巴河

白教堂路

废弃的工人房
朱石路
矿场
水晶池
兔山林
圣城湖
兔山
兔山驯马场
兔山路

图例
落叶林
松树林
沼泽
湖
小路
北

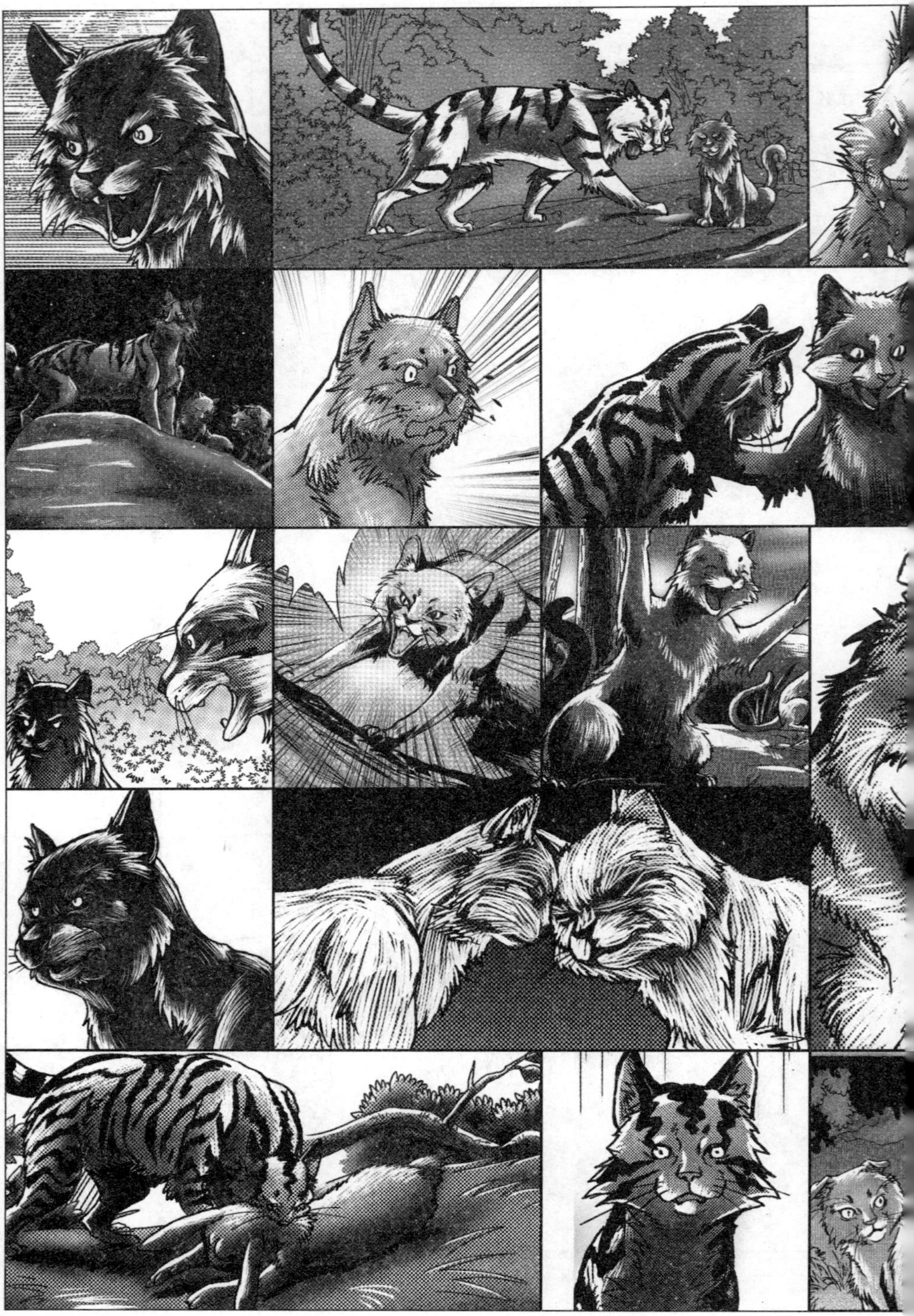

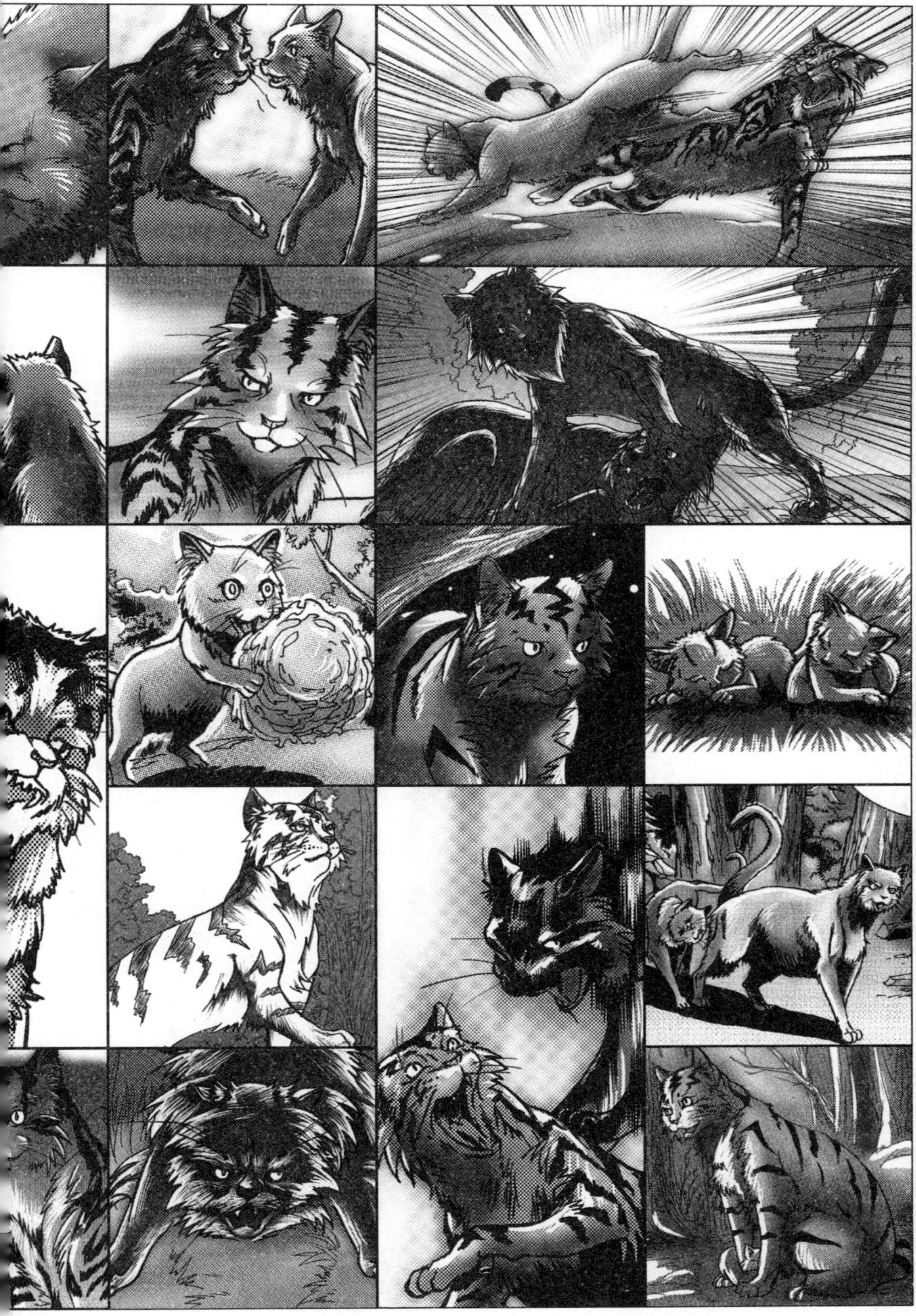

猫族成员

雷　族

族长
黑莓星——暗棕色虎斑公猫，琥珀色眼睛

副族长
松鼠飞——暗姜黄色母猫，绿色眼睛，一只脚掌是白色的

巫医
叶池——浅棕色虎斑母猫，琥珀色眼睛，脚掌和胸脯是白色的
松鸦羽——浅灰色虎斑公猫，蓝色眼睛，双眼失明
赤杨心——暗姜色公猫，琥珀色眼睛

武士（公猫及不在育婴期的母猫）
蕨毛——金棕色虎斑公猫，琥珀色眼睛
云尾——白色长毛公猫，蓝色眼睛
亮心——长着姜黄色斑块的白色母猫
刺掌——金棕色虎斑公猫
白翅——白色母猫，绿色眼睛
桦落——浅棕色虎斑公猫
莓鼻——奶油色公猫，尾巴只剩一截
鼠须——灰白相间的公猫
罂粟霜——浅玳瑁色与白色相间的母猫
狮焰——金色虎斑公猫，琥珀色眼睛
玫瑰瓣——暗奶油色母猫
荆棘光——深棕色母猫，后半身瘫痪
百合心——长着白色斑块的小个子深灰色虎斑母猫，蓝色眼睛

黄蜂条——带黑色条纹的浅灰色公猫

樱桃落——姜黄色母猫

鼹鼠须——棕色与奶油色相间的公猫

琥珀月——浅姜黄色母猫

露珠鼻——灰白相间的公猫

暴云——灰色虎斑公猫

冬青簇——黑色母猫

蔷薇歌——淡黄色虎斑公猫

栗条——暗棕色母猫

叶荫——玳瑁色母猫

云雀鸣——黑色公猫

蜜毛——长着黄色斑点的白色母猫

烁皮——橙色虎斑母猫，绿色眼睛

猫后（正在怀孕或照顾幼猫的母猫）

黛西——奶油色长毛母猫，来自马场

炭心——烟灰色虎斑母猫

  （金色虎斑公猫小噼啦、长着斑点的虎斑母猫小斑点、虎斑母猫小飞的母亲）

梅花落——长着花瓣形的白色斑块，玳瑁色与白色相间的母猫

  （橙白相间公猫小茎、姜黄色母猫小雕、黑色和姜黄色相间母猫小李树、玳瑁色公猫小贝壳的母亲）

藤池——银白相间的虎斑母猫，深蓝色眼睛

长老（从武士岗位上退休的老年猫）

灰条——暗灰色长毛公猫

米莉——带有条纹的浅灰色虎斑母猫，蓝色眼睛

天 族

族长
叶星——浅棕色与奶油色相间的虎斑母猫,琥珀色眼睛

副族长
鹰翅——灰色虎斑公猫,黄色眼睛

巫医
斑愿——浅棕色虎斑母猫,腿上有斑点
   (所指导的学徒是躁爪。躁爪是一只黑白相间的公猫)
洼光——长着白色斑点的棕色公猫,浅蓝色眼睛

武士
雀毛——暗棕色虎斑公猫
   (所指导的学徒是花蜜爪。花蜜爪是一只棕色母猫)
麦吉弗——黑白相间的公猫
   (所指导的学徒是露爪。露爪是一只健壮的灰色公猫)
梅柳——深灰色母猫
鼠尾草鼻——淡灰色公猫
   (所指导的学徒是砾爪。砾爪是一只棕黄色公猫)
哈利溪——灰色公猫
   (所指导的学徒是边爪。边爪是一只长着棕色斑点的白色母猫)
梅花心——姜黄色与白色相间的母猫
   (所指导的学徒是鳍爪。鳍爪是一只棕色公猫)

砂鼻——矮壮的浅棕色公猫，四肢是姜黄色的

　　（所指导的学徒是枝爪。枝爪是一只灰色母猫，绿色眼睛）

兔跃——棕色公猫

　　（所指导的学徒是浅爪。浅爪是一只黑白相间的母猫）

贝拉叶——浅橙色母猫，绿色眼睛

　　（所指导的学徒是芦苇爪）

花楸掌——暗姜黄色公猫

褐皮——浅玳瑁色母猫，绿色眼睛

　　（所指导的学徒是蛇爪。蛇爪是一只蜂蜜色虎斑母猫）

杜松掌——黑色公猫

　　（所指导的学徒是涡爪。涡爪是一只灰白相间的公猫）

击石——棕色虎斑公猫

石翅——白色公猫

草心——浅棕色虎斑母猫

焦毛——深灰色公猫，双耳撕裂

　　（所指导的学徒是花爪。花爪是一只银色母猫）

紫罗兰光——黑白相间的母猫，琥珀色眼睛

薄荷毛——灰色虎斑母猫，蓝色眼睛

荨麻斑——淡棕色公猫

猫后

微云——娇小的白色母猫

　　（黑色双耳的公猫小鹌鹑、灰白相间的母猫小原鸽、姜黄色母猫小晴的母亲）

雪鸟——纯白色母猫，绿色眼睛

　　（白色母猫小鸥、灰白相间的公猫小松果和灰色虎斑母猫小蕨叶的母亲）

长老

闲蕨——浅棕色母猫，双耳失聪

橡毛——小个头浅棕色公猫

鼠痕——深棕色公猫，背上有一道很长的疤痕

风　族

族长

兔星——棕白相间的公猫

副族长

鸦羽——烟灰色公猫，蓝色眼睛

巫医

隼飞——棕灰色公猫，毛色斑驳，长着像隼的羽毛一样的白色斑点

武士

夜云——黑色母猫

　　（所指导的学徒是纹爪。纹爪是一只身上长满斑点的棕色母猫）

金雀花尾——毛色极浅的灰白相间的母猫，蓝色眼睛

叶尾——暗姜黄色虎斑公猫，琥珀色眼睛

烬足——灰色公猫，有两只脚掌是深灰色的

　　（所指导的学徒是烟爪。烟爪是一只灰色母猫）

风皮——黑色公猫，琥珀色眼睛

云雀翅——浅棕色虎斑母猫

莎草须——亮棕色虎斑母猫
轻足——黑色公猫，胸口有一抹白毛
燕麦掌——淡棕色虎斑公猫
羽皮——灰色虎斑母猫
鸣须——深灰色公猫
石楠尾——浅棕色虎斑母猫，蓝色眼睛
香薇条——灰色虎斑母猫

长老
白尾——小个头白色母猫

河 族

族长
雾星——蓝灰色母猫，蓝色眼睛

副族长
芦苇须——黑色公猫，蓝色眼睛

巫医
蛾翅——皮毛上有斑纹的金色虎斑母猫，琥珀色眼睛
柳光——灰色虎斑母猫

武士
薄荷毛——浅灰色虎斑公猫
　　（所指导的学徒是柔爪。柔爪是一只灰色母猫）

暮毛——棕色虎斑母猫
（所指导的学徒是斑点爪。斑点爪是一只灰白相间的公猫）
鱼尾——深灰色与白色相间的母猫
（所指导的学徒是微风爪。微风爪是一只棕白相间的母猫）
锦葵鼻——浅棕色虎斑公猫
甲虫须——棕白相间的虎斑公猫
（所指导的学徒是兔爪。兔爪是一只白色公猫）
卷羽——淡棕色母猫
豆荚光——灰白相间的公猫
鹭翅——深灰色和黑色相间的公猫
微光皮——银色母猫
（所指导的学徒是夜爪。夜爪是一只蓝色眼睛的深灰色母猫）
蜥尾——浅棕色公猫
湾皮——黑白相间的母猫
喷嚏云——灰白相间的公猫
蕨皮——玳瑁色母猫
（所指导的学徒是金雀花爪。金雀花爪是一只绿色眼睛的白色公猫）
松鸦掌——灰色公猫
枭鼻——棕色虎斑公猫
湖心——灰色虎斑母猫
冰翅——白色母猫，蓝色眼睛

长老

藓毛——玳瑁色和白色相间的母猫

引 子

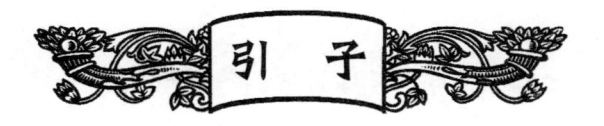

和暖的微风拂过草地，风中夹杂着绿叶季特有的猎物与新生植被的气息。白云飞快掠过碧蓝的天空，太阳洒下光芒。一条小溪顺着缓坡潺潺流下，在坡底汇成一个小小的水池，岸边一簇簇灯芯草在风中摇曳。

一群猫坐在池边，而其他猫则沿着水岸上下踱步。他们的皮毛间闪着寒霜的微光，脚掌上和眼睛里则闪烁着点点星光。

"真不愿相信这事还是发生了！"一只奶油色皮毛的母猫哀叫道，"我连命都搭上了，就是为了回到影族，"她继续往下说时，连声音都颤抖了起来，"我从没想到竟然有一天，影族会不复存在！"

一只胖乎乎的白色母猫用口鼻轻轻蹭了蹭她的毛发，黑色的双耳轻颤着。"我懂的，曙皮。"她喃喃说道，悲痛的目光从族猫身上扫过，"这也许是我们的过错。也许是因为我们还在世时，为影族战斗得不够勇猛。"

一只身形修长的银灰色猫之前一直在水边焦躁地走动着，这时她轻蔑地嘶嘶了一声，停下脚步，转身面向其他猫，前掌的利

爪恼怒地撕扯着草叶。"你错了，蜂鼻，"她咆哮道，"我们可没办法拯救一个自己选择堕落的族群。我们得把责任放到该背负它的猫头上——就是花楸星。或者说花楸掌，他现在可是这么称呼自己的。"

"这话说着当然容易，松针尾。"粗砺的嗓音从一只毛发蓬乱的年长的深灰毛母猫那里传来，她琥珀色的眼睛里透出阵阵怒意，坐在几尾外的一块鹅卵石上，"但错看了暗尾本性的可不止花楸星一个。难道你们里面不是有那么几个，以前还宣称自己是暗尾的至亲吗？"

"是啊，黄牙，你总是无所不知。"松针尾语带讽刺地顶了回去。

"我活着的时候经历过的可比你们年轻猫多。"黄牙的声音在胸腔中隆隆作响，"我还一度以为断星的统治就是我的族群能遇上的最糟糕的厄运了。但我错了。"

"我信任花楸星。"一只白色公猫坐在黄牙那块岩石脚下，这时开口说道。他舔舔一只黑色前掌，然后用那只脚掌搓洗自己的耳朵。"我认为他会继我之后，成为一位优秀的族长。但当他的族群有一半都背叛了他，跑去追随暗尾时，他还能怎么做？"

曙皮哀伤地点点头："你说得对，黑星。我知道我们也犯下了错。"

"现在残余的影族猫已经加入了天族，"蜂鼻低声说，"但叶星和天族的其他猫真的会信任他们吗？我们都应该在自己还有

烈焰焚河

机会时就更努力的。"

"这些话都是一堆老鼠屎！"松针尾眯起绿色的双眼说道，"本来族群是可以在一位强有力的族长领导下紧密团结起来的，不管那位族长是不是暗尾。我们被暗尾所蛊惑，就是因为花楸掌太过懦弱。而现在暗尾已死，一位强有力的族长就应该重建族群了。花楸掌从星族领受了九条命，现在却是一副'啊，非常感谢你们，可我现在不想要了'的嘴脸。什么猫才会这样做啊？"

黑星叹息一声，摇了摇头。"谁都不会这样……起码，谁都不该这样。"他坦诚地说。

"而现在整个族群都在受苦，"松针尾嘶嘶地叫道，"那疥癣毛疙瘩……"

"够了！"一个新的声音凭空响起。

他们都转过身去，看到一只猫站在坡顶上，天空映衬出这只猫的轮廓。他们看着她步伐坚定而干脆地分开草丛，朝他们走来。星光如水一般在她浓密的黑色皮毛间流淌。

"那是谁？"松针尾不满地咕哝着，瞪着这只新来的猫。

"不清楚。"黑星神情迷惑地回答道，"她不是我见过的影族猫。"

这只陌生猫在猫群前停下脚步，他们竖立的毛发和扭动的尾尖似乎并没有让她生出丝毫畏惧。

"你可能没见过我，"她平静地对黑星说道，"但我曾见过你无数次。我是影星，你们族群的第一位族长。"

每只猫都下意识地后退一步。惊骇的低语声从猫群中升起，曙皮更是发出了一声喘息。黄牙充满敬意地低下头，甚至连松针尾都满脸敬畏。

"你们不该这样随意地相互推诿责任，"影星继续说道，严肃的目光牢牢地锁定在松针尾身上，"花楸掌的过失或是失去领地都还不足以让影族走上末日。从一开始，影族就注定是五大族群之一。"

影族众猫彼此交换着不确定的目光。

"你为什么来告诉我们这个？"最终，黄牙开口问道。

"其他族群的第一任族长和我曾率领猫群，每个族群都找到了各自居住的地方——荒原、森林、河流，还有沼泽——最适合这些猫的性格与能力。这些猫群，也就是后来的五大族群，为了整体的生存而团结了起来。"影星解释道，"只有并肩协作，五个犹如燃烧之星的花瓣一样相互独立而又联为一体的猫群才能生存下来。现在你们——不只是影族，而是所有族群的祖灵们——必须给活着的猫们送去一条信息。"她往下说时，眼里发出的光彩，像是阳光落在新叶上一般，"五大族群必须并存！影族必须被拯救！"

"但已经太迟了。"曙皮哀声说道。

"我们已经给族群降下了预言，"黑星指出，"但他们视而不见。"

影星甩甩尾巴。"如果第五个族群没有被救下来，一件比风

暴更为糟糕的事情就会来临,"她说道,"最终就会成为所有残余族群的末日。而要是已经没有活着的猫来让我们指引了,这也意味着星族自身的灭亡。"

惊骇的寂静笼罩在这群星光闪烁的武士们身上。他们中谁也没有想过,有朝一日,连星族都会不复存在。

最终,松针尾打破了寂静。"既然如此,"她抬起一只爪子捋了捋胡须,说道,"我们最好研究清楚该送哪条信息……"

第一章

"你看这树!"鳍爪惊叫道,"好大啊!你觉得这上面会有松鼠吗?"

枝爪刹住脚步,压下一声厌烦的叹息,看着鳍爪连蹦带跳地跑向那棵巨大的橡树,然后在一根粗大虬结的树根上堪堪保持平衡。焦虑和期望让她的脚掌刺痛不已。她不想再次停下来,她想赶紧去雷族营地。

可如果他们不想要我们怎么办?

"那也不奇怪。"枝爪坚定地甩开焦虑,回答道,"但我们现在不是在狩猎。别忘了,我们得在天黑前到达雷族营地。"

太阳已经开始西下了,森林地面被猩红的光辉淹没,树木投下的修长黑影隔其中。枝爪和鳍爪大半个下午都在从天族营地往雷族营地赶,而鳍爪难以自制的探索冲动大大减慢了他们的速度。

"我简直等不及了!"鳍爪从树根上跳下来,穿过草地朝枝爪冲来。枝爪不得不突然往后退开一步,才免于被撞个四脚朝天,但鳍爪的尾尖还是从她脸上扫过。

"嘿,看着点儿!"她惊叫一声,瞪了他一眼。

烈焰焚河

"对不起啦，"鳍爪在枝爪身前急转而过，枝爪试图躲开他时，几乎被自己的脚掌绊了一跤。"你觉得他们见到我们会高兴吗？"

一想到与自己以往的族猫再度相见，期待的焦灼感就在枝爪的肚子里翻腾起来。我那么努力地要成为一位天族武士，她想道，但我的心仍在雷族。真高兴，我还是决定回来了……鳍爪决心和我在一起，这简直太好了。他们当然会欢迎我们的。雷族是我的家啊！

"他们肯定会的。"枝爪对鳍爪答道。

"他们说的关于雷族的事情是真的吗？"当两只年轻猫并肩往前走时，鳍爪问道。他张开嘴，打了一个大大的哈欠。"他们真的特别专横，总爱指使其他猫做事吗？"

枝爪不知如何作答。她知道，其他族群有时候对黑莓星的猫们的看法就是这个样子，但她曾与雷族一起生活了很多个月，她知道没有什么答案能对此简单地予以概括。

另外，她脑子里还有其他更重要的事情。虽然她对鳍爪表示自己很确定雷族会愿意见到他们，但自己还是忍不住思量当她和朋友走进雷族营地时，他们真正的反应会是怎样。他们会很高兴的，对吧？我之前选择跟我的父亲走以后，他们当然会想念我，是吗？

枝爪的父亲鹰翅是天族的副族长，每只猫都以为她会待在那个刚安顿下来的族群里，和鹰翅还有她的妹妹紫罗兰光做伴。

但我不是在那里长大的。她对自己说，过了一段日子，我才意识到雷族在我的生命里占据了多大的位置，从我还是个幼崽时就已

是如此。

他们转过一丛密实的黑莓灌木,熟悉的气息飘向枝爪,于是她张开嘴,更仔细地嗅尝着空气。

"那是什么?"鳍爪问道,"是猎物吗?我快饿死了!"

"不,"枝爪回应道,"是雷族边界的气味标记。我们快到家了!快走!"

她朝前跃去,鳍爪热切地贴着她奔跑。雷族的气息愈加浓厚,当他们触及气味标记的那条线时,枝爪辨认出另一种熟悉的气味,这是一只猫的气息。

"那是烁皮!"她叫道,"天族住在雷族营地里的时候,你一定见过她。她是赤杨心的妹妹。她一定在附近。烁皮!"她呼喊着,跳到边界线上的一块小石头上,"嘿,烁皮!"

一丛蕨叶窸窣作响,茎叶往两侧分开,烁皮冲进空地。枝爪惊讶地发现她橙色的虎斑毛发根根竖立。当她在边界上刹住脚步时,更是拱起了脊背,像是与敌对阵一般伸出了利爪。

"枝爪!你这是在做什么?"烁皮质问道,"你们俩为什么跑到离自己的营地那么远的地方,还没有老师带着?天族受到袭击了吗?又是泼皮猫?"

"不是,没有,一切都很正常。"枝爪宽慰地说道,烁皮一连串急切的问题几乎把她逗乐了,"天族没遇上麻烦。"

烁皮稍微放松了些,支棱的毛发伏平了。但她却眯缝起眼睛,怀疑地来回打量枝爪和鳍爪。"那你们在这里到底做什么?"她问

烈焰焚河
LIEYANFENHE

道。

枝爪再度察觉到自己这个选择有多重大，好似有一片厚重的云在她头顶上聚集起来，随时准备释放一场风暴。没有回头路，她想道，在这件事以后，叶星永远不会再接纳我。要是雷族把我赶走，那我会怎么样？

"我回家来了。"她说着从石头上跳下来。她好像是嘴里塞满了猎物吐不出来一样，没办法组织语言。"我想要再次加入雷族。"

"我是和她一起来的。"鳍爪欢快地补充道。

烁皮的耳朵抽动了一下。"就这样？"她轻蔑地问道，"猫们可不能因为喜欢哪个族群，就随时跑去投靠。规矩可不是这样的。你做了自己的决定，枝爪，现在你就必须坚持下去。而这只天族猫——他和雷族毫无关系，所以他在这里算怎么回事？"

痛苦像一只巨爪般在枝爪心中狠狠剜过。不管她之前的预期如何，都没想到会是这样毫不客气的直白拒绝。我还以为烁皮是我的朋友！她低下脑袋，在答复时竭力保持着声音平稳。

"我知道，我选择跟自己的至亲去天族肯定让你们有的猫觉得不满，"她开口道，暗自祈祷自己措辞恰当，"我犯了个大错，我不该就那样走掉的。但我那时脑子里很混乱，你当然能理解吧？"

烁皮没有回复，但她的尾巴尖扭了一下，又扭了回去。

"和天族在一起的生活，让我明白我实际上是一只雷族猫，"枝爪孤注一掷地继续说道，"雷族才是我的归属所在。"

猫武士

"我可不确定黑莓星也会这样认为。"烁皮低吼道。

"我需要和他谈谈，"枝爪向她保证道，"我只想要一个能把我的感受告诉他的机会。如果黑莓星不允许我回来，那我也会接受他的决定。"

但要是真的那样了，看在星族的分上，我又该怎么办？她问自己。

"黑莓星不可能拒绝像枝爪这样的一只猫！"鳍爪说道，他一如往常的乐观，富有激情，"枝爪可棒了！"

烁皮愤怒地瞪了一眼这只棕色的小公猫："你又是谁！还有，你来这里到底是干什么的？"

"我是鳍爪。"烁皮充满敌意的态度似乎一点儿也没有影响到他——他昂着脑袋，高翘着短短的尾巴，直面着这位雷族武士，"我们在天族刚到湖区时见过的——你不记得啦？"

"现在想起来了。"烁皮又眯起了眼睛，"但这也解释不了你来这里干什么。"

"我来这里陪枝爪加入雷族，"鳍爪自信地说道，"雷族所有的猫都是英雄——湖边的每只猫都知道。你是里面最厉害的一位！我想要加入你们，和你们一起冒险！"

鳍爪的赞扬似乎丝毫没能打动烁皮。"嗯，那好吧。"她说道，耳朵暴躁地弹动了一下，"我会带你们去营地。走在我前面一条尾巴远的距离，我会盯着你们的。别乱走哪怕一根胡须的距离。"

"我们又不是仇敌!"枝爪愤慨地竖起了毛发,"你以为我们会做什么?"

"把你的毛给我放平!"烁皮反驳道,"我只不过是采取适当的预防措施而已。"

那样刺猬也会飞了!枝爪愤愤地想。

她挨着鳍爪踏过边界,朝着石头山谷那熟悉的方向走去。在烁皮怀疑的目光下,她觉得很不自在。她之前一直努力忽视腹中越发沉重的感觉,但烁皮的敌意却往她心口来了一记痛击。

等到了营地就没事了,她宽慰自己,黑莓星会理解我的。他一定会的!

等这三只猫来到横跨山谷入口的荆棘屏障时,太阳已经落山了,落叶季初期的寒意渗透在暮色之中。烁皮从学徒们身边挤过,领着他们下到荆棘通道处。

"跟上。"她粗鲁地说道。

枝爪进入石头山谷时,整个雷族猫好像都在。诸多熟悉的面孔让她的心都热乎了起来:樱桃落和鼹鼠须正在猎物堆旁共享一只猎物;育婴室门口坐着梅花落和炭心,她们的幼崽则在脚边蹦来跳去,相互摔跤;灰条和米莉在榛树丛搭成的巢穴前紧挨着彼此,睡意昏沉地伸着懒腰;而在遮盖着巫医巢穴的黑莓屏风前面,叶池正和松鸦羽认真地讨论着什么事情。

烁皮挥了挥尾巴,让两位学徒再往营地里面走进一点儿,然后示意他们停下。"在这里等着。"她命令道。

猫武士
MAOWUSHI

枝爪看着她跃过山谷，攀上落石堆，爬到高石台上，然后消失在黑莓星的巢穴里。

"希望一切顺利。"枝爪喃喃道。

"当然会顺利的。"鳍爪用口鼻迅速地蹭了蹭她的肩膀，"黑莓星要是不希望你在他的族群里，那他就一定是脑子里有蜜蜂了。"

枝爪还没来得及回答，刚钻出武士巢穴要往荆棘通道走的栗条就看到了枝爪和鳍爪，然后猛地停住了脚步。

"嘿！"她叫道，"枝爪来了！"

她讶异的喊声惊动了营地里的每一只猫。空地上的猫们跳起身来，而更多的猫则挤出了武士巢穴。他们都簇拥到枝爪和鳍爪身边，被这么多充满疑问的明亮眼睛和扭动的胡须挤在中间，枝爪觉得自己都快不能呼吸了。

"我就说闻到了一股熟悉的气味嘛。"蕨毛友善地冲枝爪点点头，"真高兴能见到你，枝爪。"

"你在这里干什么？"香薇歌问道。

"天族有麻烦了吗？"狮焰亮出利爪，"需要我们帮忙是不是？"

枝爪艰难地吞咽了一下，紧张得皮毛刺痛。每只猫都满怀期待地盯着她。"没有，天族很好。"枝爪答道，"但我离开他们了。我回家来，要和雷族一起生活。"

她宣布的消息引起了一阵彻底的寂静，又在几个心跳过后被愕

烈焰焚河

然的惊呼打破。

"回家？你的家现在在天族了。"

"那你的至亲们怎么办呢？"

"和你一起的这只天族猫又是谁？"

站在猫群前面的莓鼻俯视着枝爪，胡须鄙夷地抽了抽。"你当初选择了离开，现在又想回来？"他质问道，"我们还能再相信你吗？"

赞同的低语声从另外几只猫身上传来。

枝爪真希望现在地面能裂开一条缝，好让她钻下去。这时，她留意到巫医巢穴传来了动静。发现是赤杨心从猫群中挤出一条路来，站到她身边，她欣慰地喘了一口气。

感谢星族！赤杨心把我从小带大。他一定能理解我的。

"我们当然可以相信她！"赤杨心喊道，当他与莓鼻面对面时，一身暗姜色的毛发都渐渐立了起来，"我们当然希望她能回来！她是在雷族长大的，所以她就是我们的一员。"当他看向枝爪时，那对琥珀色的眼睛充满了温情和支持。

听到赤杨心称她为"我们的一员"，枝爪觉得像是太阳总算从云层后出来了一样。因为察觉到她曾经的族猫里还是有一些猫怀着敌意，她只好低下头去假装摆弄自己的脚掌，以此掩饰这突如其来的高兴。但赤杨心的赞扬确实令她从耳朵到尾巴尖儿都暖暖的。

离开雷族以后我一直很想念赤杨心！

"枝爪！"

猫武士

一声喝令跨过营地上空，枝爪抬头看到黑莓星站在高石台上，烁皮就在他身旁。他用尾巴召唤枝爪过去。"到这上面来，"他命令道，"我得和你谈谈。"

枝爪与鳍爪交换了一个不确定的眼神。我把他留在这里的话，他不会有事吧？

这时赤杨心轻轻推了她一下。"去吧，"他说道，"我会照看鳍爪的。我们去找点儿猎物吃。"他转头对小公猫说道，"你一定饿了。"

"我快饿死啦！"鳍爪热烈地表示赞同。

枝爪松了一口气，急匆匆地走过营地，开始爬上落石堆。烁皮从上面下来，擦过枝爪身边——她什么也没说，却眼神不善地瞪了枝爪一下。

"到我的巢穴里来。"枝爪爬上高石台后，黑莓星邀请道。

跟着他往里走时，枝爪觉得很不舒服，甚至觉得自己不配和雷族族长进行这样的私下谈话。让她稍微放松一点儿的是，黑莓星似乎并不生气，虽然当他站住脚步俯视她时，眼神里仍有疑虑。

"烁皮向我报告，说你想重新加入雷族。"他开口说道，"你得知道，枝爪，对一只猫来说，对于自己的归属这么犹豫不决可不是件寻常的事情。"

他话里的一些意味激起了枝爪心中一丝叛逆。"有多少猫是像我这样长大的？"她语带挑战，反问黑莓星，"其他猫有谁失去了父母和整个族群，还被迫和妹妹分离，最后却又找到了本以为早已

死去的父亲？我承认我的确犹豫不决过，但现在我清楚自己的归属。我回到这里来，难道没有证明我对雷族的忠诚吗？我已经准备好要成为一位雷族武士了。"

黑莓星回答时，声音仍然很平静。"我绝不怀疑你今日心中对雷族抱有的忠诚，"他说道，"但事情并不总是这么简单的。武士守则要求我们对一个族群忠诚。如果你总在两个族群间踌躇，那你的心到底属于哪里？"

他停下话头，在自己的窝里安顿下来，用一只脚掌朝枝爪示意，让她坐到对面。

"我还记得在旧森林里时，那会儿我还是位学徒，"他开始讲述，"发生过与这类似的事情：灰条离开雷族到河族去了，因为他与一只叫银溪的河族猫产下了幼崽，而银溪死了，河族则宣布拥有幼崽，灰条认为自己有责任和幼崽们一起走，并将他们养育长大。"

"灰条……"枝爪低呼道，她很难想象出那位坚韧而忠诚的长老以前居然与来自其他族群的猫做过伴侣。

黑莓星点点头，继续说道："后来，河族入侵，想要把太阳石从雷族夺走，灰条却无法为他们而战，与我们相搏。河族驱逐了他。那时的族长蓝星再度接纳了他，但那时局势紧迫，形势并不明朗，没有谁知道哪只猫值得信任。"

"但最后还是证明那是个正确的决定，不是吗？"枝爪指出，"现在每只猫都相信灰条。还有，"她接着说，尽管她竭力保持平

静,但脖颈儿上的毛还是开始一根根竖了起来,"天族才不会袭击我们!这话太鼠脑子了!"

话刚出口,枝爪就意识到自己作为区区学徒,不该把自己的族长叫成鼠脑子。我可能已经把自己回到雷族的机会给毁掉了!

但黑莓星不过是动了动耳朵:"我知道他们不会——但刚才你对于这个想法表现得如此愤慨,也就说明你仍然对自己至亲所在的族群抱有一些忠诚。天族仍在你的血脉里。"

"但我已经试过在天族生活了!"枝爪抗议道,"现在我很确信自己并不属于那里。"

黑莓星犹豫了片刻,发出一声心事重重的叹息。"我能看出来,你真的是那么想的。"他最终开口道,"我也很乐于欢迎你回到雷族,但是……"他的声音小了下去。

族长最初的几句话给枝爪带来瞬间的乐观,转眼又变为忐忑。"但是?"枝爪问道。

"这就是你和灰条不一样的地方,"黑莓星对她说,"他在转换族群时,已经是一位成年武士了,不是学徒。你在自己的武士命名仪式前选择了离开雷族,拒绝了成为一位雷族武士的机会。枝爪,我愿意相信你对雷族的忠诚,但我认为应该让你在雷族再完成一小段时间的学徒训练……也算是一段观察期,目的是确保你真的想要成为一位雷族武士。"

起初枝爪只觉得阵阵怒火在腹中聚结。她已经在雷族完成了一次学徒训练,然后在自己离开加入天族以后又接受了一次。她本以

烈焰焚河

为黑莓星会马上任命她为武士。

还要做学徒的活计？她想道，我打赌从没有哪只猫曾经从长老们的皮毛里面捉出来的虱子有我多！

但枝爪清楚自己必须控制住怒气。对于族长给她的这个机会，她已经感激不尽了，她知道自己也别无选择。叶星永远不会愿意让她回去的。

而且，她转而想道，比起余生都能在雷族度过，多做几个月的学徒又算得了什么呢？

"好的，黑莓星。"她答应道，"很高兴能和藤池再度合作。"欣慰之情拂过她的心头——哪怕她得再当一次学徒也好，至少黑莓星不会把她赶走了。

"啊，不是的，藤池不能当你的老师。"黑莓星说道，"她现在在育婴室呢，她怀了香薇歌的幼崽，快要生育了。不行，我得另外找只猫给你……"

枝爪等待着，迫切之情让她的脚掌都痒痒了。樱桃落也许会是一位好老师。或许白翅……

"嗯……"黑莓星满意地咕噜了一声，"我想你和烁皮一起会很好。"

哦，星族啊，不要！枝爪差点儿没忍住就把这些话叫出来了。我知道烁皮不想要我回来的。马上她又意识到，黑莓星可能正在试探她。"好的。"她说着，努力让自己听上去充满热情，"我发誓会尽我所能。"

"很好。"黑莓星站起身来，用尾巴示意枝爪跟着他出去，从高石台上爬下落石堆，来到营地里。族群里的大多数猫还在等待着，当他们的族长和跟着的枝爪出现时，一阵期待的低语声响了起来。他们围成了一个大圈，黑莓星和枝爪站在中间，黑莓星又把鳍爪也叫了过来。

"雷族众猫们，"这位族长开口说道，"如你们所见，枝爪已经回到了我们中间。我已经做出决定，她应当在雷族继续她的学徒训练。"

枝爪环顾四周，看到大部分族猫似乎很欢迎她回家，这让她松了一口气，哪怕她还是看到了有一些猫眼里仍带着疑虑。

"她还当学徒啊？"露珠鼻咕哝道。

与此同时，黑莓星转向鳍爪。"我们该拿你怎么办呢？"他问道，半是发问，半是自言自语。

枝爪想起自己都没有问问黑莓星如何处置鳍爪，心里涌起一阵负疚感。但黑莓星肯定不会把他赶走的吧？

鳍爪无畏地站在这位族长面前，迎上他的目光。"我希望能成为一位雷族武士，"他大声宣布，"我听过很多传颂火星的传说，赞扬你们的勇敢与荣耀。这是森林里最优秀的族群，我迫不及待地想成为其中的一员。"他还兴奋地小跳了一下，"求求你让我加入吧！"

枝爪听见了低语声，是对这只年轻公猫的热切话语表示赞扬。

"让他加入，黑莓星。"灰条叫道，"我们需要像他这样有干

劲的年轻猫。"

"没错,我们可不该把一只潜力无限的猫拒之门外。"松鼠飞补充了一句,她一双绿眼睛看着鳍爪,眼神里半是戏谑半是欣赏。

"我不确定……"刺掌看起来满腹疑虑,"我们真的该随便把哪只猫都接纳进族群吗?毕竟不是每只猫都适合雷族。"

"说得没错。"云尾弹弹尾巴说道,"自从族群开始接受每只来到营地的猫以后,看看都发生了些什么吧!"

听到这位资深武士的话,枝爪不由自主地想起了暗尾和他的那群泼皮猫造成的灾难——还有她带着天族残余众猫进驻雷族营地后导致的一片混乱。她忍不住想云尾是不是故意这样讲来针对她,不过这只白色公猫的眼神却一直锁定在族长身上。

"也许天族猫们不懂规矩,不知道他们不能由着性子从一个族群跳到另一个族群去。"亮心严厉地说道,"鳍爪,你必须确定自己的想法。"

鳍爪睁大了双眼。"我很确定。"他认真地说道,"我想要成为雷族的一员。"

"现在是非常时期,"黑莓星若有所思地说,"族群间变数横生,我们也得想着要做出改变。也许星族自有道理,希望我们能将鳍爪接纳进雷族……他自己似乎也认为这里就是他的归属。"

"我们应该让他先留下来。"樱桃落大声说道,"给他一个考验的机会,看他能不能适应。"

"噢,我能的!"鳍爪睁大了双眼,用自信的目光环顾猫群,

猫武士

"我发誓!"

黑莓星点了点头:"很好。鳍爪,你会以学徒的身份先被我们接纳,但你必须向雷族展示出自己的忠诚。你能做到吗?"

鳍爪热切不已地点头答应,已经兴奋得说不出话来了。

"那么,鳍爪,从此刻起你就是一位雷族学徒了。"黑莓星宣布,"云雀鸣,你是一只忠诚而坚定的猫。由你来当他的老师,将你的技艺与经验传授于他。"

族长的赞扬和被任命为老师的荣耀让这只黑毛公猫激动得有些难以相信,他上前一步,尊敬地低下脑袋:"我不会让你失望的,黑莓星。"

鳍爪脚步轻快地从众猫围成的圆圈中走过,站到云雀鸣面前,抬头够到他的鼻子碰了碰。"这肯定会超棒的!"他高声说道。

"鳍爪!鳍爪!"雷族众猫为他欢呼道。枝爪能看出来,他会很受大家喜欢,她抑制不住一丝嫉妒。比起我的归来,是不是鳍爪加入族群的事更让他们兴奋呢?

黑莓星转向她时,她的心猛地震了一下。"我需要仪式吗?"她问他,"我是说,没必要啊。我已经举行过仪式了。两次了。"她补充道,最后一句话几乎听不见了。

"叫你怎么做你就照办。"烁皮站在几条尾巴以外的地方,对她呵斥道。

真糟糕,枝爪想,等她知道了黑莓星的打算,她肯定不会高兴的。

烈焰焚河
LIEYANFENHE

"是的,你和藤池举行过一次仪式。"黑莓星语气平稳地说道,"现在你得和新老师一起举行一次。"

"这多激动啊!"鳍爪尖声说道,"我们会一起当学徒。"

"当然。"枝爪一面回答,一面希望自己也能像朋友这样兴奋。她转过身,对黑莓星点点头,要是她刚才没有提出反对意见就好了。我可不想一开始就被刁难。

"那么从此刻起,"黑莓星开始说道,"枝爪就是一位雷族学徒了。烁皮,"他继续说道,"你是一只勇敢而忠诚的雷族猫,我相信你一定会将自己的所学尽数教给枝爪。"

"什么?"烁皮瞪大了眼睛,当她盯着枝爪时,脖子上的毛也开始蓬松起来。但她还知道自己不能反抗族长的决定,哪怕对方是她的父亲。"我会尽我所能的,黑莓星。"她最后叹息着说。

枝爪朝烁皮走了过去,强迫自己迎着新老师充满敌意的目光与她碰了碰鼻子。我会让你看到的!她暗下决心,我会成为最优秀的学徒。

学徒仪式一结束,黑莓星就回到了自己的巢穴,余下的族猫也渐渐散开。大多数往武士巢穴走去,准备栖进窝里一夜安眠。

枝爪发现自己孤零零地站在营地中间,突然感觉有些迷茫,就好像自己终归还是不属于这里一样。

我敢肯定,自己做出回来的决定是对的,她坚定地对自己说道,但我从未想过会是这样。我还以为会好很多⋯⋯

几条尾巴远的地方,云雀鸣正和鳍爪说话,安排明天带他去看

领地的事情。鳍爪跳上跳下，根本抑制不住自己的兴奋之情。

不知怎的，朋友的一片热情让枝爪觉得更没底了。她盯着鳍爪，等待激动的感觉回到心间，却只感到一片诡异的冷漠。

哦，星族啊！现在这里是我的家了。可回到自己的族群中间，为什么并没有让我感到丝毫快乐呢？

第二章

紫罗兰光紧紧地咬住了蕨叶的茎秆,然后开始拖着这一捆叶片,穿过用来加固蕨丛墙的黑莓间的通道进入天族营地。已经接近日高了,从拂晓开始,她就一直在为新的影族猫的窝收集垫料。

这是学徒的工作,她冲自己嘟囔道,但要做的事情太多了,这些新学徒又太小……

她从没想过让影族猫们融入天族会这么麻烦。扩大武士们睡觉的巢穴,给新来者们腾出位置只是要处理的事情之一。她的父亲鹰翅为了解决问题殚精竭虑,不停地鼓励天族猫和影族猫彼此协作,但他们却总是相互掣肘。

我真想对谁抱怨一通,她沮丧地想,可我冲谁抱怨呢?根本没猫会听!

有时她想把这些额外的工作怪罪到影族头上,可紫罗兰光又会马上想起来,当初将暗尾和他的泼皮猫们击败的是湖边所有猫团结起来的力量,而非单独的影族或者天族。她清楚,自己应当尽其所能地帮助影族猫们融入新生活,因为活下来的所有善良而心怀荣誉感的武士们,对于湖区领地都是必不可少的。

猫武士 MAOWUSHI

但和影族猫离得这么近还是挺不可思议的。她又拽了一下那捆蕨叶，想着。这总让她想起以前的日子，那会儿她是一只迷失的幼崽，后来又成为影族学徒，还有个生活在雷族的姐姐。

当时我们没的选。找到我们的两只猫决定我们应该分属于他们的族群……

她们还小的时候，有一次枝爪被花楸星扣留在影族营地几天，当时紫罗兰光很高兴能和姐姐共享一个巢穴。她以为枝爪也有这样的感觉，但后来枝爪选择了回到雷族。而就在最近，就在她们一起加入了天族以后，她却又选择了回雷族去，不愿意在天族接受自己的武士名号。

枝爪做出了她的选择……

紫罗兰光不愿意想到枝爪。她的同窝手足两次选择雷族离她而去，这让她很是伤心。

紫罗兰光甩甩脑袋，决心不再让这些阴暗的思绪占据她的脑海。她专心将那捆蕨叶拖过营地。但当她看到阿树懒洋洋地躺在溪边一块扁平的岩石上时，心中又一次升起了恼怒。他睡眼迷蒙地望着天空，黄色的皮毛上闪烁着阳光。

他一早上都没动弹吧！

紫罗兰光扔下蕨叶捆，累得没心思考虑表现得不得体了。"你要是能抬起屁股干点儿活，"她冲阿树嘶吼道，"那你就能更受欢迎了！"

阿树转过头来看她。紫罗兰光立刻就为自己的刻薄感到愧疚

了——阿树那双琥珀色眼眸里满是迷茫。

他还是不清楚自己的想法，她意识到，是和天族待在一起，还是再度孤身出发。

"听着，阿树……"她不自在地开口说道，不是很确定自己到底想说什么。

叶星的声音将她的话打断了，这让她松了一口气。"阿树——请过来一下。我想和你谈谈。"

紫罗兰光转过身，看到叶星站在营地远处那棵老杉树的树洞外，那是她的巢穴。阿树站起身来，紫罗兰光也扔下她的那捆垫料，跟着他走向族长。她走在这位独行猫身后，刻意保持着一段礼貌的距离，不想让阿树觉得自己是在向他施压，或是让叶星觉得她爱管闲事。

虽然我就是这样！她对自己承认道。

紫罗兰光跟过去时，发觉有几只猫也停下了正在做的事，包括天族的巫医斑愿。她能看出他们眼中有着和自己一样的好奇。

"是这样的，阿树，"叶星开始讲道，"关于你要不要留在天族的事情，你已经想了一段时间了吧。也挺久的了，你做出决定了吗？"

阿树摇摇脑袋。"我真的不确定这种生活是否适合我。"他答道——紫罗兰光能察觉出他话音里的焦虑。"当然，我很喜欢天族的猫。"他短暂地顿住，眼神往紫罗兰光身上一瞟，"但我一直是独行猫。我能不能和一只族生猫一样良好适应族群生活，这种事情

谁说得准呢?"

失落攥住了紫罗兰光,好像她的脚掌踩上了一根意料之外的刺一样。

她近距离看向叶星,猜测这位族长的表情会不会透出不满,或者——更糟——表现出对阿树的彻底不耐烦。

但叶星保持着平静。"我们对你提供的帮助满怀感激,但我们不能让你一直作为拜访者留下。你需要做个选择。也许你应该试试当个武士学徒,"她建议道,"看看你喜不喜欢。如果你觉得不错,那么或许你就能够真正地融入天族。"

阿树迅速地舔了几下胸口的毛。"我不确定自己想不想这样,"他说道,"当学徒这事,听起来好像不怎么有趣。"

我们又不是找乐子!紫罗兰光想。

从叶星的表情来看,她脑子里也有同样的答复。尽管她神情里也有理解,但紫罗兰光还是能从她抽动的胡须和不停伸缩的爪子上看出她的恼火。

"尽管我们很喜欢你,阿树,"叶星告诉他,"但像你这样待在营地里,却不作为族群的一分子并做出贡献,这对其他猫来说不公平。我希望你能理解。"

紫罗兰光无法描述胸口那阵突如其来的紧绷感。叶星是暗示阿树也许该离开营地,为什么我要这么紧张焦虑呢?我和他又不熟。但她清楚,自己的确很在意这事,哪怕更明智的选择是置若罔闻。

阿树还没回答,斑愿就走上前来,敬重地冲叶星低下头。"别

烈焰焚河

忘了阿树见过幻象,"她对自己的族长说道,"也许他的命运是要成为巫医?"

可湖边的巫医都已经够多了。紫罗兰光想。

叶星看起来有些犹豫,但还是转向阿树耸了耸肩:"也许斑愿说得对。星族会选择一些猫,让他们成为巫医,而你又见过幻象,也许它们选中了你。你愿意和她一起工作一段时间吗?看你能不能以巫医学徒的身份在这里找到归属感。我想,如果这就是星族对你的期望,它们会让你知道的。"

"好的,我会试试。"阿树答应道,不过紫罗兰光觉得他的声音并不怎么热情。"我不骗你,叶星,"他继续说,"我真的没有打算要利用天族的善意来使自己享福。"

他的话语换来了叶星赞赏的点头,叶星挥了挥尾巴,示意他可以走了。

阿树转过身,朝着自己的巢穴走去,紫罗兰光跟在他身边,要去把她那捆蕨叶捡起来。

"你觉得斑愿会是对的吗?星族真的希望你能成为一位巫医?"她问阿树。

阿树摇摇头。"我不知道,"他很坦诚,"巫医总是说一些古怪的事情。而且我得记住所有的草药和疗法,还要离病猫特别近。"他皱起了口鼻,"有点儿恶心……我不确定我是不是适应这种生活。我宁愿躺在石头上晒太阳。"

我们不都是这样吗?紫罗兰光想着,但与此同时,欣慰之情也

奇怪地冲刷过她的心头，像是炎热的天气里第一袭凉爽的水浪。

她刚向之前放下蕨叶的地方转了一半身，又转了回来。"阿树，"她说道，"我想问你一些关于幻象的事情。"

"随便问。"阿树和蔼地回应她。

"你最近见过松针尾吗？"紫罗兰光急切地等待着他的答复。阿树曾经帮助影族猫们看到那些因暗尾而死的族猫，并与他们交流，那让紫罗兰光终于得以放下自己对松针尾之死的愧疚。松针尾并不怪她，也从来没有怪过她，这让紫罗兰光心头卸下了重担，但她还是很想念她的挚友。阿树能够看到死去的猫的能力让她觉得自己仍和松针尾有一些联系。

阿树想了一下，然后摇摇头："没有，我有些日子没见过她了。也许她在星族了。"

与阿树道别后，紫罗兰光开始将那捆蕨叶朝武士巢穴拖过去，心中在想阿树说的是不是真的。但愿是——我希望松针尾能够看着我。也许卵石光也在看着我。

这个想法让她很宽慰，好像她的母亲和挚友仍旧与她相伴，仍是她生活中的一部分。可接着，另一个爬进脑海的想法就让她垂下了尾巴。

要是我和枝爪生活在不同的族群里，卵石光还能同时看着我们吗？

"草药当然是放到石头上来晾干。"斑愿说道，"不然还能怎

么样?"

"当然还可以把它们挂在枝条上,铺在叶子上啊。"洼光回答说。

紫罗兰光逗留在巫医巢穴边上,巫医巢穴位于老杉树树根下的洞穴里。晨间的日光涌入营地,气味清新,生气勃发的微风轻抚着她的皮毛。她看着自己的族猫们,看到斑愿恼怒地抽动着胡须。

"反正我们就这么做。"斑愿坚持道。

洼光看上去有些困惑:"我不懂为什么我不能按我的方法来。黄牙就是这么教我的,而她是只影族猫。我们在湖边一直是这样做的,已经这样无数个月了。"

斑愿脖子上的毛开始支棱起来了。"你是黄牙教出来的又不会让你什么都比别的猫懂得更多,"她嘶嘶地说道,"你现在是只天族猫了,你就得用天族的方式做事。"

紫罗兰光看到阿树坐在离斑愿一条尾巴远的地方。他已经跟着她受训四分之一个月了,不过紫罗兰光觉得他并不怎么喜欢现在的状态。

"等一等,"他出声打断两位正彼此怒瞪的巫医,"反正最后结果都一样,用什么方法没那么重要吧?"

两位巫医都将瞪视转向了阿树,而后者则一副全然放松的样子,毛发平伏,尾巴连甩都不甩,似乎他真的完全不能理解他们为什么会争论。他真的对斑愿和洼光的争吵毫不在意吗?即使阿树的幻象意味着他很适合成为巫医,但也许他并非生来就适合当一只族

群猫。

他可能会决定离开,她对自己说道,竭力不去理会胸中那空落落的感觉,只不过是又一只离开我的猫罢了,不管他是有意还是无意。

洼光和斑愿继续争吵着,紫罗兰光的皮毛都恼火得发疼。她不想再听下去,于是转头走开了,心里盘算着找一支狩猎巡逻队加入。她往武士巢穴走去,想看看有谁在,这时,她的父亲鹰翅打断了她。

"你还好吧?"他问她。他神色关切,有些怀疑。

"嗯,我很好。"紫罗兰光安慰他道,"我只是累了。就刚才,营地里也发生了不少事情。我想你肯定也注意到了!"

鹰翅朝巫医巢穴看过去,点了点头:"让两个族群融为一个,可不只是让所有猫都搬进一个营地这么简单。"

此时叶星从遮盖住她巢穴的苔藓间滑了出来,然后在巢穴入口外杉树根的虬结上站定了。"所有能独自狩猎的猫到高根下来参加族群会议!"她扬声喊道。

族猫们从武士巢穴中现身,围着岩石坐成一个参差不齐的半圆。几个心跳之后,学徒们也从低矮的杜松枝下的巢穴里爬出来,加入了武士们的行列。斑愿和洼光停止了争吵,离开巢穴入口,坐到了长老们旁边。最后,阿树慢悠悠地走到鹰翅和紫罗兰光身边。

众猫集合完毕,叶星环顾着联合而成的族群,然后将目光停在前任影族族长身上。"花楸星,你要不要和我一起站在这里?"她

烈焰焚河

问道。

所有族群猫几乎是不约而同地转头看向花楸掌，等待他的答复。

姜黄色公猫低下头来。"我无意冒犯你，叶星，"他说道，"我现在只是一位天族武士罢了。我也不再是花楸星了——叫我花楸掌就行。"

听了他的话，一阵沮丧的哀叹声从曾经的影族猫们那里传来，但当紫罗兰光转过头去想看看是谁发出声音时，却分辨不出。

叶星感谢地冲花楸掌点点头后，开始分配当日的工作。紫罗兰光很想知道，她为何不把这件事留给她的副族长来做，但紧接着她意识到，族群里现在还比较混乱，命令直接从族长嘴里发出来比较好。

"花楸掌，"她说道，"我想要你带一支队伍，到以前影族的营地去。你也许在那儿能搜集到一些以前留下来的可以铺窝的东西。"

"什么？"花楸掌的伴侣褐皮跳起身来，玳瑁色的毛耸开，一双绿眼里怒火闪动，"那是学徒的工作。花楸掌可是一位退位的族长！"

"这并非是在轻慢花楸掌，"叶星安抚她道，"只是因为你们俩都很熟悉你们以前的营地。"

"我不介意。"花楸掌补充说，把尾巴搭到褐皮的肩膀上，"我不再是族长了，我想参与进来贡献我的一份力，就像其他猫一

样。"

紫罗兰光注意到,哪怕是在和褐皮讲话时,花楸掌也躲闪着对方的目光,神情里透出些微愧疚。她想知道,解散影族带给他的压力里,让自己的伴侣失望是不是最难熬的一部分。

"谢谢你,花楸掌。"叶星说道,"你能这样想,我真的是很感激。褐皮,你可以和他一起去。还有紫罗兰光,"她转向紫罗兰光,继续说道,"你和影族猫一起生活过一段时间,你对影族领地也很了解。"

"好的,叶星。"紫罗兰光答应了下来。

"我可以一起去吗?"鹰翅问道。

紫罗兰光眯起眼睛,瞥了父亲一眼。我现在是一位武士了!我可以独自参加巡逻队,不用谁来照顾我!

但她什么也没说出来,叶星稍稍犹豫一下,然后点了点头:"当然可以,鹰翅。能熟悉我们新领地的每一个地方,对你来说是件好事。"

花楸掌抬起尾巴召集起自己的队伍,四只猫走出营地。叶星则继续组织其他巡逻队。

他们一走进外面的森林,鹰翅就慢下脚步,朝紫罗兰光扭扭耳朵,让她到自己身边来。

"让花楸掌和褐皮继续往前走。"他低声说。

"你不想和他们一起巡逻吗?"紫罗兰光问道,父亲会对新族猫表现出敌意让她很惊讶。

"不是这样的。"鹰翅回答道,"他们是伴侣,可能自己私下会有话想说。"他迟疑了一下,还是补了一句,"等你再大些就懂了。"

紫罗兰光紧张起来。我的父亲是我最不想与之谈论起伴侣的猫了!

但鹰翅没再开口。一棵山毛榉下碎叶残枝里的沙沙声分散了他的注意力,他向前跃出,等再次直起身时,嘴里多了一只老鼠。

"抓得好!"紫罗兰光叫道,她很高兴能讲点儿别的事情了。

紫罗兰光让花楸掌和褐皮走到前面,自己停下来等鹰翅把老鼠埋起来,一会儿回来再拿。然后他们加快脚步,直到两只曾经的影族猫再度出现在视野里。

他们进入影族以前的领地,紫罗兰光往前靠了靠,走在她父亲前面几步远的地方,想听听他们在说什么。她发觉自己并不完全信任他们——如果听到他们抱怨叶星,乃至于密谋反对她,紫罗兰光也不会惊讶的。

花楸掌和褐皮并肩走着,彼此交谈着,显然一点儿也没有意识到可能有猫偷听。紫罗兰光尽可能远地跟在后面,她可不希望自己偷听被发现。这里的松树长得越发密集了,她的脚掌踩在覆盖地面的厚厚松针上,寂静无声。

"你真的想要这样吗?"紫罗兰光潜行到进入听力范围之内时,正好听见褐皮问花楸掌:"永远地终结影族?别忘了,我们是五大族群之一。如果你认为自己加入天族是犯了个错误,我相信我

们族群剩下的猫都会支持你的。"

花楸掌像是根本不敢与她对视一样。"没有虎心，那么做没有意义。"他答道，声音里充满悲痛，"我非灼灼烈日。洼光告诉他，这是他在一个幻象中看到的，所以，我看不出影族还能有什么未来。"

紫罗兰光很高兴他们俩都对叶星没有敌意，她扭扭尾巴，一面想继续听他们的谈话内容，一面又不想打扰他们。花楸掌的话将她旧日的影族时光清晰地带回脑海。她现在除了当一位天族武士外别无他求，但却无法假装自己并没有为影族的没落而感到深切的悲伤。她也知道，有的年轻影族猫这种悲伤的感觉更加强烈——至少紫罗兰光在天族还有至亲。

但若是花楸掌不愿领导影族，那他们又能做什么呢？

紫罗兰光能察觉到云层在天际聚集，她感到一阵突如其来的寒意，犹如有寒霜凝成的利爪扎穿了她的皮毛一般。这让她产生了一种诡异的感觉，总感觉有什么东西不对劲，但她却说不上来到底是哪里出了问题。森林突然显得陌生而不祥。

她转向后方，看到鹰翅绕过一棵松树的树干。"我们已经巡逻过了，所以可以回营地了，是吗？"他朝自己走来时，紫罗兰光问道，"花楸掌和褐皮可以从他们的旧营地里找到铺垫的，只要还有剩的。"

鹰翅好奇地看了她一眼。"我们还没巡逻完，"他说道，"叶星想要我们和花楸掌还有褐皮一起到影族旧营地去，还记得吗？"

烈焰焚河

紫罗兰光尴尬得皮毛刺痛。"记得，"她小声说，"只是……"

她能感觉到父亲的目光盯在自己身上。"那你为什么这么着急呢？"他问。

不知怎的，紫罗兰光无法抬起头来看他。她没有回答父亲的问题，尽管自己很清楚答案。每当她想起在天族的生活是怎样的动荡，有的猫又多么难以接近，她总会突然为阿树可能离开天族的想法而焦虑不安。

可能等我回到族群，他都已经走了吧？

第三章

赤杨心擦着长草穿过草丛，往标志着风族边界的小溪走去，近日降雨留下的水滴让他的皮毛越发沉重。他一心担忧着正席卷雷族营地的腹疾，没怎么注意周遭林间的响动。四分之一个月以来，已经有好几只猫病了，昨天晚上，蕨毛、白翅和小李树也加入了他们的行列。赤杨心尤其担心那只强壮的幼崽——她很壮实，但还是太小了，没法儿抵抗疾病太久。

他也很担心炭心的幼崽们小噼啪、小斑点和小飞。他们最近开始整日在育婴室外探险，都急切地想要探索营地。但要是像小李树一样染上了病，他们可能就没办法好了。

星族啊，今天请让我找到水薄荷吧，赤杨心祈祷道，我们真的很需要它。

但等他来到边界处的溪流时，这里却像是一点儿水薄荷也没留下一样。也许风族也被这种疾病折磨着。他努力不让自己为隼飞摘走了这么多水薄荷而感到愤怒。隼飞明明可以去他们和河族的边界的，那里也长着水薄荷。

兔星不会想和河族惹上什么麻烦的。自从河族关闭边界，断绝

烈焰焚河

与其他族群的联系以后，没有猫知道雾星和她的族猫们在想什么。

赤杨心沿着溪岸往上游走，终于看到了几株珍贵的草药。它们长在靠近岸边的水流里，他只得从水面上冒险倾身过去，才把它们摘了下来。

爬回安全处以后，他带着这一束少得可怜的草药往营地走。头顶上又有黑沉沉的云聚了起来，赤杨心抬眼看向它们时，感到一阵不安的刺痛。很快，第一波雨点溅落到他的头顶上。

好像我至少有半个月没见过太阳了，他想，之前可从没见过这样的事。

巫医的直觉告诉他，这些积云可不仅仅是下雨的征兆。这么黑暗的天色肯定不只是预示着一场风暴那么简单吧？渐趋暗沉的天空会不会是一个征兆，意味着预言成真了？云层似乎继续凝结着，越来越暗，越来越厚，胀满了雨水，赤杨心从未见过这样的云，他甩不开心里那种末日逼近的预感，悬于族群头上的灾祸好似耸立在森林上方的黑云一样。

有什么事要发生了。我能感觉得到……

"你为什么在嚼山萝卜根？"松鸦羽问道，用爪子狠狠戳了赤杨心的肩膀一下，"病猫们需要的是水薄荷！你难道还是学徒吗？"

赤杨心将山萝卜根药糊吐到一片羊蹄叶上，压抑住一声叹息。自从有那么多猫病倒后，松鸦羽的脾气就变得尤为古怪了。好在赤

杨心很了解他，并没有为此而恼火。

"我们没有水薄荷。"他冷静地指出实情。他已经把之前翻出来的最后一点儿草药碎片给小李树用了。"你是希望我能从耳朵里拔点儿出来吗？"

"不，"松鸦羽嘟囔道，"但我希望你能在外头再找到点儿回来。"

赤杨心朝遮蔽巫医巢穴的黑莓屏风看了一眼。外头的雨哗啦啦地下个不停——但只要能找到现在急需的草药，赤杨心倒是很愿意被雨水淋个透心凉。

"别像个幼崽一样。"赤杨心揶揄松鸦羽，"我们还有好多活儿要干呢！"赤杨心想了一下，"你知道的，边界上的溪流那里基本没什么水薄荷了。我们也许得去别的地方找。"他补了一句。

"那你也得把山萝卜根嚼得更细些，"松鸦羽用一只脚掌轻戳着药膏，急躁地说道，"茎秆太粗了。你觉得你要怎样才能让白翅把这东西吞下去？随便哪个学徒都知道！"

赤杨心很想说自己本来正在嚼，就是松鸦羽把自己打断的，但他控制住了自己。"我们该谈谈那个预言的事情。"他换了个话题，有这么多猫要照顾，他觉得松鸦羽不太可能走开，至少对于这个话题，他们还能好好谈谈。"影族没有了，河族又封闭了边界……"星族已经明确表明了五个族群必须共存。

但松鸦羽却一甩尾巴，并不想谈。"我现在不关心这个，"他回答道，"更重要的事情是让这些猫赶快好起来，这样他们才能回

去担负起自己的职责。"

叶池趴在小李树身边，一直轻柔地舔舐着正因腹痛而啜泣不已的幼崽。

这时这位巫医抬起了头："赤杨心，这种疾病传播得太快了，我觉得我们应该把荆棘光搬到育婴室去。要是她也染上了，这个病对她来说会更为危险。"

叶池的话唤醒了之前一直在窝里打瞌睡的荆棘光。"别担心我，"她说道，"我不会有事的。"

"不行，叶池说得对。"赤杨心说，"这是个好主意。"

他说着话，还是忍不住想到白翅，她是这些猫里面病得最重的。她好像很想念她的女儿——一个多月前消失的鸽翅——她太想她了，以至于她好像都不愿，也无力与疾病抗争了。每一天，赤杨心都要竭力劝她吃下草药。

"育婴室里会很挤。"松鸦羽说道。

因为巫医巢穴里的空间不足以容纳下所有病猫，赤杨心已经把除了小李树以外的病猫都送去了学徒巢穴，然后让枝爪和鳍爪搬进了育婴室。

"还有地方的，"赤杨心低声说，"毕竟学徒们在那边帮忙。要是我们把荆棘光搬过去，这边就有位置让白翅搬进来了。我想多留意留意她。"

松鸦羽嘟囔一声作为回应。

赤杨心将脑袋钻出黑莓屏风外，黑莓丛上落下的冷雨激得他身

猫武士

子一缩。他环顾周围，看到狮焰正在前面走着，一身金色的皮毛有些暗淡，紧紧贴在身体上，他的嘴里垂下来一只松鼠。

"嘿，狮焰！"赤杨心喊道，"过来帮帮忙。"

"好。"狮焰透过满嘴的猎物，含糊不清地说，"不管怎样，你等我先把这个猎物扔到猎物堆上去。"

"还要再找一只猫帮忙。"赤杨心在他背后叫道。

一会儿之后，狮焰就和荆棘光的弟弟黄蜂条一起回来了。赤杨心猜测黄蜂条参加了狮焰的狩猎巡逻队，因为他看起来跟狮焰一样，全身都湿透了。

"压根儿别想在这里面甩干你们的皮毛。"松鸦羽呵斥道。

"要我帮什么忙？"狮焰没理会松鸦羽暴躁的话，直接问赤杨心。

赤杨心刚解释了一下要把荆棘光搬到育婴室的事情，黄蜂条立马就警惕地瞪大了眼睛。

"你是说她有重大危险？"他问道，不等回答，又迅速说了下去，"对，她确实不能和病猫待在一起。我们现在就把她搬出去！"

"看在星族的分上！"荆棘光冲自己的弟弟低吼道，"这事都不值得动动胡须。也许我的后腿是没法儿动弹，但我仍然很强壮。这点儿小病可没法儿要我的命！"

"反正我们会把你搬走的。"赤杨心出声说道，希望能把两只猫都安抚下来，"小心总比伤心好。"

烈焰焚河
LIEYANFENHE

在狮焰的帮助下,赤杨心把荆棘光抬到了黄蜂条的背上。两只公猫从两侧支撑着荆棘光,黄蜂条驮着她走出巢穴,水花四溅地踩过积水,走到营地另一边的育婴室里面去。

"你该感谢我,"荆棘光在弟弟耳边小声说,"我帮你挡着雨呢!"

育婴室里看着真是很挤啊。赤杨心一边想,一边帮着其他猫小心翼翼地把荆棘光从通道里送过去,送到黑莓灌木的中心。梅花落和炭心带着幼崽们住在这里,肚子很鼓、即将生产的藤池也在,还有黛西,她一直住在育婴室里帮猫后们带孩子。两位学徒不在——赤杨心猜他们在其他地方跟着老师训练。

"她当然得跟我们一起住!"赤杨心解释情况时,黛西这样回答,"荆棘光,我们很欢迎你。你看,你可以住那边那个窝。苔藓又厚又舒服。"

"没错,你能在这里真是太好了,"荆棘光的妹妹梅花落说道,"我们的幼崽可以帮着你锻炼。"

"对,我们可以帮忙!"小雕激动地尖声叫道。

"我们很擅长做这个!"小飞也附和道。

所有幼崽都朝荆棘光跑过来,黛西赶紧在他们都爬到荆棘光身上前伸出尾巴拦住了他们。"小心点儿,孩子们,"她说道,"你们一起上会让荆棘光吃不消的。"

"没关系,我能承受住他们。"荆棘光对她说,"来吧,孩子们。谁会玩苔藓球啊?"

"我会！"

"我！"

"我也会！"

这可能是几个月以来叶池提出过最好的点子了。赤杨心想着，发出一声快活的咕噜声。

荆棘光已经完全安顿下来了，赤杨心正要跟着黄蜂条和狮焰离开育婴室，梅花落却伸出一只脚掌将他拦住了。

"小李树怎么样了？"她问道。

"情况不错。"赤杨心对她说——他真希望实情如自己所说的那样，"我过来的时候她正在睡觉。"

梅花落不安地挪回窝里："我该和她待在一起的。"

"胡说，你才不该这样呢。"赤杨心柔声告诉她，"想一想，要是你也染上了病，又把病带进了育婴室里，那可怎么办？"

梅花落打了个寒战。"那可就糟了。赤杨心，你说得对。"她又叹息一声，补充了一句，"但这样真不好受。"

"我懂的。不过她正接受着最好的治疗。"赤杨心安慰她道。

赤杨心回头往巫医巢穴走，连他自己也怀疑刚才说的不是实情。最好的治疗就是给这只生病的幼崽用水薄荷，但他们现在连一片叶子都没有。

"赤杨心，"他刚回到巫医巢穴，就听见叶池叫他，"我们真的需要更多水薄荷才行。这是目前治疗这种疾病最好的方法了。"

赤杨心的想法和她的完全一样，但他还是满腹怀疑。"那就意

味着要到河族去，"他回应道，"其他长水薄荷的地方，我就只知道河族和风族的边界那条小溪了。河族现在可是群很不友好的猫啊。"

"我当然知道。"叶池毫不客气地答复他，"但我们的猫病情一直没有好转。我们如果要控制这种疾病，阻止它继续蔓延，那就需要水薄荷。"

赤杨心知道她说得对。思考片刻后，要到河族去的想法甚至让他兴奋得浑身刺痛起来。

我刚好可以调查调查，看看他们情况如何。也许我还能说服他们重新回到五大族群之中呢。那样的话我们就不再是三个族群了。

"我去找黑莓星，问问他的意见。"他说道。

赤杨心在猎物堆旁找到了黑莓星，黑莓星听了到河族去找水薄荷这个提议后，考虑了很久。

"好吧，"他最终同意了，"但带几位武士和你一起去。雾星说不想被打扰，她可不是在开玩笑。"

"但巫医本来就可以自由跨越边界的啊。"赤杨心指出来。

"即便如此，"族长说道，"但赤杨心，我们需要你安然无恙，决不能冒着被河族的巡逻队撕成碎片的风险。你不能自己去。"

"我和他一起去。"

赤杨心刚要开口就被妹妹的声音吓到了，他转过身，看到烁皮正站在他背后。她和枝爪嘴里叼着猎物正要往猎物堆那儿走。

猫武士

"可以吗,黑莓星?"她把自己叼着的田鼠放到猎物堆上,追问了一句。

黑莓星表示同意时,期待的暖流从赤杨心心头淌过。能有自己的妹妹陪着一起到河族去,那真是再好不过了,特别是枝爪也会和他们一起去。

我一直很担心枝爪。她总是一副既难过又焦虑的样子。现在我总算能知道她和烁皮相处得如何了,还可以看看她有没有感觉好一些。

"我们出发吧。"烁皮说道,尊敬地朝族长低下头,"赤杨心,路上你可以给我们讲讲整件事情的始末。"

这支雷族巡逻队沿着湖岸边跨过边界,穿行在风族领地上,烁皮一直在前面带队。雨已经停了,带着潮气的强风从湖面上吹过,水面泛起了波澜。天空还是被一大团积云笼罩着,不过时不时会有几缕透着水汽的阳光从云层间照射进来。

"你近来如何?"赤杨心和枝爪并肩走在烁皮后面,他问枝爪道。

"挺好的,谢谢。"枝爪回答道。

这样简短的回应可不像她的风格,赤杨心觉得她肯定有什么事情瞒着自己。

"你和烁皮相处得还好吗?"

枝爪耸耸肩膀:"她还不错。"

烈焰焚河

现在，赤杨心断定，肯定是有什么事情不对劲，但他还没来得及再问枝爪，烁皮就喊了起来："有风族巡逻队！"

赤杨心往上方看去，看到三只风族猫从荒原起伏的缓坡上朝他们跑来。他们跑近了些，赤杨心认出了羽皮、鸣须和云雀翅。三只风族猫各自散开，找准了位置，将雷族巡逻队拦截在水岸边。

三只雷族猫聚到一起。枝爪伸出了爪子，而烁皮肩膀上的毛也支棱了起来，做好了战斗准备。

"放松点儿，"赤杨心低声说，"我们又没有做错什么事情。"

好在几只风族猫打着滑停下来时，看着都没什么敌意。"你们好，"羽皮礼貌地低头打着招呼，"你们是要去见兔星吗？"

"不，我们是要去河族。"赤杨心一面回答，一面庆幸自己的手足似乎乐于让他来做交谈的事情，"我们得到那边去搜集一些水薄荷。我们边界的小溪那里没剩什么了。"

三只风族猫交换着极为愧疚的眼神。"真抱歉，"羽皮难为情地舔了舔灰色的虎斑毛发，说道，"风族许多猫也得了腹痛病，我想是我们给用光了。"

"别担心，"赤杨心安慰她说，"不过雷族也患了这种病，真的急需水薄荷。"

"我们有一支边界巡逻队告诉过我，说河族的溪流岸边有水薄荷，不过是在我们风族边界这边。"鸣须插话进来。

赤杨心点点头："我们就是要往那边走。在不惊动河族的情况下，摘取一些应该没问题。"

45

猫武士

"那我们可以和你们一起去吗?"鸣须问道,"我们也可以摘一点儿,充实我们的库存。"

"对啊,隼飞应该会很高兴的,"云雀翅补充了一句,"我们大部分的猫都在好转了,不过有备无患嘛。"

赤杨心听到烁皮生气地发出一声微弱的嘶嘶声。他很希望风族猫们一直能从其他地方获得草药来源。但他也清楚,现在没必要为此事发生争执。

"你们当然可以来,"他说道,"你没异议吧,烁皮?"

"我想是的。"烁皮回答道,"要是我们碰上河族找麻烦,六只猫总比三只好。"

"但我们有一位巫医在,肯定不会有麻烦的吧?"鸣须问道,"至少……"

他的声音小了下去,所有的猫都交换着忧虑的眼神。我们完全摸不准河族会做何反应。赤杨心想。没多久以前,风族就曾关闭过边界,而且也很不乐意把长在他们领地上的草药与其他任何族群共享。

两支队伍一起朝河族边界进发,仍然靠着岸边走。风已经停了下来,湖面安静而平滑。没有任何风暴将至的预兆,但头上的天空仍旧显得阴郁灰暗。赤杨心还是甩不掉那种恐惧的感觉,就像皮毛上粘着狐狸屎一样。

他们接近马场时,羽皮突然刹住脚步,开始嗅尝空气。"马的味道很浓重,"她低声说道,神情有些不安,"我在想我们是不是

烈焰焚河

LIEYANFENHE

该另选一条路绕过去。"

"不用，何必呢？"烁皮开口反对——赤杨心怀疑他妹妹只是不想听取一只风族猫的建议，"那些马总是被关在马场里面。我们不去烦它们，它们就不会来惹我们的。我们悄悄过去就好了。"

赤杨心觉得他们或许应该多听听羽皮的，毕竟风族猫比谁都更了解马场。不过他什么也没说，他很乐意直接过去，这样就能更快摘到水薄荷。

但当猫群从马场边走过时，惊雷一般不祥的声音让每只猫的耳朵都抽动起来。

有什么东西往这边来了！赤杨心想，他能感觉到地面在巨大的脚步的力量下抖动。小灰和芫荽生活的谷仓里躲着的那个东西正迅速地朝这边接近。

所有猫都停下脚步，朝谷仓看过去。那头迅猛的动物冲进空地。赤杨心盯着它，惊得呆住了。那是一匹马，比他之前见过的那些马都要小得多，但它的肌肉十分强健，它朝这些猫跑来时，硕大坚硬的脚掌带起一团团乱草。

"一只马幼崽！"鸣须惊呼道。

几只猫和马幼崽之间有一道亮闪闪的金属细网，但它仍在草丛中横冲直撞，对着他们冲了过来，像是打算越过栅栏或是直接撞开它。

"散开！"烁皮尖声叫道。

猫群四散开来，往不同的方向冲去。赤杨心朝沼泽冲去，却发

两支队伍一起朝河族边界进发,但赤杨心还是甩不掉那种恐惧的感觉,就像皮毛上粘着狐狸屎一样。

马的味道很浓重,

我在想我们是不是该另选一条路绕过去。

不用,何必呢?

那些马总是被关在马场里面。我们不去烦它们,它们就不会来惹我们。我们悄悄过去就好了。

赤杨心觉得他们或许应该多听听羽皮的，毕竟风族猫比谁都更了解马场。

不过他什么也没说，他很乐意直接过去，这样就能更快摘到水薄荷。

但当猫群从马场边走过时，惊雷一般不祥的声音让每只猫的耳朵都抽动起来。

有什么东西往这边来了！

现自己陷进齐腹深的烂泥里，芦苇不时挠过皮毛。有一阵子，他完全不知道其他猫在哪里。

赤杨心回头看去，看到那只马幼崽打着响鼻在篱笆处刹住了脚步。它摇甩着脑袋，沿着细网小跑几步后停了下来，低下头啃咬起草来。

赤杨心这才觉得，那只马幼崽或许并不是想吓唬他们。它可能根本就没看到我们。它只是在玩而已，就和我们的幼崽一样。不过，他还是很感谢那道细网栅栏的存在。

赤杨心费了一番力气才把每只脚掌都从黏糊糊的泥巴里拽出来，然后朝湖岸边走回去。其他几只猫也陆陆续续来到他跟前。烁皮身上的泥巴甚至比他身上的还厚；云雀翅踩到了一块尖锐的石头上，所以一瘸一拐的；而羽皮则是冲进了湖里，一直哆哆嗦嗦地站在浅水里。等发觉危险过去了，她暴躁地嘶叫着蹚着水走出来，甩干身体时溅了其他猫一身的水珠。

"我永远也打理不干净这身毛了！"烁皮叫道。

"我们找处深草丛，你在里面打几个滚就好了。"枝爪说道。她之前跑掉时只在皮毛上溅上了几处泥点。

烁皮哼了一声："那我得从现在滚到下个新叶季才干净得了！"

"我们继续走吧，"赤杨心叹息着催促道。那里最好是长了水薄荷，不然白跑一趟不说，还遭了这么大的罪！

两支队伍继续沿着湖岸前行，经过通往森林大会小岛的树桥，

最后终于来到标明河族边界的溪流边。

"这里有水薄荷！"枝爪激动地尖声叫道，"有好多！我去摘一些。"

她朝前方跳去，那里的溪水两岸长着一丛丛繁茂的水薄荷，支棱的茎秆上还能看到紫色的花朵。

"小心点儿！"烁皮在她身后喊。

枝爪跳进水薄荷丛中，开始采摘茎秆，只见她从根部小心地将它们咬断。其他猫跟在她后面，动作要慢一些：羽皮开始为风族摘草药，而鸣须和云雀翅则对溪流对岸的河族领地保持警戒。

赤杨心朝最近的一丛水薄荷走去，却在这时听到枝爪的一声惊叫。他赶紧转过身去，看到枝爪摇摇晃晃地扒在水岸的最边缘，要不是烁皮及时从草药丛里冲上前去，抓住后颈把她拽回安全地带，枝爪肯定就掉下去了。

"蠢毛球！"烁皮站在她的学徒面前，狂甩着尾巴呵斥道，"我告诉过你小心点儿。"她又转头对跑过来的赤杨心说，"她采的那些水薄荷都掉进水里了。"她的声音很大，在几个狐狸身长的距离里回荡着，赤杨心担心她的声音和刚才枝爪的惊叫，会引来水流对岸河族的注意。

"没关系，这里还有很多。"赤杨心说道，"枝爪，你没事吧？"

枝爪点点头，她看起来惨兮兮的。"对不起，"她小声说道，"我只是想帮忙。我踩上去的时候，水岸的边缘垮掉了。"

"哼，以后做事前多想想。"烁皮看起来还是很生气，不过赤杨心猜测她是刚才被吓到了，担心她的学徒可能会受伤，甚至可能被淹死。"从现在起，你就待在我身边。赤杨心，最好还是你去摘吧。"

赤杨心朝叶丛走去，但还没走到最近的那一簇那里，就听到从河族领地传来簌簌的声音。他抬起头，看到两位河族武士从溪流对岸的芦苇丛中走了出来。

"你们在做什么？"带队的微光皮在水岸边刹住脚步，朝赤杨心和其他猫投来愤怒的目光，她银色的皮毛蓬松起来。"我提醒你们，我们的边界封闭了。现在，识相点就从水薄荷旁边离开，然后消失，不然我就要叫增援了。"

"真对不住啊，"烁皮走上来站到赤杨心身旁，反唇相讥，"你看到我们有谁在河族领地上吗？就算我们要请求允许，那也是向风族请求。再说了，这是巫医的事务。我们有权利为患病的族猫摘取水薄荷。这可是武士守则说的！"

微光皮神情焦虑，她与族猫湾皮互换了一个不确定的眼神。"请别找麻烦，"她说道，"走就是了！"

赤杨心想，是不是雾星封闭边界的坚定态度让她自己的武士们也感到焦虑和怀疑了呢？烁皮深吸一口气，正怒气冲冲准备回话，赤杨心甩起尾巴拦在她的口鼻前。

"我们理解你们的难处，"他开口说，并尊敬地朝河族猫低了一下头，"你们能不能让我们前往河族营地，请求雾星允许我们采

水薄荷？"

"我们来这里又不需要被允许。"烁皮在他身后轻声咆哮，但赤杨心没有理会她。

"即使你们封闭了边界，"赤杨心继续说道，"但你们肯定也认同，阻止疾病继续传播关系到每只猫的利益。"

两位河族武士相互看了一眼，然后把脑袋凑到一起低声交谈了一会儿。赤杨心拼命想偷听，但却一个字也没听清。

最后，两只猫终于再度直起身来。"可以。"湾皮说道，"你可以过来，赤杨心，但那几位武士必须待在那边。"

"不行！"烁皮抗议，"赤杨心，你不能自己到他们的营地里去。只有星族知道他们会干什么！"

微光皮冷冰冰地瞪了她一眼。"河族向来敬重巫医。"她嘶吼道。

"我不介意的，烁皮。"赤杨心安慰她，"我不怕河族。再说了，要是雾星看到有两个族群的武士走进她的营地，她可能会以为我们是准备袭击他们了。"

烁皮怒视着自己的哥哥。"好啊，既然你想当个鼠脑子……要是出了岔子可别怪我。"

赤杨心走上前去，看着小溪。水流又深又急，这里的水面又太宽，跳不过去。他瞥了一眼两只河族猫，觉得自己在她们眼里看到了一闪而过的戏弄。

"哦，对了，你不会游泳是吧？"湾皮咕噜着说，"没关系。

往上游走一点儿,那里有一处容易过去的地方。"

赤杨心听从了她们的话,两只河族猫在对岸也和他一起往上游走。上游几只狐狸身长远的地方,有一块大石头伫立在水流中间。

"你能走这个吧?"微光皮朝石头挥舞着尾巴,问道。

"可以。谢谢!"赤杨心回应说。哦,星族啊,请不要让我摔下去!

他咬紧牙关,绷紧肌肉,在溪岸猛地一蹬,然后轻易地落在岩石顶端。跳第二下要更难一些,因为石头表面很光滑,他把自己往前推时,脚爪下一滑。在一个惊险的瞬间,赤杨心还以为他会够不到溪岸摔下去,但他的前掌重重地落在了干燥的地面上。他伸出爪子,总算是将后腿也拉了上来,他站起身直面着两位河族武士。

"你们在前面带路吧。"他说道。

河族营地外还有一条小溪,但这条很浅,伴着四溅的水花,赤杨心直接蹚了过去。他爬上溪岸,看到周围的河族猫们聚拢来。看到外族猫,他们惊讶地支棱起了耳朵。

"待在这里,"湾皮说道,"我去找雾星。"

赤杨心在溪岸顶端停下了,河族众猫的注视让他感觉有些不舒服。好在几个心跳过后,他就看到雾星从她的武士中间走过来,站到他面前。

"你好。"河族族长说道,并轻轻点了点头,"你来这里做什么,赤杨心?你知道我们的边界已经封闭了。"

"你好,雾星。"赤杨心礼貌地回答道。他讲述了在自己族群

烈焰焚河
LIEYANFENHE

和风族营地里肆虐的疾病,以及自己与风族猫们一起到边界处的小溪那里采集水薄荷的事情。"我向你保证,我们一直待在边界的另一边。"他最后说道,"我们从来没有想要往你们的领地里踏进一只脚掌,或是在你们的领地里收集草药。"

雾星蓝色的目光若有所思地停在他身上。"但你们离跨越边界不过一步之遥。"最后她开口说道。

赤杨心感到一阵恐惧,像是有利爪要撕开他的肚子一样。她会认为我们这么做是一种挑衅吗?他想,我们根本就没有打算越界!好吧,她爱怎么想就怎么想——反正我一定得带着水薄荷回去……但愿我们不用为此打起来吧。

"不过,我能理解你们的需要。"雾星继续说道,"我也不愿任何猫感染上疾病。带上你们的水薄荷走吧。"

"谢谢你!我们——"

"但要是下次还想靠近我们的边界,"雾星打断了他的话,"可要三思了。边界已经封闭了。"

好吧,我想我现在收到你的警告了。赤杨心注意到,河族的巫医柳光,也在簇拥着雾星的猫群中间。她正不安地挪动着脚掌,明亮的绿眼中带着不快的神情。看来有只猫并不赞成自己的族长啊。

赤杨心并没有把自己的想法说出来。他只是朝雾星低下头,以表示自己深深的敬意。"你实在太慷慨了,雾星。"他说道,"雷族感谢你的慷慨,愿星族照亮你的道路。"

雾星没有回答,赤杨心顿了顿就转身离开了。但他爪子拖着,

心情沉重。似乎有什么力量强迫着他转过身去。

"雾星，你就不能改变自己的想法吗？"他乞求道，"你知不知道影族已经解散了，现在成为天族的一部分？族群分崩离析，就像疾病一样，很快传播开来。所有族群保持强大，不是关系到每个族群的利益吗？"

河族族长停住了，她蓝灰色的毛发被微风拂起涟漪，一双蓝眼专注起来。赤杨心能看出自己带来的消息影响到了她。他屏住呼吸，等待着，祈祷她会有所行动。

接着，雾星又放松了下来，她放平脊背。"我们的边界封闭了，"她重复道，"在河族重建期间都是如此。听到发生在影族的事情，我很难过，但那并非河族的责任。"她迟疑一下，又补充道，"现在只能这样了。"

她蓬松的尾巴一挥，示意赤杨心离开。

赤杨心竭力藏起自己的失望之情，离开了营地。他一直将雾星看作几位族长里面最为通情达理的一位，甚至刚才有那么一个心跳的时间，他都以为自己说动她了。

暗尾给她的族群带来的伤害太深了。但如果星族预言中所说的风暴落到了我们头上，族群将会遭受何种苦难？

微光皮和湾皮分别走在他的两侧，将他押送回边界处的溪流，然后让他从那块突出的石头上跳过去。

他的族猫和风族猫们都在等他。"怎么样？"烁皮问他，"雾星说什么了？"

烈焰焚河
LIEYANFENHE

赤杨心将耳朵扭向对岸,两位河族武士还在那里盯着。"注意言辞,"他悄声说道,"我们可不想惹上麻烦。"然后,他又大声说:"她说我们可以安全离开。"

"我就说嘛。"鸣须用几不可闻的声音评论道。

六只猫都尽可能多地带上了水薄荷,并确保自己摘取的是离溪流最远的那些茎秆。

"这可能是我们唯一的机会了。"赤杨心告诫他们,"雾星叫我不要再回来。"

他们将草药打好捆后,沿着湖岸往回走。赤杨心注意到微光皮和湾皮仍一直守在溪岸边,直到他们走出视野。

风族巡逻队在马场对面道了别,就朝着营地的方向走上了荒原的斜坡。赤杨心和他的族猫们朝石头山谷走去。一路上,雷族猫几乎是一言不发地走着,赤杨心努力让自己乐观起来。

我可能是没能成功劝服雾星,但至少我们有草药可以治病了。

但赤杨心刚挤过荆棘通道进入营地,就看到松鸦羽朝他跳了过来。

"你到哪里去了?"盲眼猫质问道,"什么事情让你耽搁了这么久?又有猫病倒了——最严重的是松鼠飞!"

第四章

"不对，不对，不对！重新练习这个动作。"烁皮喊道，"你应该后腿着地立起来，然后前掌一齐劈出。现在先把爪子收起来。"

我现在正是这么做的啊。枝爪强忍着没有发出叹息。自从太阳升起以后，她就一直在和鳍爪还有云雀鸣一起进行战斗训练，无聊极了。这些在我第一次当学徒时就都学过了，她恼怒地想，好多个月以前我就掌握了！为什么非得让我重新来一次啊？

"枝爪！"烁皮恼怒的声音迫使枝爪放下了那些郁闷的想法，"等你真的准备好了……"

云雀鸣正在教鳍爪基础动作，为了激发鳍爪的热情，枝爪用后腿立起来，朝空中迅猛挥出两掌。

"嗯……还不错。"枝爪重新四肢落地时，烁皮咕哝道。

还不错？简直是完美好吧！

枝爪猜测，烁皮对被任命为枝爪的老师很不高兴，所以才如此吝于赞扬。但要不是她一直非要和云雀鸣还有鳍爪一起训练的话，我们就能相处得好一点儿了。我希望她教给我的是我不知道的东西！

烈焰焚河
LIEYANFENHE

  枝爪不知道，对于自己两度更换族群归属，烁皮什么时候才能释怀。枝爪自己也知道，这样的行为也许显得对雷族和武士守则有些不尊重，但她现在已经长大了些，也更会思考了，她感觉自己已经不一样了——不再是一只幼崽，也不再是那位与藤池一起经历自己第一次学徒生涯的小学徒。她现在非常确定，她想成为一位雷族武士。

  我会向族群证明这一点的。

  枝爪看着鳍爪进行训练，听云雀鸣告诉他要如何用尾巴保持平衡。自从鳍爪失去了部分尾巴以后，这只年轻的猫在这方面就有些困难。枝爪能一字不差地重复云雀鸣的讲授，当她自己练习这个动作时，尾巴也能不假思索地扭到正确的位置上。

  真是太没意思了！我真怀疑烁皮是故意这样做，好看看我到底能不能信守承诺！

  "枝爪！"烁皮的声音更严厉了，枝爪不得不强忍着，不让自己因烁皮强调自己的学徒身份而竖起毛。"等你像只被月亮迷了神的疯兔子一样盯着树看够了，是不是就可以再试试那个动作了？"

  枝爪叹了口气。这注定是个漫长的早晨了。

  回到营地时，刚过日高时分，枝爪去给自己拿点儿猎物吃，却发现猎物堆上几乎没剩下什么了。她戳了戳一只骨瘦如柴的老鼠，还有一只差不多全是骨头和羽毛的画眉鸟，这两只猎物都对她毫无吸引力。我快饿死了！狩猎巡逻队都哪里去了？

猫武士

枝爪环顾四周，又嗅尝着空气，猜测大多数族猫都聚在营地里。她知道，疾病肆虐下，能去狩猎的猫更少了。一些族猫已经开始康复，但他们还很虚弱，能蹒跚着在营地里走上一圈就算好的了。至少松鼠飞开始好转了，虽然说她现在还是不够强壮，还无法担负起副族长的职责。

要是我出去狩猎，带很多猎物回来怎么样？也许那样就能让烁皮觉得我已经准备好成为一位武士了。这完全值得一试！

枝爪没再多想。她再度望向四周，看到眼前的众猫似乎更关心打盹儿或是恢复体力，而不是去关注一个无足轻重的学徒在干什么。烁皮和云雀鸣双双消失在武士巢穴中，枝爪更是连鳍爪的影子都没看见。

但刺掌坐在通道入口处守卫着，警惕地竖着双耳。枝爪不想向他解释。学徒独自离开营地是可以的，但刺掌可能会问她有没有得到老师的同意，枝爪不想对一位资深武士撒谎。

于是她朝排便处通道走去，皱起鼻子绕过排便处，然后迅速钻进灌木丛，离开了营地。

她正要松一口气，以为自己顺利脱身了，这时，有一个欢快的声音从她背后响起："你偷偷摸摸的，是要到哪儿去？"

枝爪猛地转过身，看到鳍爪正站在离她一尾远的地方，眼睛里闪烁着期待。"你在这里干什么？"她问道，"回营地去，别告诉任何猫你见过我。"

话还没说完，枝爪就发现鳍爪并不打算听自己的话。这只年轻

烈焰焚河

的棕色公猫连蹦带跳地绕着她转圈，兴奋得尖叫起来："你要去冒险吗？我能和你一起吗？"

枝爪叹了口气。她从一开始就该知道不可能甩得掉鳍爪的。不过，要是我带回了猎物，还照顾了一位学徒，那肯定能证明我是一位真正的武士。她心里安慰着自己。

"好吧。"她叹了口气说，"别再弄出响声了。你会把森林里的猎物都给吓跑的。"

"这事吗？"鳍爪压低了声音，枝爪松了口气，"我们要去狩猎是吗？太棒了！"

鳍爪挨在枝爪身边，刻意放轻了脚步，一起往森林深处走。天空中满是云朵，太阳不时从云缝间探出头来，森林里凉爽阴暗。枝爪不时停下来嗅尝着空气，注意着猎物的气息，也留意猫的气息——她可不想碰上族猫。

鳍爪最先发现了猎物：是一只在橡树下的碎叶间刨来刨去的老鼠。他压低身体，进入狩猎蹲伏状态，然后悄悄靠近它，可当他刚靠近到能够扑击的距离时，不料一只脚掌踩到了枯叶上。碎裂声惊动了那只老鼠，它冲向橡树根。

"老鼠屎！"鳍爪叫道。

但枝爪一直留意着，做好了准备。随着猛地一扑，她跃向老鼠，挥出一只前掌，老鼠惊恐的吱吱声戛然而止。

"星族，感谢你们赐予这只猎物。"她说道。

"嘿，好身手！"鳍爪走过来嗅闻着老鼠，"对不起，我把它

放跑了。"

"没关系。"枝爪用鼻头碰了碰他的耳朵,"我们配合得很好。"

两只猫继续狩猎,又抓到一只老鼠,还逮了一只鼩鼱。枝爪挖了个洞,把自己的猎获放进去,准备一会儿再来取。我的主意很成功,她想,烁皮一定会大吃一惊的!

她四下里看看,发现他们已经靠近风族边界了。"或许我们应该到溪流那里去,"她对鳍爪提议道,"要是我们运气好,没准儿还能找到一些水薄荷。"

鳍爪表示同意,但他们还没走出几步,枝爪就看到一只松鼠爬下了一棵白蜡树,要穿过他们正前方的那块空地。松鼠毫不慌张,小跑几步,又直起身子,卷着尾巴坐下来。显然它没有察觉到两只猫的存在。

枝爪转动耳朵指指松鼠。"待在后面,保持安静。"她轻声告诉鳍爪。

两眼闪闪发亮的鳍爪兴奋地点头答应了。

枝爪开始跟在松鼠后面,肚腹扫过草尖,朝它潜行过去。她与松鼠之间的距离越缩越短。就在她快能够到时,松鼠又坐起身来。枝爪恼怒地咬紧牙齿,因为她察觉到风向变了,她的气息正被微风送向猎物那边。

下一个心跳的时候,那只松鼠跃向最近的一棵树,尾巴在身后挥舞着。枝爪沮丧地吼了一声,紧跟了上去。她紧缩起肌肉,又伸

烈焰焚河
LIEYANFENHE

展开，试图将腿上的每一点儿速度都挤出来。

松鼠够到了树，朝树干上逃窜。枝爪跑得太快，刹不住脚步，身子一下子冲出了数步，接着，脚掌下突然就空空的了。她发出一声尖叫，坠入冰凉的水里，水流漫过她的头顶。

她在水底碰来撞去，无助地拍打着，拼命想用脚掌抓住什么。接着，她的脑袋冒出了水面。眼睛里的水让她什么也没看清，只模糊地看到身边耸立的一片绿影，于是将两只前掌伸了过去。

她的爪子扎进了溪岸多沙的土壤里，奋力将自己从水里拖出来，朝上方爬去。最后，她瘫倒在平地上，呛着水喘粗气。

枝爪在那儿躺了一会儿，闭着眼睛，调整着呼吸。然后，她远远地听到鳍爪在喊："枝爪！枝爪！"

"我没事……"她噎着嗓子，挣扎着开口说道。

另一个声音在近得多的地方问道："你在这里做什么？"

枝爪睁开了眼睛。最开始她只看到了脚掌：灰色的脚掌，在她面前站成一个半圆。她目光朝上，认出是一支风族巡逻队，心脏怦怦跳了起来。是羽皮和烬足，还有他的学徒烟爪。三只猫看着都满怀敌意，竖着毛发，还伸出了爪子。

哦，星族啊！我爬上风族的领地了！

"你在这里做什么？"羽皮重复道。

"对不起，"枝爪哑着嗓子说，"我不是故意过来的。"

她摇摇晃晃站起身来，想把皮毛上的水甩下去，但她及时意识到她要是这样做，就会甩风族巡逻队一身水。我可不觉得这样会让

猫武士

他们喜欢我。她想着,不得不沮丧地忍受着一身湿透的毛发。

"你的冒失举动让我们丢了猎物。"烬足嘶嘶地吼道,"我们正在追踪一只鸽子,但你落水弄出那么大的噪声,把它吓走了。"

我下次掉进水里的时候会努力安静一点儿的。枝爪想,但她敢说出声的只有一句:"对不起。"

"对不起又无法填饱肚子,"羽皮呵斥道,"另外你们两个学徒远离营地,又没有和老师在一起,到底是在这里干什么?"

枝爪看向对岸,看到鳍爪站在那里,睁大了的双眼中满是担忧。她真希望鳍爪刚才能藏进灌木丛里,这样他就不会也惹上麻烦了。

她一开始不知道要怎么回答羽皮的问题。她不确定自己是不是该承认自己和鳍爪是在狩猎,也不想让其他族群的猫觉得雷族的老师们粗心大意,学徒们偷偷溜出了营地都不知道。这让雷族显得很差……这可不是我为自己赢得武士名号的办法。

"呃,我们……我们只是出来一下,没留心走远了。"她最终结结巴巴地说道。

她说话的时候,感到一阵恼火,因为她看上去就像一位愚蠢的学徒。因为希望风族猫会放了他们。

但最后,她的策略似乎奏效了。羽皮的爪子缩了回去,毛也平顺下来。烬足和烟爪都往后撤了一步,不过他们警惕的目光还是没有离开枝爪。

"既然如此,"羽皮说道,"我们会护送你们回雷族营地。我

烈焰焚河
LIEYANFENHE

们这么做，只是想确保你们不要又不小心走错地方。"

"不用了！"枝爪反对道，她彻底慌了，"我们会直接回去的，我保证。"

"不行，我认为你们的族长需要知道你们在干什么。"羽皮回答道，并轻蔑地挥了挥尾巴，"烬足，你跟我去。烟爪，回营地去把发生的事情告诉兔星。然后回来在这里和我碰面，我们还要继续狩猎。"

那位学徒从树林中冲了出去，羽皮和烬足则往溪流上游走了一段，来到一处水面狭窄，可以跳过去的地方。枝爪被迫跟着他们。

枝爪和鳍爪被两位风族武士强行护送着穿过森林往回走时，怒火和羞耻在枝爪的身体里燃烧着。

黑莓星会对我们说什么？她问自己，烁皮呢？哦，伟大的星族啊，还能再糟一点儿吗？也没有机会停下来带走之前抓到的猎物，这让她非常沮丧。等我能回来拿的时候，它们都变成鸦食了！

当枝爪和其他猫抵达石头山谷时，当班守卫的还是刺掌。看到风族猫，他立刻跳起身来。"你们在这里干什么？"他亮出利爪质问道。

羽皮礼节性地低了低头，并没有对他挑衅的语气做出反应，也没有理会聚集起来的雷族众猫投过来的满怀敌意的目光。"我们想和你们的族长谈谈，有劳了。"她说道。

莓鼻立刻从猫群中离开，冲过空地朝落石堆跑去。刺掌挥动尾巴，允许风族猫们走进营地，而其余族猫则在风族猫周围围成一个

参差不齐的圈，等待着。

因为现在站着不动了，枝爪能感觉到凉意直往她湿透了的皮毛里面渗，她开始打哆嗦。她希望其他猫不会以为她是因为害怕而颤抖。鳍爪用自己的皮毛轻轻拂过她的身体，在她耳边轻声说："会没事的。你别担心。"

枝爪真希望自己能有鳍爪这样永不减灭的乐观精神。

她感觉自己好像是等了好几个月以后，黑莓星才从猫群里挤出来，站到她的面前。"怎么回事？"他问风族猫们，"你们为什么来这里？"

"我们把这两位学徒带了回来，"羽皮尊敬地低下头，解释道，"这位，"她耳朵扭向枝爪，继续道，"掉进了边界处的溪流里，然后爬上了我们风族的溪岸。我知道她不是有意越界，但她让我们丢了一只猎物。"

"那是意外。"黑莓星将琥珀色的眼睛转向枝爪时，她为自己辩护道。

"我知道，"羽皮说道，"但她本来很可能会惹上大麻烦。我们有一些武士可能并不会像烬足和我一样宽容。或者她要是走错路到了河族领地上……"

这话真是鼠脑子，枝爪想，毛渐渐支棱起来，我们和河族连边界都没有。而我不过是刚刚踏上了风族领地而已，我真不明白风族猫为什么要这么大惊小怪。简直太不公平了！

不过她还有理智，知道要闭好嘴巴，黑莓星则平静地听风族武

士讲话。他为羽皮的好意向她致谢时,脸上的神情无法揣测,这下子,枝爪更加惴惴不安了。

"我会确保我的族猫们更加尊重边界的,"他承诺,"要是下一支雷族狩猎队恰好在边界附近抓到了猎物,他们会送一些给风族,以表示我们的歉意。"

枝爪听到这里时,心里不由一紧,两眼死盯着脚掌。她不敢抬头,她能感觉到族猫们听到因为她要丢掉猎物后,目光都聚集到她身上。

她听见风族猫们说了道别的话,然后感觉到黑莓星的尾巴弹了弹她的肩膀。

"到我的巢穴里来,枝爪。"族长说道,"我们需要谈谈。"

枝爪的心顿时沉了下去。被烁皮责骂是一回事,被族长责骂要糟糕上十倍。她跟着黑莓星走向落石堆,进入他的巢穴,这一路上,她的脚掌沉得像石头一样。

"你虽然还是位学徒,枝爪,"他坐在窝边开口说道,"但你已经足够大了,也经历了很多事,不该犯这样的错误。你到底是怎么了?"

黑莓星的每一个字都像是伸出的利爪刺透了她的身体。她宁愿黑莓星冲她咆哮,而不是用现在这种平静而疲惫的语调说话。

"对不起,"她说道,"那真的是个意外。"

"但你和鳍爪一开始就不该跑出去,"黑莓星回答道,"说吧,枝爪,告诉我你到底怎么了。我知道你为了能回到雷族,做出

了很大牺牲，所以你一定是想待在这里的。为什么你觉得融入进来会这么难呢？"

枝爪叹口气，此刻，她决心要说出实情了。如果族长愿意听我说的话，情况可能会好很多。

"训练……有点儿难熬，"她坦承道，"烁皮坚持要我和鳍爪同步训练。"她迅速补充道，"我明白，这样做也没什么不好。我没想要特殊对待。但是……"

"但是这有点儿奇怪，"黑莓星打断了她，"你之前已经当过两次学徒了。再教你那些基础的东西，似乎对你和烁皮都是在浪费时间。"他的目光变得若有所思起来。"我会和烁皮谈谈这事的，"他许诺道，"还有别的事情困扰你吗？"

枝爪安静了一会儿，但她最终还是没法儿将自己的担忧置之一旁。"预言的事！"她脱口而出。

黑莓星的眼睛亮了起来——有一瞬间，他看起来好像差点儿被逗乐了。"什么预言？"他问道。

"我知道，赤杨心相信星族希望五个族群共存。"枝爪答道，"但影族没了，河族也封闭了边界，现在只剩下三个族群。如果我们不做点儿什么的话，我担心会有可怕的事情降临到雷族头上。"

在几个心跳的时间里，黑莓星一言不发地看着她，神情困惑。

"为星族的信息担忧不是武士的工作，更不是学徒的职责，"他温和地说，"我们有巫医来为我们解读星族的意愿。"他将头歪向一边，"我记得你还是幼崽的时候，经常跟着赤杨心在巫医巢穴附近

转悠，"他继续说道，"你是不是觉得自己更愿意成为一位巫医呢？"

我才不想再当一次学徒呢！枝爪想。她坚定地摇了摇头。"我还是幼崽时，的确想自己也许会愿意成为巫医，"她回答，"但现在，我发现自己更适合成为武士。"

黑莓星点点头。"我很感谢你对预言的关心，"他对她说，"这表明你很有想法，也充满了奉献精神。但雷族不能对其他族群发号施令。很不幸，但影族的问题只能由他们自己来解决，只有时间能告诉我们会发生什么。"他继续说道，"同时，你必须专心当好一位学徒。那才是你报效族群最好的方式。你懂了吗？"

"是的！"枝爪回答道，"我真的会尽最大努力的。"

"很好。"黑莓星说道，"你可以走了。请帮我找一下烁皮，让她来找我。"

枝爪低下头，离开了族长的巢穴。从落石堆上爬下来时，满意与不安在她心头交织在了一起。我刚才那么说会让我的老师惹上麻烦吗？

第二天一大早，云雀鸣就出现在育婴室的入口，找鳍爪去训练。枝爪跟着同伴来到营地上，四下里张望着找自己的老师。

"烁皮在哪里？"她问道。

"我不知道。"云雀鸣回答道，看上去有一点儿焦虑，"我醒来的时候，她就不在武士巢穴里。你最好是找一下她。鳍爪和我会

等着的。"

哦，星族啊！枝爪感觉很愧疚，心想，黑莓星肯定不会因为我抱怨就把她撵走了吧？

枝爪开始在营地里寻找，她把脑袋伸进长老巢穴里面，看到灰条和米莉还在睡觉，又把脑袋伸进学徒巢穴里，看到大部分病猫都蜷着身子。没有烁皮的踪影。

接着，就在枝爪往巫医巢穴去的路上，她听到老师的声音响了起来，响亮而恼怒："我可没时间干这事！我还有学徒要训练呢。"

松鸦羽的咆哮让枝爪动了动耳朵，但她一个字也没听清。她擦着黑莓屏风走过，看到烁皮坐在巫医巢穴的一边，正舔着某些像是水薄荷的叶子。

"枝爪，"她抬起头，看到自己的学徒，用沙哑的声音说道，"我得了这个被星族诅咒的病。你今天得和云雀鸣一起训练了。"

"接下来几天也是。"松鸦羽插话道，"现在把剩下这些叶子都吃下去，然后去学徒巢穴里待着。"

烁皮怒气冲冲地抽动着胡须，还是听从了。她的肚子起伏着，但枝爪欣慰地看到，草药没有被吐出来。

"真是遗憾，"枝爪说道，"我一会儿再来看你。"

"谢了。"烁皮咆哮道。她目光呆滞，神色疲惫——和枝爪熟知的那个精力十足的烁皮比起来，她简直判若两猫。"枝爪，"枝爪转身要走时，烁皮补充道，"等我好了以后，我会给你上一些

烈焰焚河

更有难度的课程的,但是现在,你得好好和云雀鸣、鳍爪一起训练。"

"我会全力以赴的。"枝爪保证道。

她从巢穴里出来,跑过空地,来到等在荆棘通道入口旁的云雀鸣与鳍爪身旁。

她将消息告知他们时,云雀鸣忧虑地看向巫医巢穴,好像想要亲自看看烁皮。接着,他抖抖皮毛。"来吧,"他说道,"今早进行狩猎训练。"

枝爪跟着云雀鸣和鳍爪进入森林,做好了无聊的心理准备。云雀鸣教鳍爪练习狩猎蹲伏动作时,她努力保持耐心,哪怕已经看出来鳍爪完全忘了尾巴该怎么放。

最后,她实在憋不住了:"鳍爪,要是你的尾巴总是这么忽上忽下,你就会把你想追踪的猎物惊走的。"

"哎哟。好的,谢谢你,枝爪。"鳍爪收起了尾巴。

"是的,太感谢你了。"云雀鸣的声音里满是讽刺,"我肯定永远都注意不到他的尾巴。我当然也不可能一直等着,直到确定他的脚掌放到了正确的位置再去纠正其他的问题。"接着,他放松了一点儿,友好地推了推枝爪。"到这边来一下,"他回头补充道,"鳍爪,你自己练习一会儿。把那边那片叶子当成老鼠练习。"

"你想干什么?"枝爪问道。她和云雀鸣已经走出了几尾远,鳍爪还在努力地朝那片叶子潜行。

"和你一起受训对于鳍爪没有帮助,"云雀鸣对她说,"你已

经学会了很多技能,这对他来说不公平。他很有热情,会努力去做那些你能做到的事情。要是失败了,他可能会因此丧气,这样会影响他的自信心。"

你了解你的学徒吗?枝爪想,那只猫的自信够把整个石头山谷给填满都还有富余呢!

"我知道了,"她对云雀鸣说道,"那你想让我怎么做呢?"

"你现在最好是回营地去。"云雀鸣决定道,"看看长老们有没有什么需要你做的,或者能不能给巫医帮上忙。"

枝爪低下头:"好的。"她朝营地走去时,听到鳍爪在她背后发出胜利的呼喊:"嘿,云雀鸣,我杀死那片叶子了!"

回到营地后,枝爪给灰条和米莉带了一些猎物,然后去巫医们那里看了看。烁皮已经到学徒巢穴里和其他病猫住在一起了,白翅仍旧蜷缩在自己的窝里,不过小李树已经好转,回到育婴室里母亲身边了。

"嘿,你们需要我做什么事吗?"她问巫医们。

回答她的是赤杨心:"现在应该没有,谢谢你。但我们需要帮助的时候,我会来叫你的。"

枝爪失望地退回空地上。她的脚掌痒痒的,想做点儿什么,但发生了昨天的事情以后,她也不敢自己出去狩猎。

她往四下看,发现百合心正在石头山谷边缘的一块石头上伸懒腰,于是朝她走去。百合心抬起头看到她,温暖地冲她眨眨眼。

烈焰焚河
LIEYANFENHE

"嗨，枝爪。今天没训练吗？"

"没有，烁皮病了。"枝爪答道，她不想提和鳍爪一起受训的事。

"那你可以和我说说话。"百合心用尾巴示意枝爪到石头上来和她一起。

她的欢迎让枝爪觉得宽慰了不少。当枝爪还是一只幼崽，刚来到雷族时，是百合心将她接纳进育婴室，又像她失去的母亲一样给她关怀。枝爪现在仍感觉她们之间有一种密切的联系。

至少还有一只猫乐于见到我。她想。但一想起百合心的伴侣雪丛死于岩石滑落，一阵强烈的悔意便刺穿了她的心。那件事情发生的时候，我甚至都不在雷族，根本无法安慰她。

"你今天感觉怎么样？"枝爪问道，她记得百合心是最早病倒的那批猫中的一只。

"好多了，不过这事急不得。"她的养母答道，"我很想到森林里去好好跑一场，伸展一下肌肉。但我起来的时候，却连晃晃悠悠地走到猎物堆那里都很勉强！"

"你现在想吃点儿猎物吗？"

百合心摇摇头。"不用了，谢谢。"她目光尖锐地看着枝爪，补充道，"但我能看出你有心事。有什么东西困扰着你，是不是？"

枝爪犹豫了，但养母满怀爱意的目光鼓励着她说出口。"在雷族，我总觉得有点儿焦躁不安，"她承认道，"我不是想离开——

猫武士

完全不是——但我还不太确定自己的位置在哪里。我知道我是在犯傻，不过……"她再度停顿下来，努力让声音保持平稳，"我猜，可能我期望我的归来会让雷族更加喜悦吧！"

百合心伸直脖子，舔舐着枝爪的耳朵。"你才不是在犯傻呢，"她温柔地说，"但是，你也知道，因为我们都太爱你了，所以你离开的时候我们才会那么难过。现在我就很高兴啊，因为我觉得我所有的孩子都回到我身边了。"

枝爪用口鼻磨蹭着百合心的肩膀。"也是因为紫罗兰光的事。"她继续说，"现在我们之间的关系好紧张，我不喜欢这样。"

"她永远都会是你的妹妹。"百合心提醒她。

"我知道，但我希望我在雷族也能有一位至亲。"枝爪说道，"他们会理解我，或者，至少让情况不那么难熬吧。"

百合心伸出尾巴，碰触着枝爪的肩膀。"族群会再度信任你的，"她承诺道，"也许你需要的是向自己证明你属于这里，而不是向其他猫证明。"

枝爪垂下脑袋，与百合心碰碰鼻子。她很感激养母的开导，感觉好多了。"谢谢你。"她咕噜着说道。

就在这时，一个得意扬扬的声音就从荆棘通道的入口处传来："枝爪！快看！"

枝爪转过去，看到鳍爪跳过空地，一只田鼠在他嘴边晃荡着。云雀鸣慢悠悠地跟在后面。

烈焰焚河
LIEYANFENHE

"快看!"鳍爪将田鼠放在猎物堆上,重复道,"我自己抓到的!"

"真是太棒了!"枝爪朝百合心点点头,跑过去和朋友一起查看他的猎物。那是一只很小的田鼠,但鳍爪的神情骄傲得像是自己抓回来了整个森林里最肥硕的松鼠一般。

"云雀鸣,"他问自己的老师,"我可以和枝爪分享它吗?"

云雀鸣看起来和自己的学徒一样高兴:"当然可以。"

鳍爪眼里闪着光,把那只田鼠从猎物堆上挑出来,和枝爪一起蹲下身来吃。咬进这只温暖的猎物时,枝爪感到了一瞬的快乐。可她仍然心里想着,要怎样做才能证明自己是一只忠诚的雷族猫。

第五章

"砂鼻,我想让你带领一支边界巡逻队,"叶星说道,"你可以顺路看看影族的旧营地。紫罗兰光,你和砂鼻一起去。"

紫罗兰光很高兴自己能被选中,她走上去站到族猫身旁,这时叶星用严肃的目光盯住了阿树。"阿树,已经过去半个月了,斑愿告诉我,你似乎对学习怎么当巫医并不太感兴趣,"她说道,"所以我想你最好也加入这支巡逻队。让我们看看武士的生活是否适合你。"

这只强壮的黄色公猫坐在猫群边上,望着天上飘过的白云。族长对他说话时,他毫无反应。

"阿树,"叶星重复道,"你在听吗?"

阿树惊跳了一下:"呃……抱歉,叶星,你刚才说什么?"

"我让你加入这支巡逻队。"叶星朝砂鼻和紫罗兰光轻弹尾巴,回答道。

阿树的神情有些疑惑。"但那听着像是武士的职责啊,"他反对道,"我又不是一位武士。"

紫罗兰光焦虑地看着叶星,担心族长会对阿树丧失耐心。他已

烈焰焚河

经和天族一起生活了一个多月的时间了,却还没决定自己在族群中的位置,也不知道自己是否想要留下来。

"即便你不认为自己是武士,"叶星回复道,她的眼神和声音都毫无波澜,"如果你要留下来,你就必须做出贡献。规矩对所有猫都是一样的。"

她最后的那句话暗含挑衅,甚至有些嘲讽,这让紫罗兰光担心起另一件事情来。也许阿树会直接扔下一句"不用了,谢谢",然后直接走掉。我真的不希望发生这种事。她无法想象再也见不到阿树会怎样。但如果他重新成为一只独行猫,她的生活中又该如何安放他呢?

"嗯……好吧,"阿树看起来还是有些不确定,"但我之前没有参加过巡逻队,不会拖你们的后腿吗?"

"万事都得有第一次,"叶星轻快地说,"说不定你很有这方面的天赋呢。你和紫罗兰光一起,这能帮你了解武士的生活都有些什么。"

"好的,我会帮忙的。"紫罗兰光热切地答应下来。也许这样能说服他留下来……

当砂鼻率领巡逻队钻出蕨叶通道时,在云层遮盖下几不可见的太阳正好掠过树梢。他们来到边界处,前一日的气味标记已经开始变淡了。

因为四处乱走,再加上擅自停下来打哈欠和梳洗,阿树已经惹恼了砂鼻。紫罗兰光听见砂鼻自言自语地嘀咕:"只有星族才知

道，叶星怎么忍得了这只猫！"

紫罗兰光也不得不认同阿树的行为的确很讨厌。他要是不多加注意，就会失去自己在族群里的位置。她希望自己能帮他表现得更像一位武士，于是向阿树展示了如何更新气味标记。她知道砂鼻一直警惕地监视着他们。她一直很警惕这只矮壮的棕色公猫——他曾经是枝爪的老师，总是在抱怨她背叛天族加入雷族的事情。而且他还是鳍爪的父亲，紫罗兰光知道，在鳍爪决定和枝爪一起离开以后，砂鼻非常想念那只精力充沛的小公猫。

也许砂鼻觉得这一切都可以怪到我的头上，因为我是枝爪的妹妹。紫罗兰光心里想着，但我也很想枝爪。

她努力不让自己总是想到被至亲抛弃的感觉，但当她的皮毛擦过阿树的皮毛时，却感觉胸口空虚得阵阵疼痛。

要是连我的亲生姐姐都离开我，那阿树怎么就会待在我身边呢？

紫罗兰光让阿树去在边界上设置一处气味标记，自己则嗅闻着附近溪岸上的一个洞口，那洞口通向一个阴暗的洞穴，只闻到不新鲜的兔子的气味。

"啊，看在星族的分上！"

听到砂鼻的喊叫，紫罗兰光转过身去，看到阿树没有在设置气味标记，却已经爬上了一块石头，在一束冲破云层的阳光中伸着懒腰。

"阿树，从那个地方下来！"砂鼻继续吼道，"说真的，就连

烈焰焚问
LIEYANFENHE

族群里最小的幼崽都比你脑子清醒！"

阿树从石头上滑下来，并不生气。"别支棱毛啦，"他说道，"慌什么呢？我们有一整天时间呢。"

"还有其他事情——"紫罗兰光刚开口，就被砂鼻发出的一声咆哮打断了。

"你赢了！阿树，你跟不跟我们来随你的便，但我可不会傻站在这里等着你把每根胡须都整理一遍。紫罗兰光，把标记设置好，然后我们去影族旧营地看看。"

他猛转过身，几乎没有给紫罗兰光执行命令的时间，就从松树间走开了。紫罗兰光匆匆设置好气味标记跳过去追他。她惊讶地听到阿树仍然跟在他们后面。

她刚追上砂鼻，这只棕色公猫突然刹住脚步，抬起头来开始嗅闻空气。

"怎么了？"紫罗兰光问道，她刻意压低声音，万一是砂鼻发现了攻击，"是泼皮猫吗？"

砂鼻再度嗅尝空气。"我不敢肯定，"他回答，"但前面肯定有猫。他们在边界内，也就是说他们越界了。"

紫罗兰光吸入空气。他们离影族营地不远，有持续的微风从那个方向传来，夹杂着猫的气味飘向他们。

"你觉得这些气味熟悉吗？"她问砂鼻。

砂鼻摇摇头："我没闻到过。如果是熟悉的气味，那可能就没什么好担心的——但有不止一只猫跨越了边界，在以前的影族营地

里摸来找去，肯定是有什么原因。"他缩起嘴唇，准备吼叫。"而这个原因一般都不是什么好事，对吧？"

紫罗兰光竖起耳朵，像是在试图定位猎物一样。她绷紧了肌肉，准备好迎接麻烦的到来。"我们应该去看看。"她轻声说。

砂鼻轻轻地点了一下头："跟上我。"

他迈步往前，将身体贴近地面，如同在追踪老鼠一样将脚掌轻放到地面上，紫罗兰光转向阿树。

"你最好待在这里。"她对阿树说，"我们不知道前面有什么麻烦。"

"当然不行！"阿树嘶嘶说道，"我才不会自己跑掉，丢下你们独自战斗！"

没时间争论了。紫罗兰光跟在砂鼻后面前进，暗暗感激有厚实的松针吸收了她的脚步声，微风也仍旧将他们的气息送离营地和入侵者的方向。阿树在她身旁走着。

当他们来到通往影族营地的岩石斜坡时，砂鼻竖起尾巴示意其他猫停下。"从现在起，保持彻底的安静。"他轻声说着，狠狠地瞪了一眼阿树，"还有，紫罗兰光，要是有麻烦，我要你跑回营地去寻求支援。你的速度最快。"当紫罗兰光张嘴刚要抗议时，他补上最后一句。

"好的，砂鼻。"

三只猫一起潜行爬上斜坡，来到坡顶，俯瞰下方那处曾是影族营地的浅坑。这里，猫的气味更浓重了，紫罗兰光越发觉得自己应

该认得这种气味。"

他们正看着，一只黄色皮毛的母猫出现在山谷的远端，一只老鼠垂在她的下巴上。她往下跳入营地，消失在曾是育婴室所在的黑莓丛中。

"滑须！"紫罗兰光低声说，"她以前是一只影族猫，但她加入了暗尾。"一想起滑须曾经那么狂热地追随着那位泼皮猫族长，紫罗兰光强忍着没有发抖。"她还参与杀死了松针尾。"

"那她就不是我们想要在附近见到的猫了，"砂鼻回应道，"我们去对付她吧。"

砂鼻走在前面，小心地一步步下到山谷里，穿过浅坑往黑莓丛走去。一条狭窄的通道通向里面，砂鼻挤了进去，紫罗兰光紧跟着他，阿树殿后。

"帮我们留意着身后。"紫罗兰光指示他，"他们可能还有其他猫。"

她还没说完，就听到前方传来一声戒备的号叫。她往前挤，进入了旧日的育婴室，眼前的景象让她讶异地刹住了脚。不仅滑须在，另一只曾经的影族猫著叶也在，她也当过暗尾的至亲。著叶从一个苔藓窝中伸长了身子，她的肚子圆滚滚的，能看出她就要生了。

砂鼻站在她们面前。他伸出了利爪，尾巴也狂甩不止，但显然并不愿意攻击一只即将临盆的猫。滑须蹲伏在他和著叶中间，毛发竖立着，缩起嘴唇嘶嘶地回吼着。

猫武士

"紫罗兰爪!"蓍叶惊叫道,她吓坏了,大睁着黄色的双眼,"怎么回事?影族去哪里了?"

"这两只都是影族猫吗?"砂鼻问紫罗兰光。

"对。她是蓍叶。"

不安的感觉在紫罗兰光腹中翻搅。滑须和蓍叶是和暗尾最为亲近的两只猫。她们在这里想干什么?她心里问自己。

砂鼻仍没有收起爪子。"那还好。"他说道,"但她们还是未经允许就跨越了我们的边界。"

"可你不会攻击一位怀孕的猫后的,对吧?"阿树问道。蓍叶看起来既害怕又困惑,阿树眼里充满了对她的同情。

砂鼻犹豫了片刻,还是叹息一声放松下来:"不,我不会那么做。但别指望我能欢迎她们。她们是背叛了花楸掌的影族武士,不会得到我的欢迎。"

"不止如此,"紫罗兰光告诉他,"暗尾接纳她们为自己的至亲,她们俩对他可是忠心耿耿。她们还曾经帮忙把猫溺死。"她打了个寒战,想起滑须是怎样猛扑向松针尾,试图将她按入水下的情形。松针尾是我最早交到的几个朋友之一。

"我们离开了暗尾。"滑须告诉他们,"我们认识到自己犯了多大的错误,我们回来找影族,是想重新回家的。影族到底在哪儿?"

"影族猫们有别的营地了。"砂鼻简单地说道,"你们也不再是他们族群的一部分。"

烈焰焚河
LIEYANFENHE

"不要，求你们了，让我们留下吧。"蓍叶乞求道，"我们只是想再度成为影族猫而已。"

"暗尾统治影族的时候，你们眼睁睁看着你们的族猫惨死，"紫罗兰光指责蓍叶，"是不是你现在要生幼崽了，就突然想起了族群生活的好处？"

蓍叶难堪地从她身边退开。"不是这样的，"她辩解道，"我和滑须之前与暗尾残存的部下一起过活，但我们越来越不安，这些猫似乎从不关心彼此。"

"没错。"滑须咆哮道。当她朝上瞪向砂鼻时，依然绷着肌肉准备随时一跃而起，"现在暗尾死了，他们甚至连至亲的概念都没有了。完全是各顾各的。"

"尖毛死了。"蓍叶的声音颤抖着，"他病了。我们努力想救他，但其他猫不愿意寻找草药，也不愿意……"她没了声音，将鼻子埋进前掌间，整个身子都在发抖。

"没有猫愿意帮忙治他，更别说给他送去猎物了。"滑须接着说了下去，"我尽了力，但我没办法同时照顾好他和蓍叶。后来他就死了。"她阴郁地把话说完。

"我把荨麻当作伴侣。"蓍叶再度开口，显然竭力控制着自己的情绪，"我怀的就是他的孩子，但我一想到要在泼皮猫群里抚养我的孩子就怕得不得了。我总会想起我还是幼崽的时候过的生活，在这个育婴室里面，安全无忧，周围都是关心我的猫。我想要我的孩子在这样的环境里长大。我想回影族。"

有一会儿,天族猫们都没有作声,只是谨慎地交换着眼神。紫罗兰光不知道该怎么说,才能告诉蓍叶,她所期望的一切都已不复存在。她也留意到,阿树看上去也很困扰,他似乎终于开始意识到影族的损失有多惨重了。

静默像是持续了几个月一般,直到滑须坐下来,放平了支棱的毛发,眼里带上了一抹忧虑。"紫罗兰爪,他是什么意思?"她看了看砂鼻,"他说花楸掌是什么意思?他肯定是想说花楸星吧?"

"我现在是紫罗兰光了。"她回答道。她看向砂鼻,但砂鼻的眼睛盯着自己的脚掌——她显然没法儿指望他帮忙解释了。"天族回到了湖区,"紫罗兰光继续说,"而影族……花楸星认定他不能继续领导一个几乎不存在的族群了。所以,现在他又是花楸掌了,影族剩下的猫都已经加入了天族。"

滑须和蓍叶震惊地相互看了一眼。"但——但影族怎么会不复存在了呢?"蓍叶结结巴巴地说。

紫罗兰光不知道该怎么回答。

"你们俩都需要好好想想,想想现在怎么办。"砂鼻严厉地说道,"现在是天族族长叶星做主了,我不知道她会不会允许你们待在族群里。如果你们想要加入影族……那么也许你们就得重新考虑一下了。"

蓍叶和滑须安静了一会儿,看上去很是为难。"那么,我们想要加入天族。"蓍叶最终下定了决心。

"是的,我们自打离开以后,一直过着十分糟糕的日子。"滑

烈焰焚河

须说道,"我们完全没想到事情会变成这样。我们不是来找麻烦的。"

她的声音如此真诚,紫罗兰光差点儿就相信了,却发现自己无法忘掉滑须在还是暗尾的至亲时做过的那些事情。

"只要是个族群就行,"滑须继续说,"我们只想要族群的生活。"

"没错。"蓍叶附和道,"以前背叛了影族,我很抱歉。现在我才知道这才是我想要的。"

紫罗兰光不知道是否该相信这两只猫。我简直不敢相信,蓍叶竟然怀了一只泼皮猫的幼崽。我们真的该把有一半泼皮猫血统的猫带到族群领地上吗?

同样的,当影族猫们说她们只想过回到正常的族群生活时,她也无法否认她们看起来十分真诚。

我不知道,对影族猫而言,一切是否会恢复正常。

"我觉得我们还是先带她们去见叶星吧。"紫罗兰光向砂鼻建议道。这只公猫短促地点头表示同意,这时她才意识到,对于天族族长会做何反应,自己一点儿底都没有。

砂鼻在前,紫罗兰光和阿树在两只影族母猫后面压阵,众猫进入了天族营地。蓍叶在路上很快就筋疲力尽了,但尽管受到幼崽重量的拖累,她还是坚持往前走的毅力,给紫罗兰光留下非常深刻的印象。

著叶一走出蕨叶通道就停下了脚步,她往四处看时连四肢都在颤抖。紫罗兰光能看出,一路能走进这个陌生的营地来面对陌生的族群,对她来说就已经够艰辛了,还要接受这一切巨大的变化,更是让她难以接受。

营地远处,育婴室附近一个安静的角落里,花楸掌和褐皮正在舌抚着,毫无族长和资深武士的派头。著叶盯着他们看了一会儿,接着低下了头。

"糟透了……"她对自己嘶嘶地说道,"我觉得自己背负着罪过……"

她正说时,褐皮抬起了头,看到了两只影族猫。怒火霎时涌入她绿色的双眼,她跳起来。"我就觉得自己闻到了叛徒的味道!"她咆哮道。

还没等其他猫反应过来,褐皮就已经冲过营地,猛地停在著叶面前。她伸出利爪,一只脚掌已经抬在半空。下一个心跳,她就僵住了,好像刚意识到著叶现在正怀着幼崽。接着,她放下了脚掌,但眼睛里仍然怒意熊熊。"这都是你们的错!"她骂道,"是你们和其他那些懦夫!就是因为你们,影族才没有了!"

营地里其他影族猫们也站了起来。雪鸟和焦毛跳向著叶,站到她身边撑着她。紫罗兰光这才想起,著叶是他们的孩子。杜松掌和击石走过来与他们的同窝手足滑须碰碰鼻头。更多曾属于已不存在的族群的猫也聚了过来,震惊地默默站着,等待接下来发生的事情。

烈焰焚河
LIEYANFENHE

"和泼皮猫们在一起真是太糟了，"蓍叶慌忙开口，拼命想要解释什么，"我的老师尖毛，他死了，我发现自己想要回家来，想要回影族生下我的孩子。"

"但这里不再是影族了。"这时，传来了叶星的声音，"这里是天族。"

所有的猫都转过头去，看到叶星正站在空心杉树里自己的巢穴入口处。她满脸平静，不慌不忙地跳下来，然后朝围着新来者的猫群走去。

她还没走到众猫跟前，褐皮就冲出来，跑到叶星的面前。"别让她们进来！"她喊道，"她们是攻击自己族猫、杀害族猫的叛徒。她们不可饶恕！她们——"

叶星抬起一只脚掌示意褐皮安静。她走进猫群，蓍叶从围着她的猫中间挤了出来，颤抖着站到天族族长面前。

"求你了，让我们加入吧，"她乞求道，"我们没有别的地方好去了，我们在这里还有至亲。"

"你们应该在背叛自己的族猫前想想这个！"褐皮怒吼道。

"不——别说了。"紫罗兰光没有注意到花楸掌也过来了，但他现在已经站到了伴侣身边，卷起尾巴环绕着她的肩膀，"不管蓍叶和滑须以前做过什么，我都原谅她们。心怀怨恨对族群没什么好处。这样肯定会将每只猫都再次扯进麻烦里。我们应该——"

花楸掌突然停住了，尴尬地舔了几下胸口的毛。他显然意识到自己刚才在像个族长一样讲话。他愧疚地看了一眼叶星，又补

充道:"当然,这里是天族。要不要接纳这两只猫,全看你的决定。"

叶星走上前去,眯着眼睛打量着这两位新来的猫。"给我一个信任你们的理由,"她说道,"在发生了那些事情以后。"

紫罗兰光听到几只猫低声表示赞同,在著叶身边的雪鸟和焦毛则忧虑地相互看着。

"我们已经准备好要为天族做贡献了。"滑须向叶星保证道,她睁大了眼睛,眼神里尽是恳求,"只要能证明自己,我们做什么都愿意。"

叶星好像一点儿都没有被打动。"我看你们愿意做贡献的是影族,而不是天族。"她哼了一声,"要是我对你们的那点儿了解是真的,我甚至都不愿相信你们会为影族做贡献。你们确实是自愿离开影族加入暗尾猫群的吧?"

两只母猫可怜兮兮地点点头。

"你们知不知道,"叶星继续说,她的声音突然像秃叶季的寒风一样冰冷,"暗尾在来到湖区前,他装出一副朋友的嘴脸,混进过天族?然后他和他的泼皮猫在深夜袭击我们,把我们赶出了河谷——赶出了我们的家?"

滑须和著叶震惊地相互看着,这是她们第一次听到天族的故事。

"我们无家可归,"叶星继续冷酷地说道,"一个月一个月地漂泊着,寻找其他族群的踪迹。最近我们才抵达湖区,被赠予了这

块领地。你们到底知不知道,有多少猫因为暗尾的背信弃义而死去?"

两只猫摇晃着脑袋。"不知道。"滑须回答。

"实在是太多了,"叶星冷冷地说,"暗尾也是你们影族很多族猫殒命的罪魁祸首。我不觉得自己会相信一只离开自己族群,跑去追随暗尾的猫。星族啊,你们为什么会这么做?"

"我那时年轻,愚蠢可笑!"蓍叶恸哭道,"我将所有事情都归罪于花楸星,但那些并不是他的错。现在我知道了,要是我那时忠于自己的族群,我的日子就会好过得多。"

"我认为我们的族长软弱无能。"当叶星冰冷的眼光转向滑须时,滑须简短地补充了一句。

她的话引来了褐皮和另外几只猫的怒喝,但花楸掌看上去并不惊讶,只是认命地低着头。

几个心跳的时间里,周围一片寂静。紫罗兰光感到自己屏住了呼吸,等待叶星做出决定。我不知道自己是想让她们留下还是离开。

叶星的目光久久地停留在两只猫身上,似乎想要读懂她们的想法。最后,她垂下眼睛。"很抱歉,"她说道,"但这段日子对所有族群都很难熬,我不能将我无法完全信任的任何猫接纳进自己的族群。我知道你们曾追随暗尾——知道你们在和他一起时都干下了些什么事情——因此我永远也无法完全信任你们。你们永远不能成为天族的一员。"

周围的很多猫都发出反对的喊叫。雪鸟和焦毛离薯叶更近了,好像是打算保护她,而杜松掌则毛发根根竖立,好像准备攻击任何敢靠近他妹妹的猫。

"抱歉,"叶星果断地说道,"我希望你们俩立刻离开天族领地。如果你们那么想加入一个族群,那么也许你们可以去问问雷族或者风族……但我不能接纳你们。"

她的话还没说完,薯叶就发出一声痛苦至极的哭号。"但这里才是我的家!他们是我的至亲!"她又急急地说,"我永远都没法儿成为一只雷族或者风族猫。"

"你也永远都别想成为一只天族猫。"叶星平静地回答道,"砂鼻,麦吉弗,护送她们到边界。"

被点到的两位武士站到两只影族猫两侧。砂鼻将头扭向蕨叶通道,麦吉弗则推了一下滑须。滑须愤怒地嘶吼着,却没试图反抗。

有一瞬间,紫罗兰光担心以前的影族猫们会发起攻击,尤其是焦毛,他狂怒地低吼着,尾巴甩来甩去。但当女儿和滑须被带走时,他并没有采取什么行动。

"我的孩子们怎么办?"在砂鼻的步步紧逼下消失在通道中时,薯叶哭喊着,"我无处可去……"

薯叶的声音渐渐消散,紫罗兰光能察觉到空气中的紧张气氛,像是雷暴来临前涌动的不安。

"你怎么能这样做?"雪鸟满眼悲痛地转向叶星,"那是我的女儿——我本以为已经死了的女儿!而你把她赶了出去,让她在野

烈焰焚河
LIEYANFENHE

林子里生下幼崽！"

杜松掌在雪鸟身边，直直地看着叶星。"天族里现在就有追随过暗尾的猫，"他犀利地说道，胡须愤怒得直颤抖，"我就是他们中的一员。是不是有一天，你也要把我们都赶出去？难道你就不相信一只猫会改变吗？"

"她显然不相信。"焦毛冷笑道，"我很想去相信这种族群融合的事情行得通，但刚才发生的事情证明，叶星没资格为影族猫做决定。她没有和我们一起长大。她理解不了我们之间的感情！"

紫罗兰光前所未有地担心，这场争吵会演变为爪牙相对的战斗。她四处看着，想寻找鹰翅，她知道父亲能帮上忙，但没有他的踪影——天族副族长显然不在营地里。

接着，紫罗兰光又惊又喜地看到褐皮站到叶星一旁，与自己的族猫对峙着。

"都安静，全部闭嘴！"她冲他们怒吼道，"不管你们喜不喜欢，叶星现在就是我们的族长。她是被星族选中的。难道你们连星族的旨意也要反对吗？"

"叶星是被星族选中领导天族，"杜松掌嘀咕着，"又不是我们。"

褐皮怒视着他，没过一会儿，杜松掌就扭过了头去。

"叶星做出了正确的决定，"褐皮继续说道，"这些猫是叛徒。你们之中要是有谁想当叛徒，离开营地的路就在那边。"

紫罗兰光还真有点儿希望某些猫离开。雪鸟朝通道犹豫地走了

一两步,但焦毛摇了摇头,将尾巴放到她的肩膀上安慰着她。最终,紧张的气氛渐渐消失了。

"行了,你们都还站在这里干什么?"叶星问道,努力想控制住事态。紫罗兰光觉得她声音有点儿颤抖,比起其他猫的敌意,也许更多是因为得到了褐皮意料之外的支持。"还有很多工作要做呢。"

猫群渐渐散开了,大部分都朝各自的巢穴走去。斑愿呼唤着自己的学徒躁爪,让他到营地外去搜集草药。花楸掌组建了一支巡逻队,离开营地狩猎去了。

紫罗兰光站在原地,盯着滑须和蓍叶消失的蕨叶通道,不知道自己该干什么。是不是因为我把她们带到这里,才导致了这场风波?她问自己,现在她们会怎么样呢?

接着,她感觉到一条尾巴轻轻碰上她的身体。她转过头,看到了阿树。阿树正站在离她很近的地方,用口鼻磨蹭她的肩膀。"你还好吧?"他问道。

"我不太确定自己的感受。"紫罗兰光喃喃地说,"我并不真的信任蓍叶和滑须。当暗尾统治影族的时候,发生过的事情太可怕了,当时帮他杀死松针尾的就是滑须。"

阿树用舌头舔过她的耳朵:"我知道松针尾对你非常重要。"

"她曾是我最好的朋友——是我唯一的朋友。滑须和暗尾想要在湖里淹死她,蟑螂和渡鸦则把我按在后面,好让我帮不了她。"说到这里,紫罗兰光不由哆嗦了一下,"我现在还会梦到这

烈焰焚河

一幕。"

"你以前从来没有告诉过我。"阿树说道,"这一定很恐怖。我想我必须得留下来关照着你了。"

太好了!紫罗兰光想。他的许诺让她感到一阵温暖。"阿树,"过了一会儿,她问道,"你有没有……你有没有看到蓍叶和滑须身边跟着别的猫的灵魂?"

"有的。"阿树回答道,"我看到一只深棕色公猫,头上有一簇毛。"

"那一定是尖毛。她们说他死了。"

"我感觉得到当他还活着的时候,她们曾试过帮他,"阿树继续说,"我觉得她们也许是好猫……"

紫罗兰光不知道是该为此感到欣慰还是惊惧。她想将蓍叶和滑须看作好猫,但如果真是这样的话,那叶星刚才就不该把她们赶走,而且还是在她们的至亲面前。她们得在没有族群,也没有猫帮助的情况下努力活下去了。

我想象不出这样的结局会是什么……哦,星族啊,你们有没有什么办法,能照顾那两只没有族群可依靠的猫呢?

第六章

赤杨心费力地爬上通往月亮池的荒原斜坡。半月在云层的缝隙间时隐时现，空气中弥漫着霜冻的气味。落叶季已经近在眼前，秃叶季忍饥挨饿的日子也不远了。

叶池和松鸦羽走在他的前面，洼光、斑愿，还有斑愿的学徒躁爪走在最后。风族的隼飞，还有河族的两位巫医蛾翅和柳光，到现在都还没有露面。

我觉得河族猫不会来了，赤杨心暗想，雾星仍封闭着边界呢。

"枝爪适应得怎么样了？"叶池放慢脚步，与赤杨心并肩走着，"我之前看到你和她聊天了，她看上去很难过。"

"是啊。"自从赤杨心在雷鬼路下的通道里发现了还是幼崽的枝爪后，他和这只年轻的猫就一直是朋友，一想到她，赤杨心就感到一阵心疼，"我想，她只是在重新融入雷族的过程中遇到了一些麻烦吧。"

叶池惊讶地扭扭耳朵："但愿她不会又想着要离开。"

"我觉得不是。"赤杨心摇摇头，"她知道自己应该和我们在一起，但她也想念自己的至亲，而且不得不再当一遍学徒这件事情

烈焰焚河

让她很沮丧。可我没有足够时间来开导她，"他解释说，"我一直在担心预言的事情。现在我们失去了影族，河族也自我封闭了起来，那意味着什么呢？"

松鸦羽在前头哼了一声："我们不都很担心吗！"

"这个嘛，也许我们到了月亮池，和星族交流的时候能得到一些指引。"叶池说道。

"最好是这样。"松鸦羽大声说道。

几只猫接近月亮池时，夜色越发寒凉，等他们爬上溪畔最后一处石头斜坡时，冷风吹起，将他们的毛发吹得贴在身侧。赤杨心转身看向来时的路，发现有只猫小小的身影正在荒原上奔跑。

"那是隼飞！"他叫道。

"感谢星族，"叶池喊道，"我都快以为风族肯定也遇到麻烦了。我一想到可能只剩下两个族群，就觉得受不了。"

"你看到蛾翅和柳光了吗？"隼飞爬上石坡，站在山顶上喘着气，松鸦羽问道。

风族巫医摇摇头："连一根胡须都没看到。"

"我想她们不会来了。"斑愿咕哝道，"毕竟河族的边界还封着。"

"也许我们该等一会儿，"洼光提议道，"说不定她们就来了。"

松鸦羽烦躁地叹了口气，但没有别的猫反对。时间一点点流逝，荒原上仍旧没有两只猫的踪影。

猫武士

"她们不会来了。"叶池最终说道,"我们最好开始吧。"

赤杨心与其他巫医一起,从月亮池周围的一圈灌木丛中挤出来,沿着盘旋的小路下到水边。当他的脚掌滑进很久前其他猫留下的爪印中时,一阵颤抖席卷过他的身体。听着水流坠入池中的声响,看着水面倒映出来的月影和星点闪烁的微光,他心中的忧虑似乎也淡去了些。

等每只猫都在池边安顿下来后,叶池站起了身。"雷族爆发了一场腹痛呕吐的疾病,"她宣布道,"我们生病的猫已经开始恢复了,感谢星族,但我们有很多猫都感染上了这种疾病。"

"风族也发生了这种疾病。"隼飞听上去很急于分享消息,"我们有几只猫——现在是六只了——得了这种病。我们和雷族交界的溪流那里,还有河族的边界,这两处地方的水薄荷都已经被两族用光了。"

"你们影——你们天族有没有出现这种疾病?"赤杨心问另外几位巫医。

"没有。"斑愿回答,"至少现在还没发现。"

"那我们就尽量把疾病控制住吧。"叶池说,"我会告诫我们的边界巡逻队远离你们的巡逻队,你们也要知会你们的巡逻队。不过,先不说这个了,"她语调轻快地继续说道,"隼飞,疾病的事情记得继续和我们保持联系。现在,该谈一谈预言的事了。"

"黑色天幕预示的绝非风暴。"赤杨心喃喃道,想起自己曾经竭力想要理解这句话的意思。现在一切已经昭然若揭。"五个族群

减到了三个，我们已经让天空阴沉下来了，"他继续说道，"至少，等到河族决定再次加入我们之前都是这样——这还得看河族会不会再加入我们。"

"你们有谁从星族接到了其他信息了吗？"叶池问道，"有任何能指引我们进行下一步的征兆吗？"

其他巫医都摇了摇头。

"阿树帮我们看到的那些猫魂告诉我们，说必须找到失踪的影族猫。"赤杨心说道。

"这也是我最希望的事情。"洼光对他说，"但我们根本不知道他们去了哪里，又怎么派出一支巡逻队去找他们呢？"

叶池沉思着眨了眨眼。"影族的没落让我深感忧心，"她低声说，"我相信河族总有一天会回来的。但没有影族，我们又怎么能成为五个族群？洼光，你觉得你的族群还有重建的希望吗？"

洼光垂下了目光，盯着自己的脚掌。"没有。"他不情愿地说，"我们现在做出的所有努力都是为了以叶星为中心团结起来。我所知的影族已经一去不复返了。"

一阵沉重的寂静降临了。赤杨心能感觉到灾祸临近，好似即将把怒火倾泻到族群头上的暴风雨一般。

最后隼飞说话了："也许星族今晚会给我们一些启示。"

叶池点点头："但愿如此。是时候与它们交流了。"

赤杨心与其他巫医一起，伸长了脖子，用鼻头触碰月亮池的水面。刺骨的寒意立时流遍他的全身，他觉得自己像只冰凝成的猫。

他周遭尽是黑暗。他睁开眼睛,发现自己坐在一棵树下斑驳的阴影里,绿叶季的低语声从四周传来。

"你好啊。"一个声音在他背后说。

赤杨心猛地转过头,看见松针尾站在他身后,友善的微光在她眼里跃动,她的皮毛里点缀着星芒。

"松针尾!"他喘息道,跳起身来。自松针尾加入他寻找天族的探索之旅开始,这只猫就一直是他的朋友,看到她,宽慰与喜悦之情顿时淹没了赤杨心:"你到星族了!"

松针尾点了点头:"是的。我们将自己的信息送出去以后,就可以踏上旅途来到星族了。"

"那你还好吗?"赤杨心问。

"啊,当然啰。这里很棒。"松针尾走上前来,与他碰碰鼻子,"但我还是会为枝爪和紫罗兰光担心。你会照看她们的,对不对?"

"你也知道,紫罗兰光现在在天族了,她在那里有父亲照顾她的。"赤杨心回答道,"我当然会照顾枝爪的。相信我。"

松针尾咕噜着笑了一声:"辜负我试试,我会冲到雷族去把你的耳朵给撕下来!"

赤杨心压抑住自己的轻笑声,接着,他想起猫魂们带来的信息,于是严肃起来:"松针尾,我得问你一些重要的事情。你知道那些失踪了的影族猫在哪里吗?"

松针尾没有回答。她的嬉笑消失了,用一双绿眼睛严肃地盯

烈焰焚河
LIEYANFENHE

着赤杨心。"阴影正在靠近,"她最终轻声说,"而且不得被驱散。"

赤杨心还没来得及问松针尾她的话是什么意思,她那星光闪耀的身影就开始淡去了。黑暗再次笼罩了他,赤杨心眨巴着睁开眼,发现自己又回到了水池边,身旁的另外几位巫医已经醒了过来。

他们站起身,抖动着皮毛,赤杨心仍不能摆脱那从耳朵蔓延到尾尖的沮丧感。这场幻象里没有答案,他极为失望地想,我甚至比之前更困惑了!从其他猫迷惑的表情看,他们应该也都没有搞清楚任何事。赤杨心低下头,满心懊丧地准备踏上回家的漫漫长路。

众猫正准备往盘旋的小路上爬,这时,洼光突然惊叫道:"曙皮来找我了!"

其他猫立刻聚到他身边。

"她说什么了?"松鸦羽急切地问,"你看到了什么?"

洼光闭上眼睛,好像试图将从回忆里消失的幻象抓回来。

"她似乎没有死后的痛苦,"他欣慰地开口说道,"她现在在星族了。"

"那她说了什么?"松鸦羽不耐烦地甩动着尾巴。

"她告诉我阴影在靠近,而且不得被驱散。"洼光回答道。他和斑愿交换了一个忧虑的眼神,好似这些话对他们有着和对其他巫医不一样的特别含义。

赤杨心的懊丧像是新叶季烈日下的冰一样消失了。"我看到松针尾了!"他激动地说道,"她也跟我说了同样的话。"

猫武士
MAOWUSHI

"我看到的是狮眼，"隼飞满眼敬畏地说，"她给我的也是同样的信息。他们告诉了每个族群！"

"阴影正在靠近……"斑愿的声音里充满了思索，"也许是说那些消失了的影族猫正在回来的路上！"

"还有'不得被驱散'，"隼飞补充道，"可能是意味着我们应该接纳这些回来的猫，聆听他们要说的话。"

洼光环顾这群巫医，眼睛里充满了担忧。"这燃起了我的希望，"他说道，"也许影族并非一去不复返了。但我们得要说服叶星……"

"我们必须将这条信息带给各自的族猫，"叶池宣布道，"聚会就此结束。愿星族照亮你们前行的路，此刻如此，往后皆然。"

"这是很久以来，我们从星族那里得到过最好的消息了。"当巫医们沿着盘旋小路往上走时，隼飞说道。

别的巫医都低声表示同意。赤杨心能感觉出空气中的激动与乐观，好像每只猫都急于回到族群里去，将消息传给族猫。

但当他从灌木中挤出来，停在叶池身边，等着跳下岩石时，却发现自己的族猫看上去有些担心。其他的猫都已经走到了前面，连松鸦羽也是，这样赤杨心便可停下来和她私下讲话。"怎么了？"他问道，"这就是我们一直希望的，不是吗？"

"我只是不确定……"叶池喃喃地说，"好吧，影族猫也许是在回来的路上了，但他们是哪些猫呢？不是所有的影族猫都是善类——他们里面有好些都加入了暗尾的至亲族群，为了他和自己的

烈焰焚河

族猫开战。"

"但不是全部影族猫啊，"赤杨心指出，"而且有一些只是因为害怕，不知道还能怎么办。"

叶池忧心忡忡地叹了口气："还有天族。他们刚回到我们中间。这对他们会有什么影响呢？叶星的确一直对影族很有耐心。但将两个族群合为一个，对她来说就已经是很大的挑战了，更别说等那些猫到达以后，又要把一个族群分成两个。"

赤杨心思索着同族巫医的话。他能理解叶池的忧虑，自己也不怎么了解叶星，所以也无从猜测她可能做出什么反应。

"我们并不清楚星族的意思是什么，"赤杨心提醒叶池，"我们甚至都不清楚是不是真的会有影族猫回来。也许'阴影'指的是别的什么。"

"的确如此。"叶池承认道，她仰头看向天穹，似乎能在那里读到答案，"但我还是感觉不安。"

赤杨心想不到任何话好安慰她。其他的巫医都已经开始走荒原了。赤杨心绷起肌肉，跳下岩石去追他们。这时，他突然听到灌木丛里有什么动静，耳朵不由抽动了一下。他定住了。

"你听到了吗？"他问叶池。

"没有——什么啊？"

赤杨心张开嘴嗅尝着空气，但却只能嗅到其他巫医的气味。他耸耸肩膀："大概是我想多了。我们走吧。"

第七章

好险!

枝爪藏在环绕月亮池的灌木丛深处,浑身发抖地站在那里。她一直看着其他巫医离开,当她以为赤杨心发现她的时候,吓得几乎跳起来。花了好长时间,她怦怦乱跳的心才平静下来。

枝爪知道自己不该来的。但她听到赤杨心和松鸦羽谈论预言的事情,就觉得自己要是跟着他们来,就能知道一些事情,或者能帮上什么忙。

从她藏身的灌木丛间,枝爪根本听不到聚集在月亮池的巫医们发生了什么事情。她不敢再靠近了——月亮池是巫医专有的领域。巫医们在月亮池边上时,她蜷缩在灌木丛里,不耐烦地扭着耳朵——她早该料到的。但当叶池和赤杨心在回家的路上经过时,她却靠得够近,足以听到谈话的只言片语。

叶池说她很担忧……

枝爪静静待在原地,贴着地面缩起来,连胡须都不敢动一下,直到确认巫医们都已经离开了。她要思考的事情太多了。她知道赤杨心坚信应当五族并存,也知道现在只剩下三个族群的情况让他有

烈焰焚河
LIEYANFENHE

多忧心。

枝爪想知道，要是影族真的就此消失，河族也不再回归的话，会有什么事发生到雷族头上。她知道烁皮认为剩下的几个族群会更加强盛，但枝爪并不太认同。毕竟星族警告过风暴的事情。

确信自己不会被发现后，枝爪溜到开阔地带，把皮毛里的碎叶残枝抖了出来。她正要跑下岩石坡，突然，脑子里闪过一个想法。

要是我下到月亮池去呢？也许这样我就能帮忙弄清该如何驱走风暴了。

枝爪知道自己不是巫医，无权到那下面去。但如果她能以某种途径得到一些信息，她就能安抚叶池，也能彻底证明自己对雷族的忠诚了。

我得这么干！

枝爪迅速扫了一眼斜坡和荒原，看巫医们是否都已经离开了。视野之内只有赤杨心、叶池和松鸦羽了，他们离得很远，只剩小小的身影了。

枝爪深吸了一口气，钻过灌木丛，站到了盘旋小路的顶端。

看着面前的美景，枝爪顿时惊呆了。若不是心脏还在怦怦直跳，她简直就觉得自己已经变成了石头，再也不会挪动一只脚掌。她站在那里，往下方看去，享受着月亮在水面上倒映出粼粼微光的美景。水流从岩石上涌过，落进池里，池水好似融化的星光。

就算被惩罚我也认了！光是看看就值了……

枝爪心中半是畏惧，半是好奇，她慢慢地沿着小路往下走，将

脚掌放进之前无数猫踩踏出的印迹里。最后,她来到水畔。她在池边蹲下,鼻头离水面不过一只老鼠的距离。

最初,一切都处于阴暗之中,寂静无声,只有瀑布和轻风拂过水面的声响。头顶的夜空中,繁星在深沉的夜色里闪着光芒。

枝爪低下头去,用鼻子触碰水面。巫医们就是这样进入星族的梦境的。但什么事情都没有发生。她再度抬起头,抽动胡须抖去水珠,觉得自己真是傻透了。

你这蠢毛球,还真以为会见到星族?

她知道自己本来就不该来这里,于是从水边退开,这时,水面上的粼粼波光里忽然闪过了什么,顿时吸引了她的注意。水中出现了不祥的猩红色,好似有鲜血在池中奔流。一声惊雷猛地炸响,在月亮池的山谷间回荡,吓得她跳了起来。

枝爪抬起头,恐惧地喘了口气,她看到那点燃天空的火焰从天际的一端划到了另一端。她先是在地面上贴平了身子,害怕是星族武士要来对她施加惩罚了。

接着,她意识到一个画面在渐渐浮现。烈焰呼啸,席卷雷族营地——至少枝爪觉得那是雷族营地。有很多倒了的树,还有闷燃的碎叶堆,很难说出有多少。

这肯定不是真的!枝爪惊慌失措地想,我刚离开营地,怎么会着火呢!

"为什么会这样?"她大声问,希望星族会回答她。

但得到的答案并没能让她安心。

烈焰焚河
LIEYANFENHE

一只毛发灰白的宽脸老猫的身影出现在天空中的火焰间。猩红的火舌倒映在她的眼里。她咆哮着,声音好似滚滚雷鸣:"你不属于这里!"

枝爪想起自己还是幼崽时,赤杨心讲给她听过的那些故事。于是她猜想这是黄牙,那位在旧森林里时加入了雷族的影族前巫医。但她怕极了,不敢开口问这位祖灵的名字,也不敢再度向她提问。

枝爪从水边跳开,冲上盘旋小路,跌跌撞撞地穿过灌木,连细枝划过她的身体,扎进皮毛里都没有感觉到。她连滚带爬地跑下石头斜坡,逃窜过荒原。

等到她不得不停下来,喘着气往四周看时,却发现天际出现了光亮,预示出太阳即将从那里升起。寒意从脚掌下袭来,好似她正踏在寒冰上。

怎么可能?我不过在月亮池待了一小会儿而已。

枝爪慢了下来,一边继续往前走,一边试图让自己的四肢停止颤抖。刚刚经历的这一切让她如坠深渊。

营地被毁灭幻象是什么意思?黄牙说我不属于这里,又是什么意思?她是说我不属于月亮池?还是……指我不属于雷族?

想到可能是自己留在雷族,就会给雷族带来毁灭,枝爪几乎被惊骇之情给压垮了。是因为我的至亲在天族,所以我也属于那里吗?或者因为我之前放弃了雷族,所以我便不能再加入雷族了?也许正是因为这个,黄牙才让她看到营地毁灭的幻象。

雷族那些不希望我回来的猫会是对的吗?也许我真的不属于这

枝爪低下头去,用鼻子触碰水面。巫医们就是这样进入星族的梦境的。

粼粼波光里忽然闪过了什么,顿时吸引了她的注意。水中出现了不祥的猩红色,好似有鲜血在池中奔流。

一声惊雷猛地炸响,在月亮池的山谷间回荡,吓得她跳了起来。

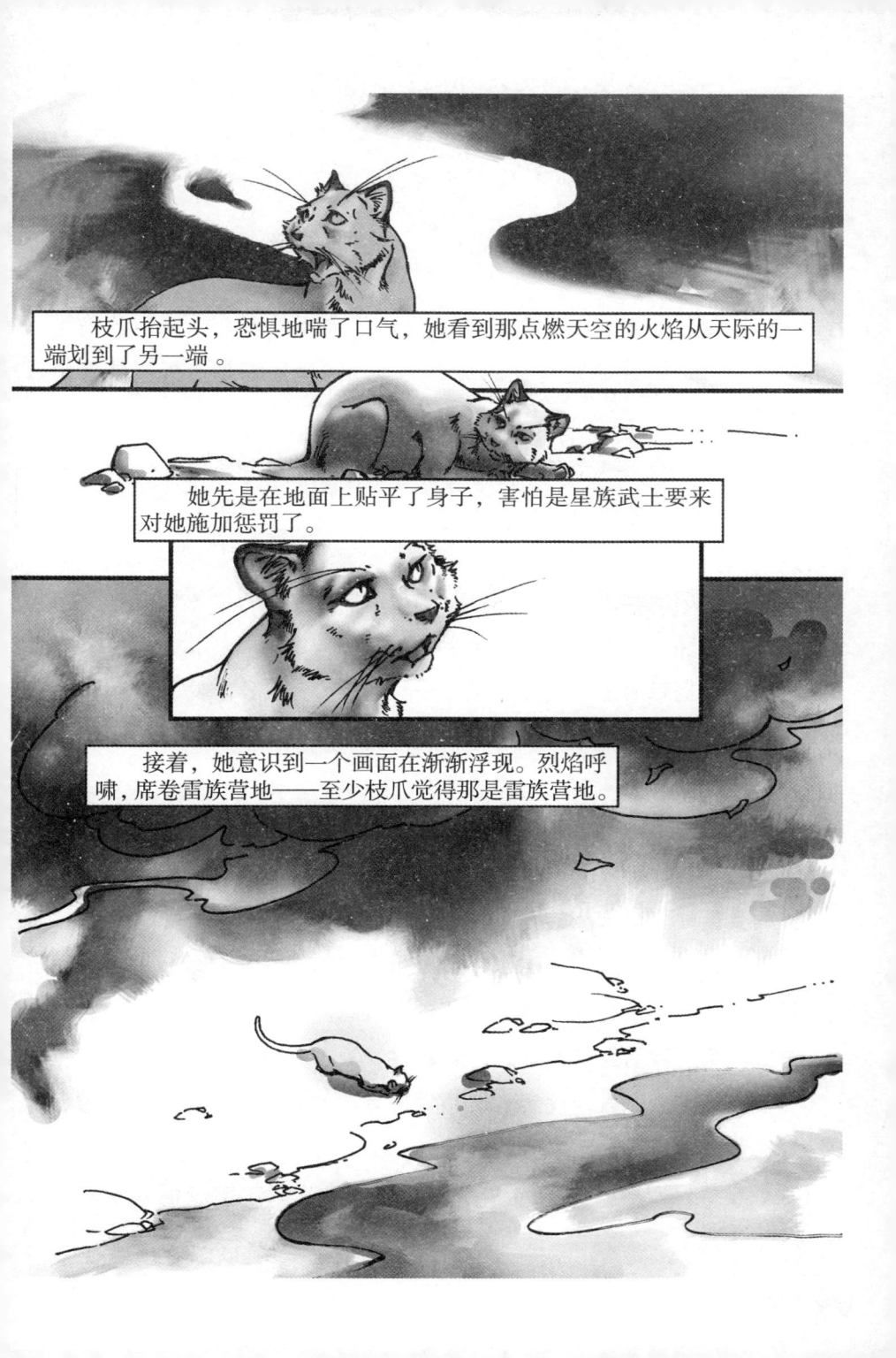

枝爪抬起头，恐惧地喘了口气，她看到那点燃天空的火焰从天际的一端划到了另一端。

她先是在地面上贴平了身子，害怕是星族武士要来对她施加惩罚了。

接着，她意识到一个画面在渐渐浮现。烈焰呼啸，席卷雷族营地——至少枝爪觉得那是雷族营地。

里……

枝爪坚决地甩开这些想法。她才不会相信呢。她以前的确是花了一些时间才确定自己的真心，但现在她很清楚，雷族就是她的家。

我当然属于雷族。我只不过是需要说服其他猫罢了。

她知道，自己得趁着那恐怖的幻象还记忆犹新时，抓紧说服其他猫。

枝爪加快脚步冲回营地，几乎都没停下来喘气。看到一切和她离开时一样，并没有变成幻象里可怕的一片废墟，她松了一口气。她刚走出荆棘通道，就看到黑莓星和赤杨心站在巫医巢穴入口处在交谈着什么。她蹑足靠近偷听，希望自己不会被注意到。"那么，你觉得我们该怎么做？"黑莓星问。

"我想只能等着，看事态发展了。"赤杨心回答道，"但影族进退两难的境地让我很担心。我不想让这个族群消失，但他们若是真的要重建，对天族的耐心又会是一个考验。"

"很快我们就会知道了，"黑莓星回答，并宽慰地将尾尖放到赤杨心的肩膀上，"天族显然是自有打算。你得专心做好你在这里该做的事。我们还有好几只猫病着呢。"

赤杨心低声表示同意。"我觉得叶池的身体好像越来越差了。她在我们从月亮池回来的路上吐了。"

黑莓星叹了一口气："所以说就要靠你了。雷族需要你的医术。"

烈焰焚河

赤杨心谨慎地点点头，但枝爪觉得他还是满面愁容。我不喜欢看到他这个样子。

她又想起自己在月亮池看到的恐怖幻象，四肢随之颤抖起来。赤杨心说影族进退两难，他错了。影族必须重建起来，否则风暴就会将我们全部毁灭。

她不能把自己在月亮池看到的告诉黑莓星和赤杨心。月亮池是巫医专有的地方。她不能让他们知道自己越界去了那里，尤其是在现在有的猫认为她甚至都不属于雷族的情况下。

枝爪快要绝望了。她清楚，自己只是区区一位雷族学徒。她完全不知道自己怎么能影响影族发生的事。

接着，一个想法突然出现在脑海里。也许我该去找我的妹妹。她现在是天族的武士，但她曾经在影族待过。他们现在是一个族群了——也就是说她又和所有影族猫属于同族了。她也不会把我去了月亮池的事情告诉任何猫。但另一种恐惧涌上她的心头：要是紫罗兰光不愿见我怎么办呢？

第八章

"你必须得做事。"

紫罗兰光不是第一次从她的族长嘴里听到这句话了。从叶星把滑须和蓍叶从天族赶走,已经又过去了四分之一个月,而阿树还没有决定自己在族群里到底要做什么。族长的耐心越来越少了——她让紫罗兰光把阿树带到她的巢穴来,现在,她正看着这只黄色公猫,尾巴尖不住地抽动着。

"你要是不想当巫医,就得接受训练,成为武士。你不能整天就在太阳底下睡大觉。"

说得就好像我们最近出了多少太阳似的。紫罗兰光听着这场争吵,心里想道。但她知道叶星的意思。族群的猫里面,谁都没有权利无所事事,什么都不做。

"但我不适合当巫医,也不适合当武士。"阿树抗议道,"为什么我非得要适应某个特定的职位呢?"

"因为族群就是这样的。"叶星反驳道,她的声音尖锐,脖子上的毛也开始支棱了起来,"要是你不想成为族群的一分子……"

"不是。"阿树打断了她,"我真的想留在这里。我只是还没

有找到自己的位置……"

"那现在你就得找到你的位置，"叶星厉声说道，"别再犹豫不决了。如果你依旧什么都不做，我们也不会再留下你。"

恐慌好似一阵冰冷的狂风，袭上紫罗兰光的心头：她不能送走阿树……

"阿树，你和我一起去狩猎怎么样？"她孤注一掷地提议道，"在你试图搞清楚自己想法的时候，也可以先学点儿武士技能的，好不好？"

阿树眨了眨眼，他犹豫了一会儿，还是不情愿地说道："好吧。"

"好了，真是多谢星族！"叶星神情烦躁地大声说道，"也谢谢你，紫罗兰光。说不定阿树尝试了武士的狩猎方法以后，会喜欢上这样做。"

那说不定刺猬还会飞呢！紫罗兰光心想。她知道，自己必须得给阿树找到一个位置，但她想不出来什么位置才合适。

紫罗兰光带路穿过营地，往蕨叶通道走，她看到以前的影族猫们聚在一起，都怒视着转身回巢穴的叶星。焦毛低声对雪鸟说了些什么，尾巴在身后不善地一甩。

紫罗兰光咽下一声叹息，想起自从叶星驱赶了蓍叶和滑须后，族群里的气氛就紧张起来。杜松掌、焦毛和雪鸟要么无视族长和副族长的命令，要么就故意拖拖拉拉地不愿配合。他们每一个，都曾在整个族群能听到的地方公开地大声批评叶星。是花楸掌和褐皮的

呵斥，才让他们没有直接抗命——他们听从花楸掌的话，好像他仍是他们的族长一样。

要是叶星赶走了我的至亲，我不知道自己会是什么感觉。紫罗兰光想。但她也不清楚自己到底相不相信蓍叶和滑须：也许叶星没错。这种时候，小心为上。但话说回来，阿树觉得她们有可能是好猫……

"我给你演示狩猎蹲伏的动作吧。"紫罗兰光和阿树来到外面的森林里，她说道，"就像这样。把你的脚掌都收拢进来，尾巴贴在身侧，就不会惊动猎物了。"

"像这样？"阿树问。

紫罗兰光看着他，忍不住笑出声来。阿树的狩猎蹲伏动作堪称完美——如果他不是平躺在地，还把脚掌都抬起来的话。

"你这样是指望抓到什么呢？"她问，"低空飞行的画眉吗？"

阿树翻过身，跳起来。"这个嘛，我平时狩猎的方式和这不太一样。"他说。

"在野外我们就是这样做的。"叶星没看到阿树刚才的捣乱，这让紫罗兰光很庆幸，"现在试试正确的动作。"

阿树蹲伏下来，他这次很快就掌握了动作，让紫罗兰光印象深刻。

"很好，"她对他说，"现在往前潜行，脚掌落地的时候尽可能要轻。记住，老鼠在听到你靠近之前，能从很远的地方察觉到你

脚掌落地带来的震颤。"

阿树将腹部贴近地面，移动四肢，开始流畅而缓慢地往前潜去。看着他的肌肉在皮毛下波动，紫罗兰光觉得，如果阿树愿意认真学习的话，他一定会是一位可怕的猎手和武士。

阿树潜行到了一处陡坡的边缘。他没有停住，却往下一跃，四掌翻飞地滚了下去，最后噼里啪啦地落在一堆枯叶里。

"我猜，你的老鼠刚才逃脱了。"紫罗兰光站在坡顶上俯视着他，开玩笑说道。

阿树坐起来，头顶上还带着一片叶子。"你一直没有叫我停下！"他的声音里充满指责，但眼睛里却闪过顽皮。

紫罗兰光滑下斜坡去和他一起。"你这蠢毛球！"她喊着，用脑袋去撞他的肩膀，"说真的，你以前当独行猫的时候是怎么填饱肚子的啊？"

"啊，我有特别的方法。"阿树解释道，"我把自己变成一丛灌木。"

紫罗兰光翻了个白眼。

"不，是真的。要不要我给你看看？"

"那来啊。"紫罗兰光叹口气，回答道。

"好。你先是像这样蜷伏下来。"阿树给她讲解着，将脚掌缩到身下，动作有点儿像狩猎蹲伏。"就是这样，"紫罗兰光跟着他做出动作，他说道，"现在，想灌木丛！"

紫罗兰光瞪着他："什么？"

猫武士

"想灌木丛。想象你的腿是主干，爪钩是枝杈，叶片在你的皮毛上伸展张开。你必须要保持完全静止，然后猎物就会自己过来了。"

阿树还在说着，居然就真的有只老鼠蹦跳着跑了过来。黄色公猫懒洋洋地伸长一只脚掌，在猎物头上猛地拍下。"就是这样。"他结束了教学。

紫罗兰光笑了起来。营地里的气氛剑拔弩张，能开开玩笑真是太好了。"阿树，其他猫都不行，只有你能这样狩猎！"

"真的有用。"阿树沾沾自喜地说，"你想一起吃吗？"

"不行，我们是狩猎队。"紫罗兰光回答，"必须先喂饱族群。我们把你的老鼠埋起来，再……"

阿树伸出一只脚掌让她安静，她止住了声音。阿树用尾巴指出方向，紫罗兰光看到那边的灌木丛里有动静。一闪而过的黑色皮毛让她认出了杜松掌。杜松掌正从灌木间悄悄地溜向影族旧营地的方向。

"这是怎么了？"阿树低声说，"他为什么独自在外面？"

"他可能是想从旧营地拿些草药或别的什么东西。"紫罗兰光猜测。但要真是那样，他为什么这么鬼鬼祟祟的？

"我觉得我们该跟着他。"阿树说道。

紫罗兰光点点头，迅速地刨了些土盖住阿树的老鼠，方便一会儿回来取。接着，两只猫肩并肩地悄悄穿过灌木丛，循着杜松掌的气味踪迹跟了上去。

烈焰焚河
LIEYANFENHE

他们再度看到杜松掌时,他爬上了通往影族营地的石头斜坡,消失在顶端的黑莓丛里。阿树和紫罗兰光跟着他的足迹潜行上去,俯视着下方营地所在的山谷。

山谷底端,蓍叶躺在以前堆放猎物的地方,她四肢伸展着给自己舔梳皮毛,她身边的滑须则站起身来,迎接自己的哥哥杜松掌。

紫罗兰光惊叫一声。被惊动的三只猫齐齐转过脸,看着她和阿树跑下斜坡冲过来。紫罗兰光迫使自己不要在杜松掌和滑须满怀敌意的目光下退缩。蓍叶的神情里只有惊慌。

"噢,糟了!"蓍叶喊道。滑须则质问道:"你是怎么找到我们的?"

"更重要的问题是,你们在这里干什么?"紫罗兰光反问道,"这里是天族领地,叶星命令过你们离开。"

滑须伸长脖子,朝紫罗兰光嘶嘶叫道:"你根本不懂。这里是我们的家!"

"哦,是吗?"紫罗兰光才不会被吓到——她能感觉到自己颈后的毛已经支棱起来了,"你以为我不懂在影族长大是什么感觉吗?"

"你又没有成长为一只真正的影族猫。"滑须眯缝起眼睛讥讽道,"你忙不迭地跑去天族时,不就证明了这一点吗!"

怒火燃遍紫罗兰光全身。她绷起肌肉,准备跳上前去与滑须对峙,却发现阿树的尾巴拦在她面前。

"滑须,蓍叶,"阿树说道,"立刻给我一个理由,让我们不

把你们在这里的事情告诉叶星。"

紫罗兰光难以置信地盯着他。我们必须要告诉叶星!她还没大声说出来,阿树就对她轻轻摇了摇头,示意她别打断自己。

"我快要生幼崽了,不能在野地里乱走。"蓍叶悲伤地说道,"我太想回到影族了。我已经改过自新了——我想回家。"

"没错。"滑须附和道,"紫罗兰光,很抱歉。我拼了命想留下来。你会帮我们吗?"

"求你了,"杜松掌也说道,"紫罗兰光,你和我们一起长大的。你一定还记得,我们以前有多么亲近。"

我可不记得我们亲近过。紫罗兰光心想,但她不会把这话说出来,你们从来都不是我的朋友。

"你肯定也知道,不应该把她们赶出去。"杜松掌继续说,"尤其是她们现在已经悔过自新了。"

有那么一会儿,紫罗兰光犹豫了。她能理解这两位闯入者的想法,尤其是快要生产的蓍叶。"我也很抱歉。"她最终回答说,"没错,我们是一起长大的,"她骄傲地抬起头,又说道,"但我现在是一只天族猫了。叶星必须知道自己领地上发生的事情。"

蓍叶发出恐惧的悲鸣。

"等等,"阿树介入进来,"也许我们能找出一个让大家都满意的办法。"

紫罗兰光对他怒目而视:"你脑子里进蜜蜂了吗?"

"蓍叶显然处境艰难。"阿树轻声对她说,"叶星说不定会让

烈焰焚河

她留下来,直到她产下幼崽。"

"噢,谢谢你!"著叶听到了阿树的低语,"只要我的孩子们能在影族出生,我就别无所求了。"

"那倒不太可能。"阿树说道,表现出惯有的坦率,"但让我们看看自己能做什么吧。紫罗兰光,我们现在要去和叶星谈谈吗?"

紫罗兰光叹了口气。阿树很有趣,我也很喜欢他,但有的时候,我真的会开开心心地把他的皮给扒下来!"好吧,阿树。"她回答,"我们现在就走。"

紫罗兰光带着著叶和滑须穿过蕨叶通道时,似乎大部分天族猫都在营地里。他们聚了过来,盯着入侵者,发出愤慨的号叫。紫罗兰光看到,焦毛和雪鸟因为他们的孩子被发现了,彼此交换着震惊而恐惧的眼神。

"我去告诉叶星。"梅柳大声说道,她从猫群中跑出去,跃向那棵杉树。

叶星从猫群里挤进来时,琥珀色的双眼里闪着怒意。她尾巴猛甩,毛发也根根倒竖,让她的体形看上去有实际两倍大。

洼光和斑愿跟在她身后,紫罗兰光惊讶地看到,他们俩一副如释重负的神情。这可怪了,她想,他们有点儿不对劲。

鹰翅也出现了,他站到自己的族长身边。他盯着两位入侵者时,表情难以捉摸。

"嗯？"叶星质问道，她的声音冰冷，像是秃叶季最刺骨的寒风。

"我们在影族旧营地里发现了这两只猫。"阿树解释道，"她们想留下来。"

"我已经说过不行。"叶星呵斥道。她转过身，目光犀利地环顾自己的族群，"你们当中，有多少猫参与了这事？"

"我。"杜松掌从阿树身后走上前来，坦言道。

"我们也是。"雪鸟补充道，并瞥了一眼自己的伴侣焦毛。

"还有我。"杜松掌的学徒涡爪也走上来，站到老师身边。他四肢颤抖，于是杜松掌将尾巴放在这只年轻公猫的肩膀上。

"我知道这事。"击石不情不愿地承认道。

"你们都在违抗我的命令？"叶星咆哮道，"我现在如何信任你们？你们只在同意我的时候才遵从我的命令，那我们要怎么构建一个团结的族群？"

紫罗兰光看到杜松掌的眼里映射出和族长一样的怒火。"我无意不敬，叶星，"他开口道，"但我们违背你的意愿，是因为你无视所有影族猫的想法，执意赶走蓍叶和滑须。"

紫罗兰光的心停跳了一拍，以为叶星会怒叫着如旋风般扑向黑色公猫。但她看到族长竭力保持着冷静。

"首先，你所言失实。"她说道，"花楸掌和褐皮同样不信任她们。其次，我不需要征得你们的同意。我是族长。星族选中我来为这个族群做出决策。或者说，难道影族不信仰星族吗？"

烈焰焚河

杜松掌和焦毛交换了一个眼神——紧接着，他们张开嘴，好似要吼出忤逆叶星的话。

阿树快步走上前来，在他们发声前说话了。"听着，肯定有办法解决这样的难题。不管乐意与否，你们现在都是一个族群了。你们必须一起生活。"他的目光扫过曾经的影族猫们。"你们想待在天族？"他问道，"还是想出去再次建起自己的族群？"

"这根本行不通。"叶星低声说。

"我们想待在这里。"花楸掌快速回答道，并与褐皮一起走了上来，"这是我作为影族族长做出的最后一个决策——并长期有效。"

"没错。"褐皮附和着怒视四周，像是在看是否有族猫敢反驳她。

低语声从影族猫之间响起，他们的尾巴扭来扭去，朝叶星投去怀疑的眼神，但最后还是安静了下来。

"是，我们想留下来。"焦毛代表他们说道。

看着他们，紫罗兰光忍不住想知道：你是真的想留下？还是因为你没有别的选择了？

"叶星，很抱歉。"花楸掌开口说着，走上前去面对族长，敬重地低下头，"我为我族猫们的行为道歉。"

"对，我们很抱歉。"其他的猫也咕哝道。杜松掌的毛发仍然怒气冲冲地竖着，焦毛没有与叶星对视，而是盯着地上，但他们还是和其他猫一起致歉了。

雪鸟往前一步，站到花楸掌身边。"叶星，我保证以后都会对你忠心耿耿。"她说道，"像这样的事不会再发生了。"

其他猫也一只接一只地走上来，立下效忠的誓言。叶星看起来还是很暴躁，但她最后还是短促地点了点头："很好。你们以后的言行举止可不要违背今天的誓言。"

"叶星，我们还是得决定怎么处理蓍叶和滑须。"阿树尊敬地低了低头，提醒族长道，"若你允许，我有一个提议想让你考虑。"

叶星谨慎地看着他。"说吧。"她最后说道。

"也许真的该允许蓍叶留下，"阿树开口说，"至少待到幼崽们出生。"

阿树开始说话时，紫罗兰光的心紧了一下，但叶星没有做出反应，仅仅是等着阿树往下说。

"这里其他的猫，有的也曾经追随过暗尾，"黄色公猫提醒道，"但他们都已经改变了。他们对你满怀忠诚。从蓍叶待产，再加上她后面喂养幼崽到断奶的这段时间，可以是考验蓍叶和滑须的机会——她们俩都可以在这段时间内证明自己对天族的忠诚。等幼崽们断奶了，我们就能邀请她们加入族群，或者再无顾虑地送她们离开。"

叶星攥紧了爪子，神色纠结——紫罗兰光看得出，她确实更想马上就赶走这两位入侵者。但最后，她放松了下来，似乎是听出了阿树言辞中的道理。

烈焰焚河

当叶星还在犹豫时,斑愿走到她的身旁。"记住洼光和我跟你讲的话。"她说道。

叶星直视着巫医,似乎有无声的话语在她们之间传递。"我记得。"过了一会儿,叶星低声说。

"求你了,"似乎看到族长的态度有一丝松动,薯叶乞求说,"你要我怎么证明自己的忠诚,我就怎么做。我只想再度成为族群的一分子!"

"我也是。"滑须也说道,"我发誓,我们不会让你失望的。"

叶星重重地叹了一口气。"好吧。但阿树,你记住了,"她转过去,对着黄色公猫继续说道,"她们由你负责。如果她们有一只脚掌越了界,看我会把谁的耳朵给撕下来。"

紫罗兰光吸了一口冷气,接着发现叶星琥珀色的眼睛里闪着一抹玩笑的神色。

"那你就撕去吧,叶星。"阿树轻松地说,"但我肯定,你不需要这样做。"

"那是最好。那也就是说,你要留在族群了。"叶星又说。

"我乐意至极。"阿树瞥向紫罗兰光,回答道,"我只是需要找到自己在这里的位置。"

叶星若有所思地点头。"说不定,我们只需要跳出原有的那些限制……"她喃喃道。

到这儿,事情结束了。雪鸟带着薯叶穿过营地,去育婴室里做

了个窝。斑愿跟在后面。

"你最好和学徒们一起去。"鹰翅简短地对滑须说,"你还不是一位正式的天族武士。"

紫罗兰光觉得自己在滑须的眼里看到了一抹愤怒,但这只黄色母猫回复时却温顺地低着头:"好的,鹰翅。"

"我带着你去。"涡爪主动说道,然后带着她走开了。

紫罗兰光看着他们朝学徒巢穴走去,思绪万千。鹰翅刚才并没有参与讨论,她那时也没怎么留意他。但现在,她能看出父亲对这个结果并不满意——而他也并不是唯一一不满的猫。连褐皮都神色焦虑,她正与花楸掌窃窃私语,他们的头靠得很近。

我的族群这是怎么了?紫罗兰光心想,我以为叶星——在阿树的帮助下——已经让所有猫团结一心了。但现在,看看我们,我们真的能成为一个族群吗?

第九章

赤杨心沿着湖岸往前走着,欣赏着满月在水面上映出的微光。这一刻,天空上的云层很少,把几近澄澈的天空留给今晚的森林大会。

"你感觉如何?"他问走在身旁的枝爪。

枝爪抬头看向他。"好多了,谢谢你。"她回答,"烁皮的病一好起来,她就不让我继续和鳍爪一起训练了。我们现在学的是更高级的技巧。可刺激了!"

"太好了!"看到自己的朋友终于取得了进步,一阵暖意从赤杨心的皮毛间涌过。当他再度看向枝爪时,发现她的目光仍然在他身上,而且眼神里带着关心。

"有关于预言的新消息吗?"枝爪问道。

赤杨心摇摇头:"没有。我最后听到的还是影族仍然和天族在一起,而河族的边界也封闭着。"

"就没有猫担心这件事吗?"枝爪的神色黯淡下去,"星族不是想要五个族群共存吗?"

"我相信他们也关心的。"赤杨心叹息着回答道,"但没有别

的指引，我们什么都做不了。我们现在必须等着，看事态发展。"

有几个心跳的时间，他以为枝爪要说些什么，但他还没开口问枝爪是不是有什么事，枝爪就迅速冲他点点头，跳到前方去找自己的老师了。

赤杨心走过树桥，钻过灌木丛进到小岛的中心，他四下看着，希望河族最后还是回来了。但没有任何雾星或河族的痕迹。

他与其他巫医坐到一处，发现河族的缺席并没有让任何猫感到惊讶，但当黑莓星、叶星和兔星跳上大橡树的枝干时，气氛还是很沉重。

"现在只有三个了！"有猫在赤杨心身后很近的地方小声说着。

"我还以为泼皮猫们离开以后，事情会好起来呢。"风族长老白尾沮丧地说，"现在我可说不准了。"

"星族会发怒的！"另一只猫咕哝道。

赤杨心看到有几只猫抬起头看向天空，看云层会不会遮住月亮，但银光没有被任何东西挡住。看来，星族至少是准备让森林大会继续进行。他轻轻颤抖着：天空现在非常清澈，但不祥的天气已经持续了一整月——星族曾警告过的风暴要来了吗？

"各族众猫们！"黑莓星呼喊着，从他的那根树枝走上前来，在下方的众猫面前现出肌肉发达的虎斑身影，"欢迎来到森林大会。谁要先发言？"

"我来吧。"叶星站在黑莓星上方的枝条上接话道，"天族已

烈焰焚河

经在我们的新营地里安顿下来了，我们的领地里猎物很多。"她继续说道，"几天前，两只曾经的影族猫，蓍叶和滑须回来了，让我们吃了一惊……"

她刚说了名字，空地里欢迎的呼声和抗议的喊叫就混杂在一起，将她打断。显然，很多猫都还记得这两位新来者曾对暗尾很是忠诚。

赤杨心震惊地看向他的巫医同伴们，想起他在半月集会上造访星族时，松针尾曾对他说的话。阴影靠近……她们会是松针尾话里说的阴影吗？

叶星扬起尾巴示意大家安静，于是空地里的骚动渐渐消失了。"在经过讨论后，"她继续说道，"我已经决定允许滑须和蓍叶待在天族——这也是她们的请求——因为蓍叶马上就要生幼崽了。但她们只是在幼崽出生并断奶前暂时留在族群里，接受考察。"

空地里又爆发出一阵抗议。不过赤杨心看得出，一些猫还是赞同叶星的决定的，虽然反对者占了大多数。

"叛徒！"有猫尖声喊道。

"她们追随过暗尾！"

"让她们滚！"

"影族没有哪只猫还值得信任！"风族的风皮号叫着。

值不值得信任的事情，怎么也轮不到他来说吧！赤杨心想。他快慰地看到，有很多猫，甚至还包括风皮自己的一些族猫，都转过头去对风皮怒目而视。

猫武士

黑莓星就是其中之一。"并不是这样。"他高声说，"影族是最初就有的五大族群之一，是一个高尚的族群。即使它不复存在了，也不意味着影族的猫就不该受到尊重。"

风皮挑衅地怒瞪回去，但大会继续进行，现在谁都不再注意他了。

"叶星，"黑莓星抬起眼看向天族族长，继续说道，"有没有可能，这两只猫就是巫医们幻象里提到的'靠近的阴影'？"

这个问题好像让叶星有些慌乱，她迅速舔了几下胸口的毛，才开口回答："我想可能是吧。"

"巫医们从星族接到了一个幻象。"黑莓星对聚集在空地里的猫群大声说道，"他们被告知阴影正在靠近，而且不得被驱散。这两只影族猫一定就是靠近的阴影！"

惊讶的低语声从大橡树周围的猫群中传来，他们之前的敌意也消退了下去。有的猫聚成小群，热切地讨论起来。

"是的……"叶星神情有些不安，"洼光曾让我留意，但我不确定这两只是否就是阴影。无论如何，"她抢在黑莓星提出反对意见之前迅速地说了下去，"她们会待在天族，直到蓍叶的幼崽断奶。"

叶星接着又说了其他的消息，然后兔星又站起来讲话，但赤杨心并没有仔细听。他在天族武士之中发现了滑须，看到她专注地盯着族长们。

既然都让她来参加森林大会了，叶星显然是信任她了……但应

该信任她吗？应该信任薯叶吗？

愧疚感让赤杨心皮毛刺痛，因为他曾推测，"靠近的阴影"是个明显的信号，预示着影族可能会复兴。比如虎心回家之类的……这两只曾追随暗尾的猫是否就是影族东山再起的征象，他心里并不确定。

无论如何，那都意味着风暴正在一步步靠近……

第十章

枝爪跳过营地，跑向巫医巢穴，迫不及待地要和赤杨心说话。在离巢穴几个身长远的地方，她慢下了脚步。病猫们可不想看到有一位学徒跑进巢穴朝他们冲过去。她对自己说。

她从巢穴入口的黑莓屏风间钻了进去，发现了赤杨心在洞穴深处储存草药的地方。她小心翼翼地迈步朝他走去，以免打扰到蜷缩在各自窝中的叶池和白翅。

"嘿，赤杨心，"枝爪喊道，"我和烁皮还要过一会儿才出去狩猎。这里有什么我能帮忙的吗？"

"当然有，"赤杨心抖抖胡须表示欢迎，回应道，"我正在为学徒巢穴里的病猫们整理草药。你要是愿意的话，可以帮我做这个工作。"

"没问题。"枝爪回答道。

虽然她乐意帮忙，但枝爪来找赤杨心可不单单是为了这个。自从森林大会以后，已经又过了几个日升了，而这是她第一次有机会问赤杨心预言的事情。森林大会上只有三位族长的场景让她感觉很不对劲，也很陌生恐惧。

烈焰焚河

我应该把自己在月亮池看到的东西告诉赤杨心吗?她问自己。一想到赤杨心对此可能做何反应,她的肚子里就难受起来。他是一位巫医,恐怕会很生气吧。

"我知道你很担心,因为星族想要我们五族并存,"她最后开口说道,"但看样子,影族不会回来了。"

赤杨心正在将水薄荷的茎秆分成堆,听了枝爪的话,抬起头来。"我们也不清楚。"他回答道,"但至少滑须和蓍叶回来了,虽然可能幻象里说到的阴影并不是她们。再说了,星族给了我们幻象,到目前为止,我们也一直在跟随着它们的指引。也许我们应该找到更多的征兆。"

找来找去,直到风暴找到我们头上吧。枝爪想。"可能我们还应该做些别的事情,"她提议,"比如说服影族猫们进行重建。"

赤杨心摇摇头:"没用的。他们只会觉得专横霸道的雷族又来发号施令了!再说了,影族现在也没有一位强有力的族长。花楸掌不会回心转意,又没有其他猫能代替他上位。没有一位强有力的族长,随便哪个族群都活不下来。"他又叹着气补充道,"除了等着转机出现,我们现在什么都干不了。"

枝爪带着草药包离开巫医巢穴时,一脸的沮丧。虽然自己的学徒训练目前进展良好,但她总觉得自己应该做点儿什么重要的事,来表明她对雷族的忠诚。她知道自己应该和烁皮一起出去狩猎,但她感觉自己的情绪太紧绷了——她觉得自己现在肯定没法儿专心找到一只猎物进行追踪。

我知道自己肯定会被逮着的,然后烁皮就会让我抓上一个月的虱子,但我真的得溜出去找紫罗兰光。我离开天族已经有一个多月了,森林大会上我还没来得及和她说上话,天族武士们就走了。她不可能还在生我的气,对吧?

枝爪将草药送去学徒巢穴,思绪却已经在森林中飞奔了。她很想和紫罗兰光谈谈影族的事情。

毕竟她是被当作影族猫养大的。她不可能对影族没有感情。

枝爪也希望自己和妹妹一起,也许就能说服某只影族猫出任族长。他们里面肯定有谁愿意勇挑重担吧?

枝爪在天族边界上等待着,潮湿的冷风让她颤抖不止。终于,她嗅到有一支巡逻队在靠近。当他们出现在一丛黑莓旁的空地中时,她认出了砂鼻和哈利溪。

"嘿!"她大叫着,朝边界走去。

两只猫转过身,朝她跳了过来,用谨慎的目光盯着她。

"你想干什么?"哈利溪问道。

"我得和紫罗兰光谈谈。"枝爪回答道,"你们能帮我把她找来吗?麻烦你们了。"看到两位天族武士相互怀疑地看着,她又补充道,"这事真的很重要。"

"那好吧。"砂鼻顿了顿,还是说道,"但别想往边界这边踏上一只脚掌。你已经不再是天族猫了。"

两只猫转过身,消失在灌木丛里。枝爪坐下来等着,她双耳竖

烈焰焚河

着,担心得皮毛刺痛。要是在她等待期间,有雷族巡逻队从这里经过,她的麻烦就大了,而且会处于百口莫辩的境地。

枝爪等待着,焦虑越来越强烈,最后让她感觉像是有一群蜜蜂在她的肚子里安了家似的。灌木的每一声窸窣都像是族猫的巡逻队在靠近,微风里的每一缕气息都威胁着要揭发她。

枝爪觉得,这越来越紧张的心情让她简直连一个心跳都忍不了,这时,边界对面的蕨丛一分,紫罗兰光出现在她的视野里。紫罗兰光的胡须轻颤着,眼神警惕地看着。"好了,我来了。"她朝姐姐走来,轻声说,"你这是要干什么?"

枝爪的尾巴垂了下来。我好想紫罗兰光!她见到我不高兴吗?但她的妹妹并没有深情地跟她打招呼。

"我非常担心预言的事情。"枝爪不再去想受伤的感觉,直接解释道,"必须要五族共存,但当影族已经不复存在了,这又怎么可能呢?我们必须得做点儿什么!"

枝爪气馁地发现,妹妹琥珀色的眼中一片冰冷。"影族的未来关你什么事?"她问道,"再说了,我现在是天族猫。影族也和我没有任何关系。"

"但你是在那里长大的啊!"枝爪反驳道。

"没错,那感觉可不怎么样,相信我。"紫罗兰光呛声回去,"我当初不得不眼睁睁看着暗尾接管影族,看着众猫死去。我最不愿意的事情就是回到影族。"

"但……"枝爪试图打断她。

猫武士

紫罗兰光完全没有理会。"另外,我也清楚影族在花楸星的领导下有多虚弱。"她继续说道,"所以,说不定影族分裂消失也不是什么坏事。是花楸星的软弱给了暗尾夺权的机会。现在影族和天族合并了,一切都很好。需要一些时间来适应,不过……"

"都很好?"枝爪打断了她,"真的吗?你感觉不到森林大会上的紧张气氛?天族猫支持叶星,但当叶星谈起蓍叶和滑须时,影族猫都要气疯了。"枝爪朝妹妹伸出一只脚掌,"求你了,紫罗兰光,把事实告诉我吧。事情真的像叶星说的那么简单吗?"

紫罗兰光叹了口气,放松下来,不过她还是在开口回答前,先扫了一眼周遭的森林。"不,你说得对,事情并不顺利。"她继续往下说,似乎能把这些事讲给别的猫听让她如释重负,"事情很棘手。叶星先是拒绝了她们,后来又有一些影族猫——是她们的至亲——把她们藏在了以前的旧营地里。阿树和我在那里发现了她俩,我们不得不把这事告诉叶星。"

枝爪惊讶地眨眨眼:"我觉得她不会高兴的。"

"她简直是暴怒!她想把她们再一次赶出去。后来是阿树说服她允许她俩留下的。"

枝爪觉得自己比刚才更惊愕了:"哇哦——他一定很会讲话!"

"的确如此。"紫罗兰光承认道,"和你有些像。只不过他不会变来变去。"

妹妹的话刺痛了枝爪,她倒抽一口冷气。"你看,"她说道,

烈焰焚河
LIEYANFENHE

"我很抱歉自己离开了天族，但我就是不属于那里，哪怕我很希望如此。"紫罗兰光没有作答，于是她追问道，"你就没有过这样的感觉吗？"

"我不想有，但这种感觉还是出现了很多次。"紫罗兰光叹息道。

妹妹对她的态度不那么冰冷了，让枝爪振奋了一些。"既然这样，"她开始说道，"那就听我讲一下预言的事情吧。星族希望五族共存。而我得告诉你一些我没和其他猫说过的事情……"枝爪顿了顿，紧张地咽了一口唾沫。她一点儿也不知道紫罗兰光会做何反应，而她这些话一出口，就没有收回的余地了。"在巫医们半月集会的时候，我去了月亮池。"

紫罗兰光骇然瞪大了眼睛："你去了？巫医们怎么想的？"

"他们根本不知道。"枝爪解释，"我在灌木里一直躲着，直到他们离开。但是后来我看到了一个幻象……一个可怕的幻象，有火和破败的营地。星族给我看的！现在我担心，要是我们不能找出第五个族群，恐怖的事情就会发生。"

紫罗兰光还没回答，边界附近的蕨叶就分开了，一只肌肉发达的黄色公猫踏入空地。枝爪认出这只猫是阿树。阿树朝边界走来，在紫罗兰光身旁坐下，然后抬起一条后腿挠着耳朵。

"你们族群猫太畏惧星族了。"他懒得打招呼，直接说道，"如果星族想要你们做什么，它们为什么不说清楚呢？"

"每位巫医都会问同样的问题。"紫罗兰光苦笑着说。

枝爪转向阿树。"你在这里干什么?"她问道。

"啊,我就是无聊。"阿树回答,"我觉得我能跟踪紫罗兰光。另外我也一直很想你。"

枝爪能在阿树眼里看到一抹打趣的光芒,但她却看不出哪里好笑。我永远不知道怎么会有猫觉得阿树有趣。

紫罗兰光用尾巴拍拍阿树的头。"你别再跟踪我了!"枝爪却听出她其实并没有认真,"这些事情,你怎么看?"她又问。

阿树耸耸肩说道:"我从没想过自己会这么说,但枝爪说得很有道理。星族好像的确希望五族并存,而且还要五族齐心协作。天族营地内氛围紧张,早晚会演变成一场打斗。要是影族猫们重新分出去,也许真的会好一些。"

"但我们怎样才能做到呢?"紫罗兰光问。

"我们至少该和影族猫们谈谈,"阿树回答道,"他们里面肯定有谁能当好族长。"

紫罗兰光沉默了一会儿,显然是在深思。"也许我们可以和褐皮谈谈,"她最终提议道,"虎心离开以后,她就是花楸星的副族长,而且她也真的关心自己的族群。有一次,我看到她和花楸掌在影族的旧营地里,她好像对他们失去的一切很痛惜。也许她会愿意尝试让影族复兴。"

"那好,"枝爪说道,希望让她脚掌垫都刺痛起来了。我的这个计划真的起作用了吗?"我们去找褐皮谈谈吧。"

第十一章

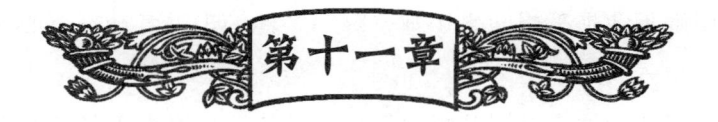

"我们不能那样做!"紫罗兰光表示反对,她简直不敢相信,自己的姐姐会无视族群行事的规矩,"我们得先说服叶星。"

"但这是影族的事务。"枝爪说道。

"你脑子里进蜜蜂了吗?"紫罗兰光喝问道,"影族现在是天族的一部分,叶星是每一只猫的族长。还有,我是一只天族猫。"她眯缝起眼睛说,"我才不会在没有警告我的族长的情况下去说服影族重建!"

"好吧……"枝爪的声音有些犹疑不决,"问题是,我觉得叶星不会想听从我的意见,毕竟我跑回去重新加入了雷族。"

紫罗兰光生气地弹了弹耳朵。这事又不是只能由你来做!她朗声说道:"别担心。游说的事情我来就好了。我们也会把鹰翅叫来的,这样就好办多了。"

她转过身,朝天族营地走去,枝爪跟在她身后,阿树走在最后。和自己的姐姐一起走,让紫罗兰光感觉有些诡异——她不久前还是自己的族猫,但现在的身份却是一位入侵者。枝爪要不是和我还有阿树在一起,任何一只天族猫都有权利对她发起攻击。

猫武士

营地入口处，草心正在值守。"她在这里干什么？"草心怒视着枝爪问道。

"她想和叶星讲话。"紫罗兰光回答道，"我们都想和叶星谈谈。"

"她不会是又想回来了吧，嗯？"他们走进营地，草心在后面喊道。

尽管紫罗兰光有点儿恼火，但自己族猫再度看到枝爪时会有这样的反应，她一点儿也不惊讶。这件事情越早结束越好。

看到鹰翅和雀毛正在营地中央谈话，紫罗兰光松了一口气，朝他跳了过去。"我有事要和你说。"她说道。

雀毛友善地对她点点头。"我去组建狩猎巡逻队。"他对鹰翅说道，转身消失在武士巢穴里。

"要说什么……"鹰翅刚开口就停住了，"嘿，枝爪！"他用鼻头贴住女儿的肩膀，"能看到你真是太好了。"

看到父亲，枝爪精神振奋多了，她朝父亲靠过身子，愉快地发出咕噜咕噜的声音。过了一会儿，叶星从族长巢穴入口的苔藓屏风中钻了出来，枝爪马上就紧张地直起了身子。

"这是怎么回事？"她从杉树根上一跃而下，轻轻走过营地，朝紫罗兰光和其他猫走来，问道，"枝爪，你为什么在这里？"

紫罗兰光觉得应该由自己开口回答。"我们需要跟你和鹰翅谈谈，"她说道，"求你了，叶星，你能听听我们的想法吗？"

叶星犹豫了一会儿，最后点点头说："好吧。"

"我们很担心预言的事。"紫罗兰光开始说道，"星族说必须

要五族并存，但现在只有三个。我们觉得我们或许找到了能帮上忙的办法。"

族长的目光落在紫罗兰光身上，让紫罗兰光觉得自己受到了重视，欣慰之情如波浪一般冲刷过她的心头。但族长琥珀色的双眼里仍有一丝怀疑。我要是想说服她，就不能有任何差错。紫罗兰光心想。

"继续。"叶星说道。

紫罗兰光咽了一口唾沫："我们想问问褐皮，她是否愿意出任族长，重建影族。"

叶星的表情变了——她琥珀色的双眼里顿时布满了怒意。"重建影族？"她嘶嘶地吼道。

我好像犯了个错误。紫罗兰光心想，我就知道，根本不该听枝爪的话！我就是因为关心她，才会这么做的！

"叶星，你怎么想？"阿树以他惯有的坦率姿态问道。

"够了！"叶星猛转过身来对着他，"你居然还问这种问题？我很生气。我当然很生气。天族希望的，从来都是与其他族群一起，有一个能住下来，有猎物吃的安居之所而已。为找到这个地方，我们历经磨难，失去了那么多族猫。"

"但现在你们已经有了啊。"阿树指出。

"没错，我们现在已经有了。"叶星将利爪插入土里，"我们终于来到了湖区，却被告知自己必须向其他族群乞求领地。后来我们同意与影族共享领土，我们也尽己所能地满足影族的需要，哪怕

花楸星贪得无厌。接着他又告诉我,说影族解散了,我必须把他们余下的族猫接纳进我的族群。而如今……"

紫罗兰光试图打断她,但叶星根本没理会紫罗兰光,愤慨犹如一场暴风,直接连珠炮似的往下说。

"如今我劳心劳力,想让每只猫都能融入这个族群——而你和枝爪竟想又把影族分裂出去!枝爪,你在这里究竟是干什么?你可是雷族的学徒!"

"叶星,是这样的……"紫罗兰光开口了。

"我不想听。现在我对你连一根毛的耐心都没有!"

叶星扭过身,想回到自己的巢穴,但阿树走到她面前,用尾巴拦住了她。紫罗兰光心里一颤,等着叶星抬起脚掌撕烂他的耳朵。

"叶星,等等。"阿树说道,"请听我说。这不是紫罗兰光和枝爪的想法——是星族的意愿。星族高兴了,所有族群都好过,对吗?要是遂了星族的意,我们是不是就能给自己少找很多麻烦呢?"

叶星盯着他,好像在思考这只猫是从哪里冒出来的,竟敢质疑她的决定。至少她还没攻击他。紫罗兰光心想。

这时,鹰翅走到了族长身旁,紫罗兰光顿时松了口气。"我知道你很气恼,叶星,"他说道,"我也很气恼。我们来到湖边时,似乎是其他族群日子也不好过的时候。但……也许紫罗兰光和枝爪——还有阿树——说得有道理。如果这是星族的意愿,那么,我们至少应该为五族并存做出一点儿尝试。或许有什么事情我们没注意到。或

烈焰焚河
LIEYANFENHE

许影族里真的还有一位有能力的族长，只待被说服出任。"

紫罗兰光等待着，几乎都不敢喘气，而叶星则静静地站着，沉默好似持续了无数个心跳的时间。最后，这位族长长叹了一口气。

"好吧。"她说道，"你们可以和影族猫们聊聊。"她耳朵朝紫罗兰光扭了扭，又问道，"要是影族又分裂出去了，你也打算走吗？"

有那么一下子，紫罗兰光瞠目结舌地看着她，族长会问出这样的问题让她很震惊。"不！"她叫道，"我是只天族猫，彻头彻尾的天族猫。我永远都不会不忠。而且，"她补充，"我永远都不会离开鹰翅。"

她的回答似乎让叶星很满意，虽然紫罗兰光还是察觉到，站在她身旁的枝爪不自在地挪动着脚掌。难怪叶星这么问！紫罗兰光心想，枝爪可是毫不犹豫就离开天族了。

"但给我听好了，"叶星继续说道，"如果影族决定要离开，那我可再也不会接受任何猫加入天族了。总是带来麻烦，还浪费了我们本可以休养生息的时间。就这样吧！"

"我明白。"紫罗兰光回应。

叶星回到自己的巢穴里去了。紫罗兰光，还有枝爪和阿树，在营地里找到了和花楸掌待在一起的褐皮，他们正在溪流旁的一块岩石下互相舌抚着。

"褐皮，我们得和你谈谈。"紫罗兰光先开了口。

褐皮抬起头来看他们，看到枝爪，她的眼睛眯了起来。"我看

到你和叶星讲话了,"她说道,"你不是又想回来吧,嗯?"

枝爪坚决地摇头:"不!我只是来拜访。"

褐皮赞同地咕哝了一声,说:"这到底是怎么回事?"

紫罗兰光坐到两位影族武士身边,尾巴灵巧地卷过来盖住爪子。枝爪在她身边蹲伏了下来,而阿树则神色慵懒地瘫到了岩石上,不过当他看向下面的几只猫时,眼神里充满了关心。

紫罗兰光鼓足勇气,深呼吸了一下。"我们都很担心预言。"她说道,"星族想要五个族群,但如果影族不回归,事情就只会变得更糟。所以,褐皮,我们想问问你愿不愿意考虑领导重建的影族。"

褐皮与花楸掌交换了一个震惊的眼神。"为什么是我?"她问道,"这里已经有一位族长了。你们为什么不问他?"

"啊,不用了。"花楸掌摇着头说道,"我不想再领导影族了,这话我已经说得很明白了。另外……"他犹豫了一下,还是继续说道,"我总是梦到虎心,他有朝一日或许会回来,我还没有放弃希望——尤其是现在巫医们还接到了阴影回归的信息。"

褐皮看着他,绿色的眼睛突然柔和起来。"但愿是真的。"她轻声说。

"如果褐皮愿意出任,我会支持她的。"花楸掌继续说道,"毕竟虎心离开以后,她就是副族长。"

"太好了!"紫罗兰光说道,尽管她能感觉出花楸掌其实并没有那么热切,"那么,褐皮,你……"

烈焰焚河
LIEYANFENHE

"当然，我们还需要星族的认可。"花楸掌打断了她，"老实说，紫罗兰光，为什么是你和枝爪来谈这件事？巫医们呢？"

你这蠢毛球！紫罗兰光心里责备自己。要是她能多想那么一下子，就会发现自己应该先和巫医谈谈这件事——也许该和洼光谈，他以前是影族的巫医。我行为这么失当，都是因为先是枝爪来见我，后来叶星又那么生气……

她正要提议去找洼光，就听到有脚步声在靠近。她转过头，看到了滑须和怀着幼崽、身形笨重的蓍叶。

"我们无意间听到了。"滑须说道，"我们很希望影族能重新崛起！"

"对，"蓍叶附和道，她黄色的双眼中闪过希望，"想一想吧，要是我的孩子们能出生在重建的影族，那该多好！"

每一只猫的目光都落到了褐皮身上，而褐皮仍神色犹疑。"我会考虑的，"她说道，"如果洼光……"

蓍叶突然大声地猛喘了一口气，打断了她的话。

"怎么了？"阿树问道。

"幼崽们等不到影族了，"蓍叶解释道，她的呼吸又快又浅，"我感觉他们现在就要出来了！"

第十二章

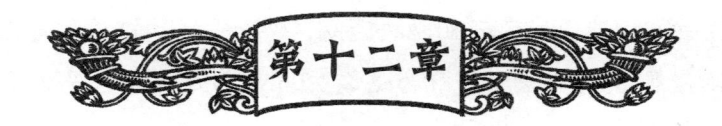

日头渐沉，时不时从云层间的缝隙里透出光亮，在石头山谷里投下暗影。赤杨心钻过黑莓屏风走到营地里，站定脚步深呼吸。空气温暖而黏稠，这一整天，云层都压得很低，几乎要碰到树梢了。

赤杨心心中默默感谢星族让叶池好转，虽然她还是很孱弱，无法回到自己的岗位上去。白翅也好了一些，已经可以住到学徒巢穴，和其他病猫一起接受治疗了。他对松鼠飞采取的治疗效果很好，松鼠飞也日渐强壮起来。

然而，尽管他已经非常努力了，疾病仍然在营地中肆虐。鼹鼠须和冬青簇也成为学徒巢穴里病猫中的一员，最糟糕的是，那天早晨，松鸦羽也开始呕吐了。

他一定是族群抵达湖畔以来最糟心的一个病患了。赤杨心不由叹息一声。他觉得自己身上的每一根毛都疲惫得垂了下去。

当赤杨心来到自己的巢穴外时，一阵细细的凉风吹起，岩壁上的树叶哗啦直响。他看到远处有一道闪电劈过，几乎紧接着就是雷声轰鸣，在山谷的石壁之间回荡。

烈焰焚河
LIEYANFENHE

赤杨心僵住了，他恐惧得皮毛刺痛。伟大的星族啊，那雷声好近！

微风变得强劲起来，在营地间呼啸，吹倒了蕨丛，扬起了地上的尘土。豆大的雨点开始往下掉。头顶上空，又有闪电撕开夜空，雷声翻滚，好像比之前更近了。

"找地方躲雨！"赤杨心毛发倒竖，一边盯着天空，一边对还在空地上的其他猫大叫道。

看到众猫都冲向了各自的巢穴，他也转过身返回自己的巢穴中，思索着该为那些病了的猫做些什么。大风暴过后，族群已经知道了要怎样面对洪水，但赤杨心担心这场风暴会太过猛烈，以至于族猫们会来不及撤离营地。

赤杨心钻回巢穴里，看到叶池在自己的窝里坐起了身，她聆听着外面的声音，眼神警惕。松鸦羽正在休息，他的鼻头搁在脚掌上，显然已经睡着了。

感谢星族！赤杨心想。

"你觉得我们是不是该让族猫们搬进隧道里了？"他问叶池。

叶池犹豫了一下，然后摇摇头。"要是黑莓星觉得风暴太大了，他会下令的。"她回答道，"现在我们只能等着了。"这时，又一声惊雷炸响，叶池吓得身子一抖，那声音听起来就像是崖壁顶上蹲伏着一只巨大的猫在咆哮似的。"不过，我们最好还是先把荆棘光移走，"她补充道，"要是天气变糟了，她比其他

猫更难移动一些。"

"我来负责吧。"赤杨心说道。

他再次钻出黑莓屏风,抬头看向天空。雨水被风裹挟着,冲刷着营地。当赤杨心正看着上方时,又一道闪电撕裂夜空,他也吓得身子一颤。

这就是那场风暴吗?他想,这就是黑色天幕没有预示出的那场风暴?

赤杨心心里充满了忧虑,他忍不住想,也许叶星允许滑须和蓍叶留在天族,这还不够。或许我们还该为影族复兴做出更多的努力,就像枝爪说的那样——或许我们还应该更努力说服河族回到我们中间。

他做好浑身冰凉湿透的准备,冲进暴雨里,朝武士巢穴跑去。雨水已经让营地满是尘土的地面变成了泥塘,他冲过空地时,泥水溅到了他腹部的皮毛中。围住武士巢穴的黑莓墙上有个缝隙,赤杨心从那里伸头进去,看到族猫们蜷缩在各自的窝里,为了躲避从上方渗入的寒凉雨滴,他们都尽可能地将自己埋进苔藓和蕨叶中。

"醒醒,"他说道,"我需要两位武士来帮我移走荆棘光。"

"我来吧。"栗条立刻主动说道。

琥珀月站起身来,甩掉粘在皮毛上的铺垫碎屑:"我也来。"

烈焰焚河
LIEYANFENHE

　　两只母猫一起从赤杨心身旁掠过，跑过营地冲向育婴室。赤杨心跟在她们身后。

　　育婴室的入口处，枝爪正蜷缩着身子，探出头看着天空。"你也在担心这个吗？"赤杨心钻进育婴室，浑身颤抖着站住时，枝爪问道。

　　"大概吧。"赤杨心回答道，他的声音不由自主地有些尖锐。

　　离枝爪上次偷偷溜去天族营地才过了不到半个月。两只猫想到这个主意很兴奋，她们要说服褐皮出任族长重建影族。但烁皮和黑莓星都对她大发雷霆。

　　似乎褐皮和其他一些曾经的影族猫对这个想法很感兴趣。但无论如何，干预他族领导权的事情也轮不到一位雷族学徒来做。

　　我知道她很担心。赤杨心想，但就算是我，也不得不承认她真的是僭越了。影族不关我们的事。

　　他也觉得有点儿受伤，因为枝爪并没有询问他的意见，也没在跑去天族前问问他的想法。我是一位巫医，我会让她知道，在没有得到星族首肯的情况下，谁都不能指认新的族长。

　　"你在昨晚的半月集会上听到什么关于影族的消息了吗？"枝爪问。

　　这个问题并没有使赤杨心对她更和善一些。在月亮池的集会是巫医的事务，想对其他猫透露多少消息也该由他们自己决定。不过话说回来，这次也确实没什么好提的。

"洼光报告说他忙着照顾蓍叶和她的两只幼崽,"他回答道,"他说要是没有星族的信号,他就不能支持重建影族的计划。昨晚我们谁都没有接到信号。"

枝爪的失望就挂在脸上,她垂下头,蜷伏得更低了。赤杨心马上就为自己刚才对她的冷漠态度而感到抱歉。这时,琥珀月和栗条从育婴室深处走来,她们俩架着荆棘光,于是赤杨心决定还是专注于自己的职责为好。

"带她去大风暴时族群扎营的隧道里。"他指挥道,"我马上就跟过去给她做检查。"

"别担心我。"荆棘光坚强地说道,"我可喜欢把皮毛打湿了!"

当两位武士架着荆棘光从他身边走过时,赤杨心注意到栗条的脚步有些摇晃,眼睛也呆滞无神。噢,她可别再生病了!这是他首先想到的,然后他又安慰自己这只暗棕色母猫说不定只是累了而已,星族知道,近来的日子真是不好过。

荆棘光和护卫她的两只猫消失在雨幕里,赤杨心也走向巫医巢穴。他还没走出几步,一声惊呼就让他转回了身。

他恰好看到狂风直接掀起了育婴室的一块顶棚,顶棚扑扇着消失在风暴里。里面的猫喊得更厉害了,幼崽们也被吓得尖声哭叫。

赤杨心飞溅着冲过积水,一头钻进育婴室。大雨从顶棚的缺口处瓢泼而下,荆棘光之前睡着的那侧已经被浸透了。

烈焰焚河

幸好我们把她移走了！赤杨心暗想，感谢星族！

炭心和梅花落挤在育婴室远离漏缝的那一侧，都蜷缩起身体紧紧护住自己的幼崽，免得他们被打湿受凉。藤池、黛西和枝爪拖拽着还没被雨水打湿的铺垫。

"赤杨心，我们该怎么办？"梅花落问道，"我们不能留在这里——要是剩下的顶棚也被吹走了怎么办？"

有一个心跳的时间，赤杨心心中一片恐慌：哪里能让他们避雨？"长老巢穴离得最近，"最后他说，"灰条和米莉会很乐意照顾幼崽的。"

小茎立刻就跳了起来。"灰条会给我们讲故事吗？"他问道。

"太好了！"他的妹妹小雕尖声说，"我想听火星和旧森林的故事。"

"当然不行。你们得睡觉。"他们的母亲梅花落责备道，"灰条也要睡觉。"

混乱中，赤杨心强忍着才没被逗得笑出声。我觉得他们今晚谁都睡不好。

炭心的幼崽更年幼，被两只母猫叼着，梅花落的幼崽们则跟在旁边走。赤杨心送走了他们，又跑回巫医巢穴。风力还在增大，几乎都能将他吹起来了。狂风吹着雨水钻过黑莓屏风，打湿了巢穴里面。赤杨心看到松鸦羽已经醒了，不由得心中一沉——醒来的松鸦羽和叶池都蹲伏在各自的窝里，又冷又湿，神情烦躁。

"你到哪里去了？"松鸦羽站起身，拱起脊背，声音刺耳地

说道,"趁我还没被洪水冲走,快把我从这里弄出去!还有,我需要更多水薄荷。"

赤杨心叹了口气。松鸦羽是一位杰出的巫医,但当他生病时,照顾他比打败一整窝獾还难办。

"谁都不会被冲走的。"赤杨心安慰他,"地面确实很泥泞,但没有发洪水。不过我很担心那个预言。"他坦承道,"黑色天幕所预示的绝非风暴。"

松鸦羽看上去有些不安。"你自己也说了,没有发洪水。"过了片刻,他提醒赤杨心说,"这次可能只是一场雨而已。当星族想表示什么的时候,它们的信息不会是这么少的。"

赤杨心并没有被说服,他叹了口气。"至于水薄荷,"他告诉松鸦羽,"都好好地贮存在岩石里呢,那里不会被打湿。你只需要等一会儿。"他又转向另一位巫医补充道,"叶池,他要是逼你去拿,别理他。你需要休息。"

"遵命,老大。"叶池轻声说,琥珀色的眼眸里闪过戏谑的光。

"你这像哪门子巫医啊。"松鸦羽抱怨着,将尾巴卷过来盖住鼻子,"你应该把需要的东西随时带一点儿在身上。"

那我该放在哪里呢?赤杨心在心里对自己说,塞在耳朵里吗?

他走出巢穴后离开了营地,爬上斜坡,往族群在大风暴期间栖居过的隧道口走去。赤杨心那时还没出生,但是听过相关的故

烈焰焚河

事,大都是从虎斑猫波弟那里听到的。

一阵悲痛从赤杨心心头升起:伟大的星族啊,我好想波弟!

他在最大的隧道入口附近发现了带着荆棘光的琥珀月和栗条。她们不知从什么地方找来了一些干燥的蕨叶,做了个窝。

"你们都没事吧?"他问。

"没事。"琥珀月欢快地回答道,"别担心我们。"

"能到营地外待一阵子真是太好了。"荆棘光补了一句。

赤杨心凑近看了看栗条,她虽然很安静,但却不像是病了的样子,他在她身上也没嗅到疾病的气味。

"等安全了,可以回去了,我会来告诉你们的。"他说道,然后挥挥尾巴离开了。

此时天色已暗,赤杨心下坡往回走时不得不留意自己的落脚处。下过雨的草地非常湿滑,好几次他都差点儿滑倒,还好将爪子插进土里,才避免了自己脚掌翻飞地滚下去。

他刚走出几只狐狸身长远,就被一声巨大的爆裂音吓得跳了起来。四周的山坡都沐浴在刺眼的冷光里,他呆呆地僵在了原地。

这是离得最近的一次了。他想。

他站在营地上方,能从这里看到很远的地方。橙色的光芒照亮了天族领地那边的天空。

起火了!

赤杨心试图弄清楚着火的具体位置。接着,他意识到着火的

地方可能是天族营地时，心中充满了恐惧，犹如雨水盛满了一片翻卷的树叶一样。

赤杨心忘记了小心脚下，他往坡下跳去，在泥泞和湿草上连溜带滑，拼命跑向营地。他的脚掌在身下打了滑，于是他翻滚起来，直到最后砰的一下撞上一块突出的岩石，把他身体里的气都挤了出去。他撑起身子又继续往前冲，最后终于钻过荆棘通道进入了营地。

"黑莓星！"他大喊道，"黑莓星！"

黑莓星出现在高石台上，他的毛发湿透了，紧贴在身侧，他似乎刚巡逻了营地。"怎么了，赤杨心？"他叫道。

"起火了！"赤杨心一面回答，一面用尾巴示意，"那边，天族那边！"

黑莓星跳下落石堆。这时，火焰已经在天空中蹿得更高了，从石头山谷里就能看到那橙色的光芒。族长看了一眼就冲进了武士巢穴，然后又带着暴云与叶荫钻了出来。

"去看看是怎么回事，"黑莓星下令道，"别靠得太近了——只要弄清楚有没有靠近营地就好，另外看看有没有族群需要我们帮忙。"

"交给我们了。"叶荫说道。

两只猫从赤杨心身边跃过，他听到暴云咕哝道："和以前一模一样！"

赤杨心想起暴云以前是一只宠物猫，在大风暴期间，他和雷

烈焰焚河

族一起避难，后来决定留下成为武士。这对他来说肯定很难，他记得上一次发洪水的情形。波弟告诉我说暴云的兄弟死在了那一次灾难里。

赤杨心看着两位武士远去，然后转向巫医巢穴。这场风暴我可能帮不上什么忙，但我至少能帮松鸦羽找到他要的水薄荷，说不定这能让他安静一阵子。

到了月高时分，暴雨基本止住了，云层渐散，一束模糊的银光透过薄云洒进营地。赤杨心心头的恐惧也慢慢消退，他开始觉得安心多了。

松鸦羽可能是对的。这说不定就只是一场雨而已。

族猫们出现在了空地上，开始清理渣滓。蕨毛忙着修补育婴室的顶棚，枝爪和鳍爪则帮他找来黑莓枝和藤蔓卷须。顶棚上的裂口已经几乎消失了。

不知不觉，一切就又回到正轨了。赤杨心想，至少我希望如此吧。

他正要走出营地去让琥珀月和栗条把荆棘光带回来，就看到暴云和叶荫从荆棘通道中冲出来。看到他俩都毫发无损地回来了，赤杨心很是欣慰，他往前迈出一步，想和他们打招呼。

接着他惊讶地停了下来。两只他从未见过的猫跟着族猫进入了营地。走在前面的是一只小公猫，长着毛茸茸的姜黄色虎斑皮毛，精力十足地在武士们的脚掌旁跳来跳去，几乎把他们绊倒。

跟在他后面的是一只母猫,她有一点儿瘸,长着一身柔滑的灰色皮毛和一双琥珀色眼睛。

哇哦,她可真够漂亮的!赤杨心想。

她嘴里叼着什么东西——赤杨心一开始以为那是一只老鼠,接着便认出那只是一小块皮毛。她干吗带着这个?他心想。

赤杨心还在发愣的时候,黑莓星从巢穴里出现了。他走过来停在赤杨心身边,双眼中露出不满。更多族猫也走了过来,他们聚到周围,好奇地盯着新来者。

"怎么回事?"黑莓星质问道,"怎么有陌生猫?"

"他们是宠物猫。"叶荫解释道,"我们去调查火势的路上遇到了他们。他们说起火的是那边的两脚兽领地,他们就是从那边逃出来的。"

"我的名字是茸球!"那只亢奋的小公猫大声说道,还不住地在黑莓星面前跳来跳去,"我这位朋友叫绒毛。她被烧伤了,所以我们来找你们寻求帮助。"

"你们怎么会知道族群?"赤杨心问。

"啊,我其实知道你们在哪里。"茸球回答,"我知道,要是说有谁能帮助我们的话,就非武士猫莫属了!我听说过你们怎么打架,怎么追踪猎物,还和星星说话,你们是最勇敢的猫了!我还知道……"

"你们别介意茸球。"绒毛将嘴里叼着的那块皮毛放了下来,说道,"他两耳之间的脑子里装的都是对于族群猫的幻想,

烈焰焚河
LIEYANFENHE

所以能来到这里他很兴奋。"

"真是太过誉了。"黑莓星厌烦地看了小公猫一眼，说道，"但族群不接纳宠物猫。这是为你们好。"茸球的胡须沮丧地垂了下去，黑莓星于是又补充道，"森林里的生活不一样，宠物猫没有面对危险的准备。所以，你们得离开。"

宠物猫眼里的失望让赤杨心十分不忍，尤其是绒毛眼里的神色。"你看看他们，"他对黑莓星说，"这只母猫受伤了。他们一身都是烟灰，而且显然累坏了。他们肯定是走了很长一段路来找我们帮忙的。至少让我先治疗一下绒毛的伤口，然后再把他们送回他们的两脚兽那里吧！"

黑莓星似乎还在犹豫不决，这时，暴云走上前来。"大风暴期间你就接纳了宠物猫，"他提醒族长，"我很清楚，因为我就是他们中的一员。而这个决定后来证明结果还不错，不是吗？"

黑莓星叹了口气："我就知道你会这么说……"

"求你们了。"绒毛恳求黑莓星，"我烧伤的地方很痛。当时，一道火焰从天上落下来，正好落在我主人的巢穴外面。它击中了一棵树，那棵树就倒到了巢穴上，然后巢穴就烧起来了。周围的巢穴也跟着烧了起来。茸球和我勉强逃了出来，我带上了我最喜欢的那个玩具。"她伸出一只脚掌，满怀感情地拍了拍那块皮毛，"我猜，你们野猫可能会觉得这很傻气，但它能让我得到抚慰。"

赤杨心发现，叶荫和周围聚集起来的其他一些猫都在憋笑，

但他觉得这只漂亮的母猫需要从前的旧物来帮助自己面对森林里的危险,这一点儿也不好笑。"一点儿也不傻。"他为她辩护道。

"要是能回去的话,我们会回家的。"绒毛感激地瞥了一眼赤杨心,继续说道,"但那里有恐怖的号叫声,还出现了一个大怪物,不停地闪着光。我们的主人逃走了——我们根本不知道它在哪里。"

"拒绝他们实在太残忍了。"赤杨心向黑莓星说道,"他们没有别的地方好去,而且走了这么远的路,又累又湿。"

黑莓星显然是不想让这两只宠物猫留下的,但他最后还是点头了。"你们可以留下,直到大火灭了,你们的两脚兽回来。"他哼了一声,"但不能多待哪怕一个心跳的时间。"

茸球激动地尖声长叫了一声,开始跳上蹦下:"谢谢你!谢谢你!"

"谢谢你。"绒毛更文静地说道,她琥珀色的眼睛里溢满了激动,"我向你保证,我们不会带来任何麻烦的。"

"看你们表现了。"黑莓星咕哝道,"别碍着其他猫做事。"扔下这句话,他就退后几步,尾巴一挥召集起武士们,开始指挥他们去检查风暴后营地的情况。

"跟我来,"赤杨心给两只宠物猫带路,"我叫赤杨心,是一位巫医。你们可以待在我的巢穴里,直到……"

"巫医是什么?"茸球仰起头盯着赤杨心的脸,打断了他。

烈焰焚河

"我治疗那些受伤或患病的猫。"赤杨心带着他们一边往巢穴走,一边解释道,"我会治疗绒毛的烧伤,并检查一下你有没有……"

"噢,我没事。"茸球对他说。赤杨心想知道自己还能不能把话说完了。"我想帮忙。有我能做的事吗?"

赤杨心觉得让他闭嘴最好的办法,估计就是找个事情给他做了。但一只宠物猫怎么才能给族群猫帮上忙呢?接着他停住了,眼睛眨了眨,我有个好主意!

"跟我来,"他对茸球说,"我有一个非常适合你的工作。"

"太好了!"茸球尖声说,"我要当族群猫了!"

回巢穴的路上,赤杨心看到枝爪正把一捆湿透的铺垫搬出育婴室。他用尾巴召唤她过来。

"枝爪,育婴室现在没事了吧?"他问。

枝爪用力点点头。"蕨毛确实很擅长修复巢穴。"她说道。

"明天之前,我们暂且不挪幼崽们,"赤杨心继续说,"不过等你把这堆铺垫丢掉后,能不能去一趟隧道,告诉琥珀月和栗条可以把荆棘光带回来了?等她在育婴室里重新安顿好以后,我会去检查她。"

"没问题!"枝爪回答道,她转过身就朝荆棘通道跃过去。

"多谢!"赤杨心在她背后喊。

他继续往前走,绒毛和茸球跟在后面,朝营地各处张望,一

双大睁的眼睛里尽是好奇。他刚来到巢穴，桦落就抬着一只前掌，用三条腿一瘸一拐地走了过来，樱桃落跟在他身后。

"赤杨心，破事儿太多了，我踩到一根刺上了。"桦落说道，"我弄不出来。你能帮帮忙吗？"

"我在淤泥里滑倒了，扭到了肩膀。"樱桃落说道。

"好的，我一会儿就给你们看看。"赤杨心回答道，"在这外面等着，我检查完这两只宠物猫就来。"

他走在前面穿过黑莓屏风，看到叶池在自己的窝里蜷缩着睡着了，而松鸦羽则坐着，暴躁地用一条后腿挠着耳朵。看到巢穴后方的壁边还储存有足够的干燥铺垫，赤杨心松了口气：总算有东西给两只宠物猫做窝了。

"这是叶池，"他用尾巴指了指，对他们说，"而这位是松鸦羽。他们都是巫医，不过他们现在在这里，是因为得了腹痛的病。"

"你们好。"绒毛说着，礼貌地低了低脑袋，而茸球则又激动地跳了一步，尖叫道："嘿！"

松鸦羽只是瞪了他们一眼，没有回应他们的问候。"我的窝里全是刺。"他厉声对赤杨心说。

"我正巧想到了帮你解决这事的办法，"赤杨心回答道，"这位是茸球。"他一挥尾巴，让小公猫走上前去，而茸球则因为太想帮忙，迫切得都发起抖来了。"从现在起，茸球会满足你所有的需求。"他继续说道，"窝里有刺？需要把铺垫弄蓬松？

烈焰焚河

找茸球！需要水？找茸球！"

"简直难以置信！"松鸦羽低吼道，"你在喵喵喵地瞎说些什么？"

还没等赤杨心回答，茸球就跳向松鸦羽，在他身边蹲伏下来，开始扒开蕨叶和苔藓团寻找刺。

"你是瞎的吗？"他盯着松鸦羽的眼睛问道，"眼睛瞎了是什么感觉？你是怎么瞎的？"

松鸦羽张开了嘴——赤杨心猜测他不是想回答，而是要发出尖刻的斥责。但茸球却毫无察觉地继续喋喋不休："是和獾打架吗？还是狗？那条狗死了吗？你的肚子痛不痛？有多痛？你想要我帮你揉揉吗？"

松鸦羽转过头怒视着赤杨心，仿佛是能看到他一样。"等我病好了，我就弄死你。"他隆隆地低吼道。

赤杨心开心地扭动着胡须走开了，看到绒毛的眼中闪动着同样被逗乐的神情。"我们给你做个窝，"他告诉她，"你就能睡一会儿了。"

绒毛放下自己带进巢穴中的皮毛碎片。"晚点儿再说吧，"她说道，"你这么忙，我可休息不下来。有好多猫需要你照顾，我想给你帮忙。"

赤杨心怀疑地看了她一眼——他没想到，她会这么懂事，竟然主动要求帮助族群巫医。

"我流浪过一段时间，"绒毛显然明白赤杨心为什么犹豫，

继续说道，"那时我得自己照顾自己，也学到了一点儿跟草药和治疗相关的知识。如果你不介意的话，我更想帮你照顾生病的猫，让自己变得有用起来。"

她的主动请缨让赤杨心有些惊讶，他感激地眨眨眼睛。"好的，"他说道，"让我先治疗你的伤，然后你再来帮忙，但你不能太过劳累。"

"好的。"绒毛答应了。

赤杨心朝巢穴后方储存草药的岩缝走去。他从松鸦羽的窝边走过，茸球正给松鸦羽讲那场大火。

"火焰蹿得好高——比我们主人的巢穴还高！火花朝着天空飞去……"

松鸦羽闭着眼睛，尾巴盖在鼻子上，好像在假装这一切糟心事都不是真的。

赤杨心叼着一块圆乎乎的黑色根茎回到绒毛身边。"这是牛蒡根。"他对她说道，"你愿意的话可以把它嚼碎，但是别吞下去。我要用这个来敷在你的烧伤上。"

绒毛嗅了嗅那块根，又舔了舔末端："好苦！"

"你不想的话，我来做吧。"赤杨心主动说。

"不，我来吧。我希望自己留在这里的时候能学到点儿新东西。"

赤杨心看着绒毛咬了一口牛蒡根，问她："所以，你并不一直都是宠物猫？"

烈焰焚河

"是的。"绒毛吐出药糊回答道,"我的第一位主人离开了,把我丢弃了,所以我就流浪了几个季节,但后来天气冷下来了,我就又找了新的主人。"

"你是怎么做的?"赤杨心一边将牛蒡根药糊拍到绒毛烧伤的腿上,一边问。

绒毛小声地笑了笑。"我坐在它们的巢穴外面,然后喵喵叫,等它们出来的时候,我就表现出可怜兮兮的样子。"她抬起头,睁大双眼,脸上露出可怜的表情,"然后就奏效了。"

当然会奏效。赤杨心想不出两脚兽怎么可能拒绝一只这么漂亮的猫。和她聊天真是太舒服了,他想,但我最好还是干活去吧。

"待着别动。"他说道,"我去拿些蛛丝来把药糊固定好。"

"已经感觉好些了。"绒毛告诉他,并放松地长叹一口气,"你一定是位伟大的巫医。"

赤杨心听到松鸦羽的窝里传来哼的一声,但他没有理睬。

绑好了绒毛的腿,赤杨心就朝外面走去,想去检查还在等着他的猫。绒毛跟着他。

"你会拔刺吗?"赤杨心问她。

"当然了,没问题。"绒毛回答道,"如果你不反对的话?"她带着疑问的目光看向桦落。

桦落显得有些惊异,但他仍然坐了下来,将受伤的脚掌伸了

出去。"只要能把这个讨厌的玩意弄下来,就算是一头獾来干都没问题。"他说。

确认绒毛确实在行后,赤杨心转向樱桃落。这时,栗条从育婴室那边走了过来。

"荆棘光没事吧?"赤杨心问她。

"没事,她已经又躺回去了。"棕色母猫回答,"但我得告诉你……我们在地道里的时候我吐了。而且我的肚子很痛。"

噢,别啊,不要又有猫病倒。赤杨心想。他大声喊道:"你需要水薄荷,还有……"

大雨毫无预警,突然从天上瓢泼而下,打断了他的话,风暴重新袭来,比之前那次更为猛烈。不过短短几个心跳,赤杨心的皮毛就湿透了。

"快,到巢穴里面去!"他转向其他猫喊道,"都挤进去,再……"

巨大的霹雳声打断了他的话,又一道闪电如利爪一般噼啪而下,炫目得难以置信,让赤杨心眼前几乎什么都看不到。他跌跌撞撞走过水坑。等到眼前又能看到东西时,他看见橙色的光芒燃遍了天空。

大火再度袭来,但这次要近得多。不祥的火焰照亮了风族和河族领地上方的天空。

第十三章

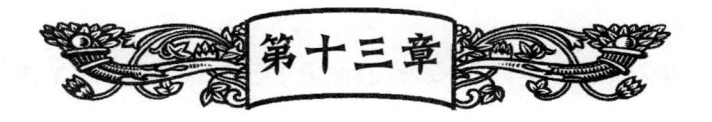

枝爪将头伸出育婴室，看向外面的暴雨。她认出了赤杨心站在营地另一端呼喊的身影，他的喊声比在石头山谷中不住回荡的雷声还要响亮。

"黑莓星！黑莓星！"

族长已经从落石堆上冲了下来。

"火！"赤杨心又喊着，冲到营地中央的族长身旁，"不是我之前看到的那场，不是在绒毛的两脚兽巢穴那里。这次是在湖的另一边。风族或河族可能需要我们的帮助。"

枝爪直打战，她确信这就是星族警示过的那场风暴。在月亮池看到过的幻象萦绕在她心头。闪电击中了另一个族群的营地吗？

那只叫绒毛的长毛宠物猫从巫医巢穴里出现了，她走到赤杨心和黑莓星身边，惊骇地说着什么。雷声散去时，枝爪听到了他们对话的内容。

"既然赤杨心已经处理了你的伤口，那么你也许就该回两脚兽巢穴去了。"黑莓星直接说道，"要是有族群猫受伤，我们需要巫医巢穴里有安置的空间。"

"不行，他们还不能走。"赤杨心反对道，"绒毛也懂一些治疗知识，要是火势真的和看上去一样失控的话，可能就会有一些河族猫受伤。叶池和松鸦羽还病着，所以，能获得的帮助我们都需要。"

"也许你说得对。"黑莓星勉强同意了，"没时间站在这里争论了。我们现在就得去！"

枝爪冲进暴雨里，顾不上去管溅到自己身上的泥点，打着滑停在了族长身边。"我想去！"她喘着粗气说。

"我也去！"另一个声音从她身后传来。

枝爪扭头看去，发现鳍爪正跟在身后。她赞许地冲他弹了弹尾巴，对这只年轻公猫的勇气表示钦佩。

黑莓星冲进武士巢穴，很快便带着烁皮和云雀鸣出来了。琥珀月和玫瑰瓣紧跟着也出现了。

"我们也去。"玫瑰瓣大声说道。

黑莓星带着众猫离开营地，钻进森林，朝湖泊方向走去。树下的黑影非常浓重，枝爪几乎都快看不到走在前面的琥珀月的尾巴尖了。暴雨让地面变得十分松软，枝爪奋力想跑起来，但脚掌却总是陷在淤泥里。她迫使发疼的四肢载着自己往前，想起了自己在月亮池看到的可怕幻象：闷燃的树木与灌木丛，烈焰在营地中呼啸，吞噬沿途的一切。

我还以为在月亮池看到的是雷族营地……但我好像弄错了。 灾难发生在别的营地让她欣慰，但又混杂着负罪感，以及对遭遇大火

烈焰焚河

的那个族群的担忧。

是我的幻象成真了吗？我们会不会去得太迟了？

队伍钻出树林来到湖畔后，行进就轻松得多了。雨势也渐渐小了起来，变成了柔和的细雨，不时有月光从云层的缝隙中闪出。枝爪刚轻松起来，便立刻想起大雨能帮助扑灭大火。现在没有能拦住烈火的东西了。

没有树林遮挡着视线，枝爪能看到大火在湖的对岸散发出的橙色光芒，离水边并不远。那里不是风族——是河族！大火好像就在他们的营地里！

枝爪沿着湖畔飞奔，看到有三只风族猫从荒原顶端冲下来。他们靠近以后，枝爪认出是金雀花尾、夜云和她的学徒纹爪。

"你们是朝着火的地方去吗？"风族猫与雷族的队伍碰了头，金雀花尾喘着粗气问道，"我们和你们一起去。情况好像很糟糕！"

这支联合队伍沿着湖岸，迅速地跑过马场。他们到达树桥一端以后，已经能听到前方传来的嘈杂声了——烈焰的呼啸声，混杂着惊恐的猫们寻求帮助的呼喊声，还有痛苦的尖叫声。枝爪同情得肚子都绷紧了，她竭力逼自己跑得更快一些。

在边界的溪流边，猫群停了下来。枝爪看到自己前方横着一道烈焰组成的篱笆——一棵倒树火光熠熠，长在水边的灌木丛和干芦苇也被点着了。火焰篱笆后面，还有更多火舌蹿上天空——整个河族营地都被点燃了。

几个心跳间,枝爪只是僵直地站在原地,骇然地看着自己的幻象真真切切地发生在眼前。这就是星族曾警告我的事!她先是再度为被摧毁的不是雷族营地而感到庆幸,但看着河族营地燃起的熊熊大火,恐惧转瞬就将她先前的庆幸之情给吞没了。

他们是族群猫!我们必须帮帮他们!

她看到火焰之间有着深色的身影,那是四下逃窜的众猫。其中一些已经跳进了湖里,正游向安全的地方。但枝爪也看到那些受伤的猫和长老们一起挤在水边,无力游到安全地带。枝爪发现雾星正和他们在一起——显然,这位族长拒绝抛弃她族群里最孱弱的猫。

火焰顺着地面朝他们那边步步逼近,很快,他们就不得不下水游泳,否则就只能被烈焰吞噬。

"我们得想办法到那些猫跟前。"赤杨心大声说。

"他们会愿意吗?"金雀花尾焦虑地咕哝道,"他们会不会因为我们介入而生气?要知道,河族的边界可是封闭了的!"

可不是嘛,跳蚤脑子!枝爪心想,一阵愤怒划过她的心头,说不定他们不想被救出来呢。那你来这里干吗?

"我们必须帮忙。"黑莓星看着风族武士,果断地说道,"我想不出来有哪位族长会拒绝让自己的族群得到救援。"

"但怎么救?"琥珀月问,"我们都不擅长游泳,而不游过去,我们就没办法到那棵燃烧的树后面去。"

"那我们就得造出一条路了。"赤杨心大声说。他环顾四周,发现在他们这一侧的溪流边上,有一截树干躺在泥里。"我们可以

烈焰焚河

把那个推进水里。"他提议道,"这样那些猫就能过来了。"

"好想法。"黑莓星赞许地点点头。

"这个可不小。"琥珀月犹疑地问道,"我们能推动吗?"

"只要我们大家一起使劲,就能推动。"黑莓星回答道,他迅速示意众猫在树干远离溪流的那一侧各自站好。"现在——推!"他大声喊。

枝爪用肩膀抵着树干猛推,却感觉脚掌往外打滑,而树干并没有挪动分毫。

太重了!她绝望地想。

"推!用力!"黑莓星的喊声又响了起来。

枝爪都快放弃了,这时,她感觉树干轻微动了动。"动了!"她尖声叫道。

每只猫立刻推得更用力了,而树干则移动得越来越快,最终落到了溪流里。赤杨心、夜云和云雀鸣在树干一端将它推正,然后每只猫用力推了最后一下,让树干跨越了水流。因为用力过猛,枝爪一边喘着粗气一边发抖,她看到树干的长度刚好能够到对面的溪岸。

感谢星族!她心想。

同时,鳍爪从这一侧跃上树干,上下跳着,他那截断尾巴挥来挥去。"这边!走这边!"他冲困在水边的河族猫喊道。

河族长老藓毛发现了他,一个心跳过后,所有被困的猫都冲过空地往树干处跑来。他们一只接一只,步履蹒跚着从上面走过,在

泥泞的树干上努力保持平衡,最后跳到另一面的安全地带。

"谢谢你们!"藓毛踉跄着落到地上,喘着粗气说道,"我还以为我们肯定会被烧死的。"

雾星是最后一个过来的,她朝黑莓星低下头。"河族全体对你表示感激。"她说道。

枝爪看着不住颤抖的河族众猫,想知道他们现在要何去何从。从大火里逃出,最后却死于严寒和冻伤,这样没什么意义。有更多的河族猫从水中爬上湖岸,与他们会合,但枝爪发现还是少了一些猫。

其他猫在哪里?她心想,星族啊,请不要让他们死去!

雾星和黑莓星,还有风族的夜云在谈话——雾星显得焦躁不安,爪子反复伸缩着。枝爪凑近了些,想听他们在说什么。

"我不会丢下任何一只猫。"雾星说道,"还有一些河族猫下落不明。"

"但没有猫来了。"黑莓星耐着性子说道。

"我看到有的猫往别的方向逃了。"豆荚光插嘴进来。

"这里的猫需要你的关心。"黑莓星继续说,"要是不找个庇护所,有些猫会死掉的。你可以带着他们暂时跟我们一起回雷族营地去。"

"我相信兔星也愿意接纳一些猫的。"夜云补充道。

雾星犹豫了一会儿,最后长叹了一口气:"你们说得对。我们不能留在这里。"

烈焰焚河

"那我们就出发吧。"黑莓星说,"细节我们一会儿再谈。"

河族族长开始将自己的族猫聚到一起,但还没来得及动身,枝爪就听到溪流对岸传来一声绝望的哀号。她猛地转过身,看到一位河族学徒正踽跚着朝溪岸冲来。枝爪惊惧地喘了口气,看着她的皮毛——她一侧皮毛似乎被烧光了,血肉直接暴露了出来。

她正竭力靠近树干,想越过溪流,但这时烈焰已经烧到了树干的那一端,火舌直往她脸上扑。

"救命!"这只年轻的猫哀号道,"我上不去!"

"柔爪!"枝爪背后的一只河族猫发出惊恐的尖叫,但枝爪无心看那是谁,"柔爪,不!"

枝爪离树干最近。其他猫都还没反应过来,枝爪已经冲过树干,跃过另一端的火舌。她的脚掌落在发烫的烟灰上,不由发出痛苦的嘶嘶声。

年轻的学徒柔爪正蜷伏在她前方的地面上,双耳平贴着,两眼紧闭着。

"别怕,"枝爪安慰她,"我会把你救出去的。"

她轻轻拽住年轻猫的后颈,将她带上了炽烈燃烧的树干末端。接着她将柔爪往后荡了荡,然后借着惯性将她从火焰上方高高扔了过去。

柔爪害怕地尖叫一声。她落在了树干上,脚掌在滑腻的树干表面上直打滑。枝爪心里一紧,生怕哪个心跳间她就会掉进溪流里面了。

但柔爪最终还是将爪子扎进了树干里，恢复了平衡。她冲过树干，在对岸早已等候多时的微光皮和雾星立刻迎上去，开始舔舐她的耳朵。

枝爪看到赤杨心站在树干的另一端。"枝爪，赶快回来！"赤杨心高喊道。

"我来了！"枝爪大声回答。

她鼓起勇气，在溪岸上往后退了几步，然后加速冲上树干，后掌猛地一推，让自己跃入空中。从火焰上跳过时，她能感觉到火舌的热度。一个心跳间，她以为自己成功逃脱烈火了，但当她就要落地时，却感觉到背后突然一热，火舌燎过她的一条后腿。

枝爪痛得叫出了声。她重重地落在树干上，一时有些控制不住脚掌，感觉自己滑向一边。下一个瞬间，冰凉的溪水就涌上来，将她的头淹到了下面。她往下沉的时候，听见赤杨心大声喊道："不！"

枝爪在水下胡乱挣扎着，完全失去了方向感。接着，她的头露出了水面。她奋力挥动脚掌，试图将自己推向岸边。但这里的水流比风族边界溪流那里强劲得多，水也更深。溪岸从她身边飞速掠过。

我要被冲进湖里了，然后就再也回不来了！

她瞥见赤杨心跟着她沿着溪岸飞奔，接着便听见了雾星的声音："赤杨心，你不会游泳！你要是跳下去，我们就得救两个了。"

枝爪越来越累，她的皮毛被水浸透了，坠着她往下。她的挣扎越来越弱。她正要再次沉下去时，看到微光皮和锦葵鼻跳进水里，后面还跟着一只更小一些的猫。

鳍爪？哦，不！

微光皮和锦葵鼻分别从两侧抓住了枝爪，将她抬起来，往岸上拖。鳍爪在她前面一边游一边鼓励她——枝爪简直不敢相信他在水里也竟然这么自信。"你会没事的，枝爪。我们不会让你沉下去。"

他们够到溪流对岸时，赤杨心正在那里等着。他跑下来，用牙齿咬紧枝爪的后颈，帮着把她拖到安全地带。

"你没事吧？"他问道。

枝爪无力地点点头，她刚想说话，却咳出一大口水。"谢谢你们。"当她又能呼吸以后，枝爪喘息着说道，"鳍爪，我从不知道你能游泳。"

鳍爪耸耸肩。"我生在湖边，"他回答道，"难道不是所有猫都会游泳吗？"

雾星被逗乐了，轻声笑了起来。"说不定你该来当一只河族猫。"她对鳍爪说。

"休想！"赤杨心反驳道，"他是我们的！"

黑莓星走过来，俯视着鳍爪和枝爪，琥珀色的双眼中流露出赞许的光芒。"鳍爪总是让我们惊喜不断，"他低声说，"至于你，枝爪，你刚才表现得十分勇敢。"

枝爪冲过树干，跃过另一端的火舌。她的脚掌落在发烫的烟灰上，不由发出痛苦的嘶嘶声。

别怕，我会把你救出去的。

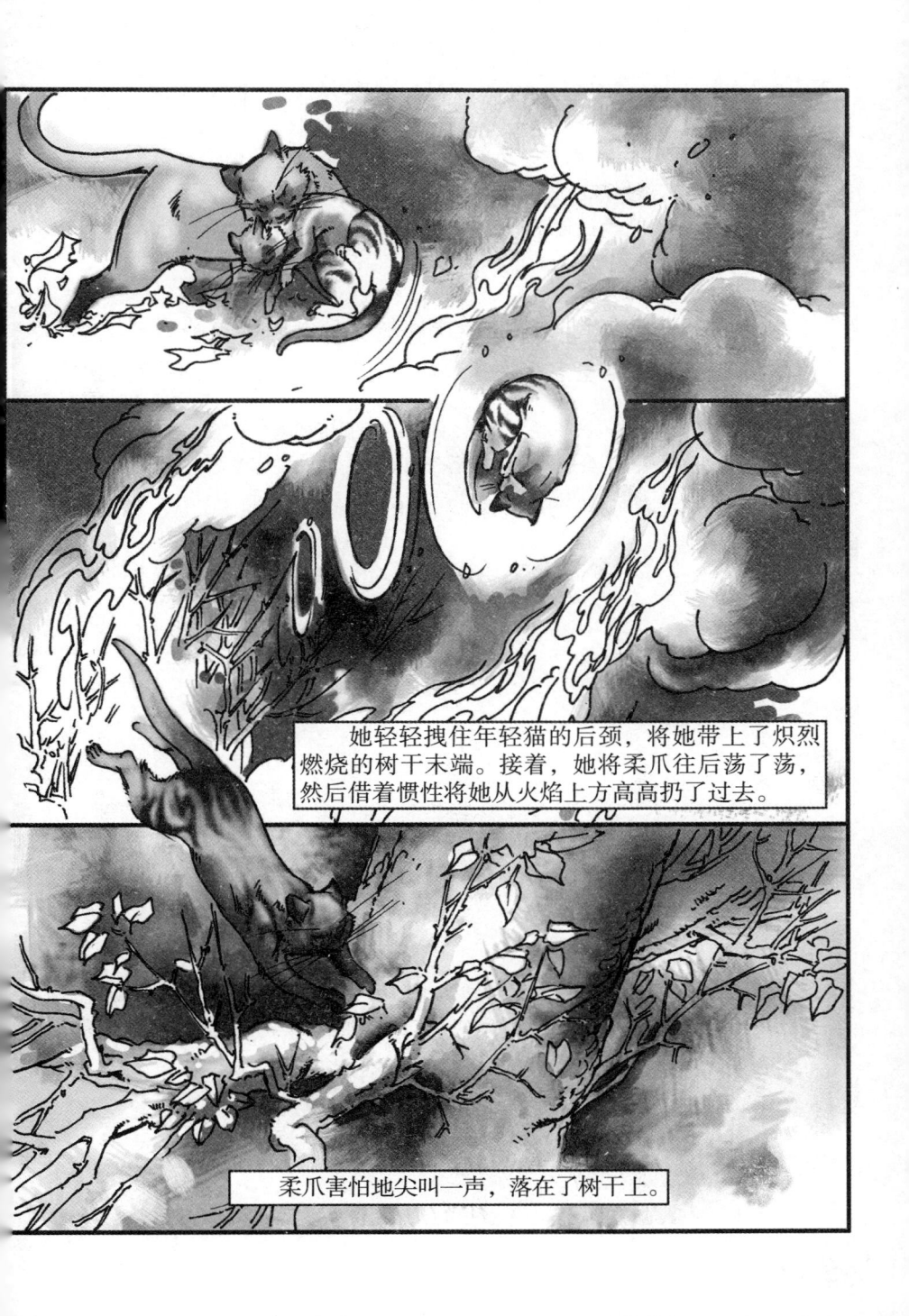

她轻轻拽住年轻猫的后颈,将她带上了炽烈燃烧的树干末端。接着,她将柔爪往后荡了荡,然后借着惯性将她从火焰上方高高扔了过去。

柔爪害怕地尖叫一声,落在了树干上。

"的确。"雾星附和着,弯下身来用鼻头触碰着枝爪的脑袋,"我衷心向你表示感谢。"

枝爪挣扎着站起来,骄傲使她从耳朵到尾巴尖都感到温暖。但当她的目光从雾星身上挪开以后,她看到大火还在河族营地中燃烧着。

接下来,星族会为我们准备什么呢?她不安地想,我们的劫难肯定不止于此。但一切还能变得多糟糕?

第十四章

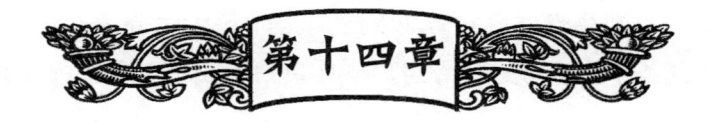

惨白的闪电在森林上空掠过,让紫罗兰光不住眨眼,叶影森森的昏暗日光又回来了。惊雷在头顶炸开,她吓得直往后缩,雷声隆隆滚过林间,她觉得这巨响都快让她的脑袋炸开了。

"狐狸屎!"雷鸣消退,带领着这支狩猎巡逻队的砂鼻狂怒地喊道,"我差一点儿就逮住那只乌鸫了,结果闪电把它吓跑了。"

这声音也吓得麦吉弗往后缩了一下,他扔下自己之前抓住的老鼠,提议道:"也许我们今天就到此为止吧。"

他还没说完,紫罗兰光就感觉吹起了一阵冷风。头顶的树枝开始嘎吱作响,枯叶在空中飞舞。三只猫交换着警惕的眼神。

"你说得对。"砂鼻说道,"我们带上狩到的猎物回营地吧。肯定要有一场大风暴了!"

紫罗兰光抬起头,只见黑压压的云层正聚集起来,遮住了落日,在森林上投下诡异的沉沉暮色。当最初几滴冰凉的雨水溅到她的皮毛上时,她不禁打了个激灵。

预言的字句不请自来地爬进她的脑海:黑色天幕所预示的绝非风暴。

猫武士

这不祥的预兆，让她想起四分之一个月前游说洼光与褐皮的事情。她知道洼光并不确定影族是否应该重新建立，巫医也不知道星族会不会支持褐皮成为族长。

但如果那样做是错的呢？想到这里，紫罗兰光颤抖得更厉害了，这就是我们曾受到警告的那场风暴吗？我们是不是已经来不及阻止了？

麦吉弗重新捡起他的老鼠，而紫罗兰光则去拿自己之前埋在一棵橡树树根附近的松鼠，砂鼻去找另一只老鼠和画眉。三只猫带着各自的猎物，朝天族营地飞速跑去。他们每踏出一步，雨似乎都变得更大，最后雨声变成了树冠上持续不断的嗒嗒声。树林为三只猫遮住了大部分雨水，但当风将树枝吹开时，簌簌的冷雨还是会让紫罗兰光不由直哆嗦。

她跟在砂鼻身后，发现几只狐狸身长外的树木间有黄色的皮毛闪过。那身影转眼便不见了，紫罗兰光停下脚步，注视着那个身影，迷惑地抽动着胡须。

那是滑须吗？她心里问道，她独自跑出来，是要去哪儿？

武士独自狩猎或者外出散步是没什么问题，但在风暴一阵紧似一阵的情况下，还有猫想离开营地就太奇怪了。

接着，紫罗兰光又耸耸肩。说不定那不是滑须。就算是她，她要做什么也和我无关。不过等风暴过去后，我或许会和叶星说说。

"嘿，紫罗兰光！"砂鼻回头对她喊道，"你是要跟上来，还是想被浇个透心凉？"

烈焰焚河
LIEYANFENHE

紫罗兰光冲过去追上自己的族猫。他们越靠近营地，她就越是感觉焦虑得皮毛刺痛，就好像自己是在一丛黑莓里往前挤一样。她知道自己的焦虑不是因为发现了行踪诡谲的滑须，但她实在想不出其他别的理由了。

我这是怎么了？她问自己。

很快，当环绕营地的蕨叶通道近在眼前时，她突然知道自己在担忧什么了。阿树！但愿他没事！

她冲进营地，从通道的两壁上擦过的皮毛早已浸透。进入空地后，紫罗兰光看到那只肌肉发达的黄色公猫蜷缩在一块大石头下，旁边是雀毛和梅花心，宽慰霎时涌过她的心头。

在他们周围，族群生活似乎与往常无异，众猫聚在猎物堆旁，鹰翅正在召集另一支巡逻队准备出发。雨势已经小了下来，但劲风仍然拉扯着众猫的皮毛。

紫罗兰光朝阿树跳过去，中途只停了一下，将自己的松鼠扔到猎物堆上。"你还好吧？"她问道。

阿树张开嘴巴打了个哈欠。"还好，"他最后回答说，"我们都没事。"

"如果这场被星族诅咒了的风暴不会变得更猛烈的话。"雀毛咕哝道。

这话好像一个信号，一阵猛烈的狂风马上就袭击了营地。大风把树叶、残枝，以及其他碎屑一起吹上天空。有沙子吹进了紫罗兰光的眼睛里，刺激得她直眨眼睛。营地周围的松树被强风吹得不住

摇摆着，弯下了树梢。族群里最小的学徒花爪被吹得站不住脚，翻倒在地，后背着地，四肢和尾巴在空气中乱舞，直到她的老师焦毛跳过去将她拖起来。

育婴室里传来一声惊恐的尖叫。刚从巫医巢穴出来的洼光立刻冲过营地，去检查那三只母猫和她们的幼崽。

"躲起来！"叶星出现在她的巢穴入口处，高声喊道，"谁都不准离开营地！"

狂风怒号的声音和松枝摇颤的声响几乎将她的喊声淹没了。一阵更为猛烈的大风驱使着紫罗兰光缩到大石头下，紧挨着阿树，紧接着，恐怖的啪嚓声从头顶什么地方传来。

紫罗兰光伸长脖子往外看，只见一棵松树的树梢裂开了，像根嫩枝一样在空中旋转着，接着飞速落向营地。

"星族，不要！"她尖叫道，与此同时，那根树干砰的一声，砸到了学徒巢穴上，将黑莓围墙压得粉碎，一团灰尘向空中翻腾起来，几个心跳间就遮住了眼前这揪心的景象。

紫罗兰光慌忙冲了下去，她穿过空地跑向那座被摧毁的巢穴，阿树、雀毛和梅花心紧紧跟在她身后。鹰翅带着更多的族猫也朝那座巢穴聚拢过去，不住呼喊着学徒们的名字："花爪！涡爪！蛇爪！芦苇爪！露珠爪！"

此时，叶星也已跳到空地中间，发出一声刺耳的尖叫，声音盖过了风声："学徒们！给我回话！"

紫罗兰光往周围看看，看到年轻的猫们朝族长急冲过去，花爪

还在把皮毛里的灰尘抖掉。她屏住呼吸数着,最后发现所有学徒都在空地上,安然无恙。她看到叶星的肩膀放松地垂了下去。

"感谢星族!"叶星喊道,"好了,每只猫都去找掩护。学徒们,你们现在得去武士巢穴了。"

"遵命!"涡爪瞪圆了眼睛,"我们会成为优秀的武士的,我们发誓!"

等他们不得不重建自己的巢穴时,就不会这么开心了。紫罗兰光想。

她费力地顶着风朝武士巢穴走,却听到击石叫了起来:"等等!"

紫罗兰光转过身,看到击石的目光越过营地,看向湖泊的方向。

"我闻到了烟味!"他大声说,"那边的天空有一道红光!"

紫罗兰光张开嘴嗅尝空气,一股辛辣的气味流过鼻腔。她顺着击石的目光,也看到了那道暗红色的光,还在一个心跳间看到了缕缕黑烟升上天空,但风马上就将它们吹散了。

"肯定是闪电打中以后点着了火。"鹰翅说道,"会不会另外哪个族群的领地里着火了?"

听到父亲的话,紫罗兰光心头升起一阵惊慌。她想起了姐姐告诉过她的那个幻象,说有大火在营地里肆虐。会不会是雷族遭殃了?她问自己,哦,不——枝爪!

"现在不是去查看的时候,"叶星回答她的副族长,"风暴太

猫武士

危险了！我们必须先找地方扛过去，等风暴结束了，我们再开始修复学徒巢穴，并派出队伍去查看其他族群的情况。"

有几只天族猫已经撤回各自的巢穴里了，剩下的也赶紧遵照族长的指示。但是曾经的影族武士们仍然待在原地，不安地挪动着脚掌。滑须没有和他们在一起。紫罗兰光注意到。

"到里面去！"叶星吼道，"你们脑子里进蜜蜂了吗？"

褐皮走上前来，恭敬地低下了头。"可能天族的想法会有些不一样，"她开口，"因为你们还没习惯和其他族群一起生活。但我们却不能任由别的族群受难，他们也许需要我们的帮助。"

紫罗兰光觉得这只玳瑁色母猫绿眼睛里的光亮像是一位族长才有的。我们是对的，她想，褐皮能够成为影族强有力的族长。

叶星怒视着她。"你是在暗示天族对其他族群不管不顾，不如影族？"她暴怒地啐道，"一派胡言。我们关心所有的族群，但我首要的责任是照顾好天族——别忘了，你现在是一只天族猫，褐皮。而我刚才命令你进巢穴去！"

褐皮一动不动，紫罗兰光以为这个不安的时刻永远不会结束了。暴雨开始消退。风仍然吹动着她们的皮毛，但雨已经渐渐停下来了。最后几滴冰凉的水珠落到了她们脸上，而天空还是一片不祥的灰色。

风暴随时都可能再来。紫罗兰光想。

"很抱歉，叶星，但我做不到。"褐皮大声回答族长，"我要去查明到底是哪里起火了，看看有没有族群需要帮助。"

烈焰焚河
LIEYANFENHE

"我也去。"杜松掌附和道，迈步上前站在褐皮身边。

花楸掌加入了他们："还有我。"

紫罗兰光觉得不知如何是好。她想服从族长的命令，但内心也忍不住认同褐皮的意见。她压抑不住对姐姐的强烈担忧。

她瞥向站在身边的鹰翅。"枝爪。"她低声说。

她的父亲点点头。"叶星，我无意不敬。"他开口说道，"但我有个女儿在别的族群。我真的需要去查看火情，看看枝爪有没有事。"

"我也想去。"紫罗兰光说道。

叶星盯着他们，眼中既有同情也有恼怒。紫罗兰光也能在她眼里看到关心。"你们这个决定要冒很大的风险。"叶星说道。

"我知道。"鹰翅回答道，"我们会小心的。"

叶星犹豫了一个多心跳的时间，然后长叹一声，勉强点了点头。"好吧。鹰翅，由你来负责。"她严厉地瞪了褐皮一眼，大声说道。

队伍往森林里进发，紫罗兰光走在父亲和褐皮旁边。现在夜幕已经降下，只有些微月光透过树林，指引着他们的脚步。

褐皮有些尴尬地看了天族副族长一眼。

"我其实无意质疑叶星，"最后，她还是说道，"我只是必须得查看其他族群需不需要帮助。"

鹰翅直直看向前方，并没有与褐皮对视。"你必须决定谁才是族长，"他告诉她，"是叶星还是你。因为就现在的情况来看，我

们并不像是一个族群。感觉我们是两个族群，被生拉硬拽地住在一个营地里。这对天族来说很不公平。"

看样子，鹰翅如此生硬的态度让褐皮吃了一惊。她放慢脚步，走到后面和花楸掌并肩而行。紫罗兰光则上前和父亲一起走在前面。从褐皮身边经过时，紫罗兰光对她投以同情的目光。

我知道褐皮是在努力做正确的事，她想，她说过，只要星族赞同，她愿意出任影族的族长。

但紫罗兰光也清楚，洼光还在等星族的信息。而上个半月集会上，并没有信息到来。

褐皮处在一个非常尴尬的位置上。

紫罗兰光不知道影族到底该不该重建。这场风暴让每只猫都表明，目前的一切让星族很不满意，但哪怕狂风暴雨持续好几个季节，众猫们仍没办法知晓星族到底想要影族或者影族曾经的武士们怎么样。

星族为什么就不能把它们的意愿直接说出来，明明白白地说清楚——像阿树那样呢？

鹰翅打断了紫罗兰光的思绪。"武士的生活你适应得怎么样？"他问她，"我知道你肯定很想念枝爪。"

紫罗兰光点点头。"武士的感觉很棒，"她回答道，"但我还是希望枝爪能和我们待在一起。以前想到我们会在同一个族群，能一起成为武士时，我不知道有多高兴。"

"我也想她。"鹰翅同意道，"但我觉得，那个决定对她来说

烈焰焚河

是正确的。她在雷族会很开心的。"

"但愿如此吧。"紫罗兰光喃喃说,"我希望她不会有事。"

"我也是。"鹰翅热切地说道。他眼怀暖意地看着紫罗兰光,又说道:"你确确实实在族群里找到了自己的位置,是不是?"

"我觉得是。"紫罗兰光回答,"很高兴能……"

"我感觉,你还在某只猫身边找到了自己的位置。"

一阵强烈的尴尬淹没了紫罗兰光。"我不懂你的意思。"她咕哝道,虽然她对父亲话中的意味再清楚不过了。

"我看到你和阿树待在一起。"鹰翅继续说着,声音里带着打趣的意味,"你们两个能找到彼此,我很高兴。阿树是有点儿奇怪,但我觉得他有一颗善良的心。他应该会成为一位好父亲。"

紫罗兰光觉得更尴尬了,更不知如何回复父亲了,不过听到父亲对阿树的赞扬,她还是很高兴。但我还不想和他谈论生育幼崽的事情!现在谈这个还为时过早!

她搜肠刮肚地想转换这个话题,但还没想好说什么,鹰翅就刹住了脚步,尾巴指向了某个方向。"快看!"他惊叫道,"我们现在能看到火了。是在河族领地的。快!"他回头看着跟在他身后的影族猫,催促道。

鹰翅加快了脚步,整支队伍在森林里飞奔起来。紫罗兰光能看到前方跃动的火焰,随着队伍靠近,她听到火焰灼烧的爆裂声,以及夹杂着的惊恐的猫的尖叫声。

"加快脚步!"鹰翅喊道。

猫武士
MAOWUSHI

队伍在半桥附近冲出树林,从小雷鬼路上飞跑而过,这时,声音已经小下去了。紫罗兰光看到前方的河族营地缓慢地燃烧着,烟雾缭绕。一小群猫在湖边挤成一团。

数量这么少!紫罗兰光想,恐惧好似冰凉的利爪,将她攫住,我们来得太迟了吗?

她在湖岸上刹住脚步,不住喘着粗气。这时,河族副族长芦苇须瞒跚着走上来,朝鹰翅低下头。

"发生了什么?"鹰翅问道,"雾星呢?"

"闪电击中了一棵树。"芦苇须回答,他眼神狂乱,身上的毛也支棱着,"树被点燃了,倒在了我们的营地中。我不知道雾星在哪里。"

柳光一瘸一拐地走上来,站在芦苇须肩膀边上。"我觉得她和另外一些族猫往另一个方向跑了,朝着风族那边。"她回答道,"星族啊,但愿是如此!"

"我们能帮上什么忙?"鹰翅问道。

芦苇须和柳光交换着目光——这两只猫看起来都不知所措。

"我们需要避难的地方。"最后,芦苇须这样回答道。

"另外还需要治疗上的帮助。"柳光补充道,"大火摧毁了我们的草药贮存。蛾翅在试图抢出草药时受了重伤。"

紫罗兰光的目光越过柳光,看到那位金色皮毛巫医伸展着身子躺在地上,强烈的同情让她不由心中一紧。蛾翅显得如此虚弱,一动不动,几乎像是死了一样。

烈焰焚河

她太勇敢了！为了抢出族群的草药，她差点儿连命都没了。

鹰翅和影族众猫开始讨论现在怎么做最好，紫罗兰光则沿着岸边查看。现在火势已经减弱了，只在水边留下烧得焦黑的残渣。在标记边界的溪流另一边，她看到有小小的暗色身影来回动着，在打着旋的黑烟间半隐半现。

"快看！"紫罗兰光大声叫道。

芦苇须猛地转过身，欣慰地喊道："是我们的族猫！"

他好像顿时被注入了活力一般，沿着水岸冲在了前面，似乎没意识到脚下还在闷燃的树皮和枝丫碎片。其他的河族猫也跟着他拥了过去，鹰翅则带着他的队伍小心地跟在后面。

随着他们渐渐靠近，紫罗兰光在溪流对岸的队伍里认出了雾星，还有河族的其他猫。大多数猫都站着，但还是有少数躺在地上，显然是受了伤。

但至少他们安全了。紫罗兰光想。

她还看到有别的猫聚在周围——她认出了黑莓星、琥珀月、云雀鸣以及其他雷族和风族武士。其中有个细瘦的灰色身影格外熟悉。枝爪也在！她心头一喜。

"典型的雷族猫。"杜松掌在她身后咕哝道，"什么事都要插根胡须。"

紫罗兰光没理会他。她朝前跳去，来到边界上的溪流岸边，冲姐姐大声呼喊道："枝爪！你没事吧！"

枝爪跟跟跄跄来到水边——她的皮毛湿透了，紧贴在身体两

侧，她用三条腿一瘸一拐地走着，神色疲惫不堪。

"你这是怎么了？"紫罗兰光焦急地问道。

"枝爪是英雄。"赤杨心走到溪边上回答道，"她救了柔爪。"

"真的？嘿，干得好！"紫罗兰光惊叹道。她看到那位瘦小的灰色河族学徒蜷缩在溪边，似乎吓坏了，但伤得不重。河族学徒正感激地看着枝爪。

鹰翅在紫罗兰光身边赞许地咕噜出了声。"枝爪，我很为你骄傲。"他说道。

枝爪四肢都在颤抖，她低下头，难为情地舔了几下胸口的毛，但眼睛却闪闪发亮。"我只不过是做了每只猫都会做的事情。"她小声说道。

此时，黑莓星走上前来，朝新来的猫低了低头。"我们正在讨论接下来怎么做。"他解释道，"雷族和风族会分别带一部分河族猫，去各自的营地里避避。"

"但那也太鼠脑子了吧！"褐皮大叫道。

紫罗兰光知道褐皮是黑莓星的妹妹，但她仍然为有武士敢这样对黑莓星讲话而惊骇。

"如果河族需要地方栖身，"褐皮继续说道，"他们应该去影族以前的营地里。那里空着，而且也更近。他们……"

她突然住了嘴，瞟了一眼身边的鹰翅，鹰翅也颤抖着胡须盯着她，好像在说：还轮不到你来做主。

但鹰翅顿了顿，还是轻轻地点了点头。"有道理。"他说道，"你们可以留在那里，直到你们把自己的营地重新修理好——如果叶星允许的话。"

雾星感激地对他眨眨眼。"谢谢你。"她回答道，"河族不会忘记今天的。"

河族族长开始将自己的族猫召集到一起，紫罗兰光感到一阵咕噜声从胸腔深处涌起来。她总算看到了希望，河族与其他族群之间的疏远也许会就此结束。

跟着鹰翅迈入天族营地时，紫罗兰光的肚子焦虑地翻搅着。河族猫跟在她身后挤了进来。

叶星已经快失去耐性了。她会怎么想呢？

紫罗兰光和其他猫到达时，营地中央空荡荡的，但新来者的声响让武士巢穴里的猫伸出脑袋来，看看是怎么回事。很快就有猫来到空地上，盯着这一大群猫。

"伟大的星族啊！"雀毛惊呼道，"我们怎么才找得到地方让这么多猫待？"

没有猫回答他。当叶星从巢穴里出来时，响起了一阵期待的低语声。叶星跃过杉树树根跳上来，在溪流边迎上了鹰翅和雾星。

"你好，叶星。"雾星说着低下头，以示最高的敬意。

"你好。"叶星焦躁地弹了弹尾巴作为回应。她转向鹰翅，问道："这是怎么回事？"

紫罗兰光觉得族长好像是被吓住了,当她打量河族猫时,似乎很不高兴。如果叶星决定拒绝给他们提供庇护的场所,命令自己的族群将河族猫驱逐出天族领地的话,紫罗兰光不知道会发生什么事。

她不会那样做的……会吗?

鹰翅把他的队伍怎么循着大火找到了河族营地的事情解释了一遍。"我觉得,让河族猫们待在以前的影族营地里不失为一个好主意。"他继续往下说的时候,紫罗兰光发觉他并未提及这是褐皮的主意,"当然了,只是暂时这样。我希望你不会介意我擅作主张了。"

"当然不会。"叶星回答道,"其他的族群给予过我们那么多的帮助,这点儿忙不算什么。"

尽管叶星的字句里充满了友善,但紫罗兰光从族长的声音里听出了一丝怨气。然而叶星只是招来了杜松掌、贝拉叶和梅柳。

"你们护送河族猫到以前的影族营地去,"她下令道,"确保他们需要的一切都能得到满足。"

"我的族群和我都向你致以谢意,叶星。"雾星再次低了低头,"我们欠你这份情。你放心,我们绝不会利用你的慷慨肆意逗留的。"

叶星点点头作为对雾星的回应。她再度开口说话时,语气亲切了一些:"能再见到你真是太好了。"

在天族猫的护送下,河族猫依次通过蕨叶通道离开了,但天族

烈焰焚河

族长仍旧站在营地中央。他们离开以后,叶星弹了弹耳朵,示意褐皮到她身边去。紫罗兰光能感觉到这两只猫之间的紧张,仿佛另一场更为糟糕的风暴就要爆发一样。

"叶星,对不起。"褐皮率先开了口,"我没有不尊敬你的意思,当时……"

"够了!"叶星声音冷酷而干脆地打断了她,"褐皮,你和其他前影族猫必须决定好自己到底想要怎么样——当影族猫还是当天族猫。你们要是想当影族猫,就必须离开天族营地。要是想留在天族,你们就再也不准质疑我的决策。"

褐皮的尾巴垂了下去。"是,叶星。"她低了低头回答道。

低语声从周围聆听的猫群中升起。他们听起来都不高兴,而前影族武士们则不安地交换着眼神。

紫罗兰光在猫群中盯住洼光。这位巫医看起来似乎和她一样,也非常不安。

我觉得这事还没完。紫罗兰光想,影族还会发生什么呢?

第十五章

薄云点缀着天空，遮不住在湖泊上方闪耀的满月。枝爪与族猫们沿着湖岸前行着，夜晚的空气凉爽清新。那场摧毁河族营地的大火已经过去快半个月了，她后掌上受伤的地方已经完全好了。

黑莓星率领着族群，松鼠飞跟在他身边。叶池和赤杨心也和他们在一起，但松鸦羽仍然因病躺在巫医巢穴里。他是唯一一只还在经受腹痛之苦的猫了，枝爪希望以后的日子能好过些。

她和族猫们越过边界上的溪流，沿着水边走过风族领地，她的脚掌期待得都刺痛了。

说不定河族也会来！要是他们来了，这可是他们好几个月以来第一次参加森林大会。

一想到河族的边界再度开放了，枝爪的心情就好了很多，虽说她还是不知道星族如何看待之前湖边发生的一切。影族的命运尚未决定——枝爪和紫罗兰光在巡逻两族共享的边界时，枝爪想办法和妹妹简短地聊了聊，紫罗兰光告诉枝爪，天族武士和曾属于影族的武士间仍然关系紧张。

我们挺过了风暴，枝爪想，但接下来又会怎样？

烈焰焚河
LIEYAN FENHE

当黑莓星带领他的族群穿过灌木丛进入小岛中央的空地时,其他的族群都已经到了。枝爪抬头看向大橡树,看到雾星正坐在一根树枝上,兔星和叶星也是。芦苇须和其他副族长一起坐在大橡树根上。

看到河族猫又回来了,枝爪很高兴,但她也看到有几只其他族群的猫在一起窃窃私语,还用充满敌意的目光看向聚集在空地另一边的河族猫。她看得出来,不是所有的猫都和她一样高兴。

"我还以为每只猫都会很高兴看到河族归来呢。"她对旁边的鳍爪小声说道,他们俩坐在一处老灌木丛下的阴影中。

鳍爪耸耸肩。他正要说话,烁皮就插进来打断了他。

"河族从一开始就不该离开。"她厉声说道,绿色的双眼瞪得大大的,"现在他们觉得自己可以大摇大摆地回来,继续拥有一切?白日做梦吧!"

枝爪警惕地对老师眨了眨眼,她可不想陷入一场争论里。恰好这时,黑莓星跃上大橡树,迈步上前让大会开始,她不禁松了一口气。

"四大族群的众猫们,大家好。"他开口说道,"我想欢迎雾星和河族再度回到我们中间。我们很想念他们。"

雷族族长的话引起一阵窃窃私语,好像并不是每只猫都同意他的想法,但黑莓星没有理会。

"雷族正在壮大。"他继续说,"领地里有很多猎物,我们有了四位新学徒。茎爪的老师是玫瑰瓣,李爪的老师是鼠须,贝壳爪

的老师是黄蜂条，而雕爪的老师是琥珀月。"

祝贺的呼声在空地上炸响，众猫高喊着新学徒们的名字。四只年轻猫坐着，眼睛里发着亮光，又难为情又开心。

枝爪想起他们几天前举行的学徒仪式，突然感到一阵强烈的妒意。她希望自己也能感觉到那种急切的激动，但她自己的学徒期拖得太长了，很难再对训练充满激情。不过，她还是很为自己这几只年幼的族猫感到高兴，和其他猫一起大声呼喊起他们的名字。

声音渐渐消失以后，黑莓星低了低头，坐回到自己的树枝上，挥动尾巴示意兔星上前。

"荒原上猎物很多。"风族族长报告说，"我们命名了两位新武士。纹爪和烟爪现在是纹翅和烟霭了。"

"纹翅！烟霭！"

当众猫为两位新武士欢呼时，兔星让出位置给叶星。叶星又等了好一会儿才开始讲话。"天族也有了两位新武士，"她宣布道，"露爪和芦苇爪现在是露泉和芦苇掌了。"

天族族长的这个消息让枝爪更难过了。我当学徒的时间不比他们短！接着，她感觉到鳍爪安慰似的靠在她身侧。

"别心急。"他轻声说，"很快就轮到我们了。"

枝爪立刻就羞愧得皮毛发烫。虽然她并没有把那些小肚鸡肠的想法说出来，但她的表情肯定出卖了自己。既然鳍爪都没有因为曾经的同巢猫晋升了武士而感到沮丧，那她也不应该发牢骚。

这是我自己选的，她提醒自己，总有一天，我会成为一位雷族

武士的。

"我知道了。"她喃喃说着，感激地舔了舔鳍爪的耳朵。

这时雾星走上前来，在树枝末梢上优雅地稳住身形，宣布河族的新消息。

"感谢诸位帮助我们逃离大火。"她说道，"也感谢你们在我们的营地被毁时，提供给我们避难的场所。我们现在已经做好了回归的准备，参与到完整的族群生活中来。若是你们能在我们重建营地的过程中提供帮助，我们将不胜感激。"

"哦，太好了！"枝爪叫道，"他们真的要回来了！"

烁皮不相信地哼了一声——枝爪看得出，老师并不像她那样激动。接着，风族副族长鸦羽从副族长们坐着的橡树根上站了起来。

"真是太好了，雾星。"他开口说道。他的声音刺耳，眼神里还带着怒意，"但现在感觉像是你们在利用别的族群了。你们之前和我们不想有任何联系，直到我们来救了你们，现在你们需要帮助了，你们又想回归族群了。"

"对啊，这可真巧了！"坐在天族那里的焦毛叫道。

雾星似乎并没有因为鸦羽的挑衅而恼火，反而尊重地冲他低了低头。"你的话里有一些的确是事实，鸦羽。"她说，"选在这个时间点回归的确不是很好，我也承认。但在火灾发生之前，我们就已经决定要重新加入你们了。"

"对哦，可不是嘛！"烁皮嘀咕道。

枝爪不耐烦地看向老师。这场森林大会上的争论已经够多了，

她想，你何必再火上浇油呢！

"在暗尾和他的至亲让我们饱受磨难以后，我们需要时间来将注意力转向内部，增强自己的力量。"雾星继续说着，她似乎没有听到烁皮刚才的讥讽，要么就装作没听到，"但现在，我们准备再次做出贡献。独行的这段日子也提醒我们，成为一个更大的群体的一员，是多么的重要。"

河族族长沉着的言辞显然说服了鸦羽，风族副族长对雾星点点头，重新坐了回去，但嘴里仍不满地嘟囔着。

"要是我们不想让你们回来呢？"一只曾经的影族猫叫道，他的话得到了零零星星的附和。

枝爪能理解，为什么一些猫因为河族离开以后又突然回来而感到恼火，但她觉得"不让他们回来"这个观点，哪怕是想一想都够鼠脑子的。

星族希望五族并存——每只猫都清楚这一点，她想，其他的族群怎么就不能释怀呢？

黑莓星再度迈步上前，扬起尾巴示意大家安静，但空地上的躁动仍旧没有平息。枝爪抬头看月亮，有些希望星族用云层遮住月亮以示生气，但月亮仍静静地高悬于树梢之上。

接着，愤怒的低语声转为了惊讶。枝爪转过头去，看到阿树站起了身。"这个时机确实很容易产生误会，"他开口说话了，在与会的众猫面前讲话他毫无惧色，哪怕有些猫根本不认识他，"但你们难道就一点儿也不希望河族回来？星族不是希望族群协作共进

烈焰焚河

吗?总有一天,当其他族群需要他们时,河族一定会回馈这份恩情的。"

"我们定无二话。"雾星表示赞同。

很多猫都安静了下来。枝爪不知道他们是觉得阿树的话有道理,还是被他的突然介入惊得说不出话来。

但还是有一些猫根本不为所动。

"这只猫是谁?"风族的风皮质问道,"他不是只泼皮猫吗?"

"他就是泼皮猫。而且他现在都还不是一只真正的族群猫!"刺掌接了一句,"他凭什么告诉我们该怎么办?"

枝爪看到紫罗兰光跳了起来,似乎打算加入这场争吵,但紫罗兰光还没来得及说话,叶星那高嗓门的声音就从大橡树上传来。

"阿树不是泼皮猫。"她解释说,"也不是独行猫。他已经和天族一起生活了一个多月的时间。还记得他是怎么帮助影族猫与死去的族猫联系的吗?"她深吸一口气,目光环绕全场,剩下的猫都在她的威压下安静了下来。

"现在,我又有个新消息要讲。我和阿树讨论过他留在天族的事情,并为此设置了一个新的族群职位,"她继续说道,"他会成为斡旋者——就像巫医的职责是处理伤口和疾病,阿树的职责是处理纷争。"

空地间短暂的静默瞬间变成了困惑的提问。

"但他不是族群猫!"

"没错,他不懂族群的生活方式。他的建议能管用吗?"

"的确,他不是只族群猫。"叶星冷静地说,"但我相信,那恰好可能会帮助他解决分歧。他能看出问题的关键所在,而不受到我们族群猫固有观念的影响。"

"我看过他做事。"坐在副族长间的鹰翅附和道,"他很善于解决问题。他能提出我们族群猫想不到的解决方法。"

"这是真的!"褐皮喊道。她对阿树的支持让枝爪感到惊讶。

"我有个主意,"黑莓星走上来站到叶星身边,说道,"我们给阿树一个试用期怎么样?就有点儿像学徒期那样。当纷争出现时,阿树可以试着去解决它们。到时我们看他处理得如何,再由族长们决定是否让他继续担任此职务。"

阿树抬头看向雷族族长,活动着肩膀上的肌肉。"毫无压力。"他评论道。

会场安静下来。每只猫的眼睛都盯着阿树,枝爪不知道他刚才那话是不是太过不妥。

接着,云尾笑出声来,空地上的紧张气氛霎时无影无踪。众猫被逗得卷起尾巴。枝爪欣慰地吁了一口气,她看得出来,阿树可能会大受欢迎。我觉得有一只像阿树这样的猫总是好事。

"我认为有道理。"叶星回应黑莓星的提议道,"我很高兴阿树能在这些前提下成为一只天族猫。阿树,我不能让你成为一位武士,但我仍欢迎你加入我们的族群。你想要一个武士名号吗?"

"不用了,我觉得阿树就不错,谢谢。"黄色公猫回答道,

"名字很好听，也简单，就像我一样。"

"阿树！阿树！"

不是所有空地上的猫都在为阿树和他的新职位欢呼，但大多数都加入了进来，这表明他在族群间得到了认可。枝爪看到紫罗兰光又蹦又跳，一边呼喊一边挥舞尾巴，兴奋点亮了她的双眼。

声音渐渐弱下去时，赤杨心站起身走过去站到阿树身边。"我同意阿树的话。"他开口道，"别忘了，预言说要五族并存。接纳河族至少让我们再次有了四个族群。"

枝爪注意到，赤杨心说话的时候，一些猫恼怒地看向花楸掌，似乎在责备他让第五个族群不在了。但花楸掌和其他前影族猫没理睬他们。

"那么，河族就算回归了。"阿树轻快地宣布道，"雾星，你们现在需要其他族群提供什么帮助呢？"

"我们需要其他族群帮忙把大火留下的废墟清理出营地。"雾星回答道，"我们已经开始了这项工作，但我们有很多猫受伤了，所以，工作很艰巨。"

"我明天会派一支队伍过去。"黑莓星承诺道，"兔星，后天你能不能派出你的猫，然后再过一天由叶星来？"

另外两位族长同意了，雾星感激地眨着眼睛。"蛾翅因为试图抢救我们的草药库存，现在仍重伤未愈。"她继续说，"柳光努力照顾所有受伤的猫，已是筋疲力尽。能不能有一位巫医……"

"我来吧。"叶池立刻主动提议，"我会带一些草药过去

的。"她顿了顿，目光扫过整片空地，眼睛里满是沉思。"愿星族照亮我们的前路，"她又补充了一句，"此刻如此，往后皆然。"

猫群都安宁下来，最后一丝敌意也消退了，枝爪看到她的妹妹紧靠在阿树身边坐着。紫罗兰光看着这只黄色公猫时，睁大的双眼中满是欢喜。

哦，枝爪心想，原来如此！

第十六章

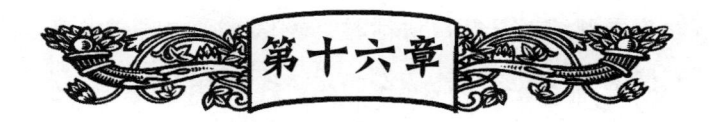

赤杨心小心翼翼地剥下绒毛烧伤处的药糊，仔细嗅了嗅伤口。"愈合得很好。"他说道，"我觉得不用再盖上了，让它在新鲜空气中晾晾。"

"现在伤口几乎都不疼了。"绒毛说道，"你真是一位伟大的巫医，赤杨心。"

赤杨心不知道这话是否属实。他有些尴尬，想找点儿话来转换一下话题，但最后还是绒毛先说话了。

"大家都很惊讶，藤池竟然会在森林大会这一晚生下幼崽。我们谁都没想到她提前生了。"

赤杨心点点头，回想起自己当时赶回营地，却发现松鸦羽接生了幼崽，正在把自己清理干净。

"就不能换个日子吗，"这位盲眼巫医当时直发牢骚，"弄得我非上场不可，我病还没好呢。"

赤杨心清楚，松鸦羽并不是在担心自己，而是怕自己把疾病传染给藤池，要是再传染给新生的幼崽们，那就更糟了。或者传染给黛西，传染给荆棘光……他暗想。炭心已经把自己的幼崽带去长老

猫武士

巢穴过夜了，但另外两只母猫坚持要留下来帮忙。

目前看，每只猫似乎都没问题，赤杨心想，但我必须时刻留意着她们。

当他意识到绒毛又开口讲话时，才从回忆中回过神来。

"族群生活和我之前想象的真是太不一样了，"她说道，"茸球让我以为，族群的生活就是打架和狩猎，但你们要做好多别的事！你们还治疗病猫，确保每一只猫都得到照顾，尤其是幼崽和长老……"

"这些是武士守则的规定。"赤杨心回答道。

绒毛的话让他认识到，她很适应雷族的生活，这可是之前谁都没有料到的。我们有很多共同点，他想，要是她决定留下来该有多好，这样我们就能有更多的时间在一起了。

赤杨心猛然警醒。我都在想些什么？他清楚，再遐想绒毛绝不是个好主意。他已经能感觉到自己的心在向她靠近了，而这对一位巫医来说是绝对不允许的。

更别提松鸦羽已经总是阴魂不散地烦我们了。

盲眼巫医的腹痛恢复得很慢。赤杨心这才想起他的存在，此刻松鸦羽在自己的窝里蜷成一团，闭着眼睛，但耳朵却直竖着，似乎在听赤杨心和绒毛说的每一句话。

别担心，松鸦羽。赤杨心想，我不会做任何一件你不同意的事情的。

巢穴外传来的脚步声吸引了他的注意力，接着，睡在学徒巢穴

烈焰焚河
LIEYANFENHE

的茸球蹦蹦跳跳地穿过黑莓屏风。他嘴里还叼着一只田鼠。

"看，松鸦羽！"他将他的猎物放在松鸦羽的鼻子面前，欢快地说道，"第一支狩猎巡逻队回来了，我为你挑了这只田鼠。你最喜欢吃田鼠了，是不是？来嘛，快坐起来呀，你一边吃着，我一边帮你把窝弄蓬松，这样你就能好好打个盹儿了。"

茸球继续叽叽喳喳个不停，松鸦羽长长地呻吟了一声。他坐起身来，恼火地把苔藓和蕨叶碎片从皮毛上抖下来。"我病好了。"他大声说道。

"真的？"赤杨心一边问，一边拼命掩饰自己的笑意，"我觉得你的肚子还有点儿疼吧。你最好还是再休息一天。"

"不，我完全好了。"松鸦羽坚持说道，他怒气冲冲地瞪了赤杨心一眼，才埋头大口去咬田鼠，"我最好是回到自己的岗位上去，这样我就没工夫闲聊。"

"那太好了，松鸦羽！"茸球惊呼道，"那我现在就可以帮你做些巫医的事情了！"

"星族赐我力量吧！"松鸦羽从牙缝里咕哝道，"赤杨心，别再像只冻僵的兔子一样坐在那里了，到育婴室去。藤池生完幼崽已经三天了，你去给她做一下检查。"

说得就像我没做这事一样。赤杨心想着，努力掩饰着心中的一丝不满，我知道，他说这话只是为了把我从绒毛身边支开。

但赤杨心也清楚他没权利反对。他不情愿地站起身来，朝灰色母猫点了点头，然后走出巢穴。他仍能听到背后传来茸球激动的尖

199

声叫喊：

"我们能到森林里去找草药吗，松鸦羽？可以吗？我肯定能找到一大堆！"

赤杨心来到育婴室时，藤池正蜷着身子，她的三只幼崽依偎在她的肚子上。香薇歌坐在他们旁边，骄傲地凝视着他的一窝幼崽。自从在风暴中受损后，育婴室已经被修补得很牢固了。

"我们已经给他们起好了名字。"藤池告诉赤杨心，"这只灰色母猫是小鬃，这只深灰色母猫是小海石竹，而这只小虎斑公猫是小翻。"

"他们真漂亮。"赤杨心咕噜起来，育婴室里奶香的气味围绕在他身边，他的那丝不满早已消失得无影无踪。他迅速地检查了一下三只幼崽小小的躯体。"他们看起来都很健康，"他继续说，"喂奶还顺利吗？"

"他们简直吃个不停！"藤池回答道，她的眼睛里闪动着慈爱的欢乐。

"我们再高兴不过了。"香薇歌也补充道。

藤池应和着眨了眨眼。"你也知道，"她朝赤杨心坦承道，"鸽翅离开的时候我气坏了，而且我也很想她。我觉得受到了背叛。可是现在，看到我自己的孩子……我觉得自己在慢慢理解，到底什么才是最重要的。"

"我相信鸽翅这样做肯定有她自己的原因。"赤杨心说道。

"我知道。我觉得她肯定是和虎心在一起。如果真是那样的

烈焰焚河
LIEYANFENHE

话,我想我能接受,毕竟她已经离开那么久了。"

"但你一定还很挂念她吧!"赤杨心猜测说。

"是的。"藤池回答道,并心事重重地叹了口气,"但很奇怪,我总会梦到她……我有种感觉,总有一天,我们会再次相见的。"

"但愿如此。"赤杨心轻声说,然后转向蜷缩在自己幼崽旁边的炭心。炭心的幼崽比藤池的幼崽月份要大一些,个头也大多了。炭心正一眼爱意地看着藤池的幼崽们。她肯定觉得很甜蜜,赤杨心想,一边和自己孩子的孩子们在一起,一边也照顾自己的幼崽。

"别吵醒他们!"炭心请求赤杨心,"只有他们睡着了的时候,我才能稍稍休息一下。"她用尾巴爱怜地拂过自己的幼崽,"但我也心甘情愿。"

"他们都是强壮的小猫,"黛西从育婴室另一端自己的窝里插话进来,"很快他们就会成为学徒,快得你都反应不过来。"

"我们需要扩大学徒巢穴。"赤杨心表示同意。

他走向荆棘光。荆棘光正四肢伸展着躺在离黛西不远的苔藓和蕨叶间。当他埋下头去嗅她时,闻到了一股熟悉的酸味。

赤杨心没忍住,发出了一声惊慌的喘息。声音惊动了荆棘光,她睁开了眼睛。

赤杨心立刻更为不安了。荆棘光眼神呆滞,试图用前腿把自己撑起来时动作也很迟钝。她的呼吸里也满是酸味。赤杨心猜测为什么会这样时,感觉自己的心脏不安地怦怦狂跳。当初,她和粟条一

猫武士
MAOWUSHI

起待在地道里时躲过了疾病，他想，但现在，她还是患上了。

"荆棘光，你感觉如何？"他问道。

荆棘光犹豫了一下才开口。"不是很好，"她最终还是承认了，"从好几天前开始，我的肚子就疼得厉害。"

"而你却没有告诉我？"

"我不想打扰你，"荆棘光回答道，"我希望那只是因为我吃坏了什么东西。"

"我是一位巫医。我在这里就是要被你们打扰的。"赤杨心毫不客气地说道，"我们马上把你带回巫医巢穴。"

他将头探出育婴室，第一眼就看到了刺掌和罂粟霜，于是示意他们过来。"荆棘光状况不太好，"他对他们说，"我们得把她搬回到我的巢穴去。"

赤杨心留下两位武士搬动荆棘光，自己跃过空地。荆棘光肯定是在松鸦羽去给藤池接生时，被他传染上的。他想，我们得让她远离幼崽们。

当赤杨心从黑莓屏风中穿过时，绒毛正在她的窝里打瞌睡，而松鸦羽则在巢穴后方，忙着整理贮存在岩缝里的草药，茸球在旁边帮他。

"这个是羊蹄叶，对不对？啊……不是……是艾菊啊。这个是——别告诉我——猫薄荷！"

"酸模！"松鸦羽嘶吼道。

赤杨心进入巢穴的响动让他转过身来。终于能从茸球持续不断

烈焰焚河
LIEYANFENHE

的问题中脱身，松鸦羽似乎松了一口气。但当赤杨心告诉他荆棘光患上了腹痛时，他的表情立刻转为了关心。

"幸好你发现得早，炭心、藤池和她们的幼崽都还没有生病。"松鸦羽说道。他的声音很不安——他肯定心里清楚，荆棘光的病是在他给藤池接生时，他给传染上的。

"是的。"赤杨心回答道，"但后面几天我也会密切关注他们的，以防万一。"

刺掌和罂粟霜小心翼翼地驮着荆棘光穿过黑莓屏风进入巢穴，绒毛跳起身来，迅速地将一些干蕨叶和苔藓拢到一起，为她做了个窝。

"躺到这里吧，"她体贴地说道，"你感觉还好吧？铺垫够不够厚？"

"感觉很好，谢谢你。"荆棘光回答着，一边叹息着一边把自己埋进窝里，"真对不起，给你们添了那么多麻烦。"

"没什么麻烦可言。"赤杨心对她说，"这就是我们的职责。现在我去给你拿些水薄荷来，很快你就会感觉好些了。"

"我去拿！"茸球一头扎进草药贮存处，然后叼着一小枝叶片出现了。赤杨心有些惊讶，他拿的正是水薄荷。

"谢谢你，茸球。"绒毛从他那里接过枝条，将叶片从上面撕下来，然后放在荆棘光面前，"把它们嚼烂再咽下去。"她指示道。

荆棘光舔起叶片时，绒毛抚慰地轻拍着她。

多好的一只猫啊，赤杨心想，她虽然是只宠物猫，但却发自内心地关心其他猫。

就好像是知道他的想法一样，绒毛抬起眼来，羞怯温柔地看了他一眼。从头到脚都涌动着暖流的赤杨心用眼神回应了她，即便他深知自己不该如此。

赤杨心挣扎着从窝里站起来去检查荆棘光时，破晓的光线正透过黑莓屏风丝丝缕缕地落进来。他还没碰到她，就知道情况已经非常糟糕了。他听到她的喘息声不仅刺耳而且很不均匀，还夹杂着断断续续的干呕声。

"荆棘光，你为什么不叫醒我？"他来到她身边，大声问道。

荆棘光努力抬起头来看着他，赤杨心这才发现她有多么虚弱，心中不由一阵害怕。比起昨天族猫们带着她进入巢穴时，她虚弱得多了。

"我不想……添麻烦。"她喘息着，每说出一个字都很费力。

她就要死了……赤杨心想。

荆棘光似乎很清楚自己身体的情况。她面容安详，眼睛一闪一闪的，好似已经看到了星族领地里那些洒满阳光的林中空地。

"没……没关系的，赤杨心。"她喘息着说，"但我想道别。"

赤杨心迅速点点头，走去急促地摇动绒毛的肩膀，将她唤醒。

绒毛立刻醒了过来。"怎么回事？"她问道。

烈焰焚河
LIEYANFENHE

"荆棘光快撑不住了。"赤杨心低声说,"赶快去把她的至亲叫来。"

绒毛惊恐得眼睛顿时瞪大了。"噢,不……"然后她爬起身来,安静地钻出了巢穴。

赤杨心接着唤醒松鸦羽,将这个可怕的消息也告诉了他。在几个心跳的时间里,松鸦羽只是呆呆地坐着,似乎一时接受不了赤杨心告诉他的事情。

"她快不行了,松鸦羽。"赤杨心重复道。

"胡扯。我不准她死!"松鸦羽厉声喝道。

他站起来,踉踉跄跄地向巢穴后方走去。他好笨拙……赤杨心想着,想起平时没有哪只猫能看出松鸦羽眼睛看不见,因为他的动作向来灵便,他知道我们就要失去她了,哪怕他并不愿意承认这个事实。

他看着松鸦羽将一些苔藓浸到从岩石上流下的细细水流里,又带给荆棘光让她喝。然后他走到外面的空地上,朝通往黑莓星巢穴的落石堆走去。

在灰暗的晨光里,营地渐渐醒来:松鼠飞站在武士巢穴外,似乎正要开始安排黎明巡逻队,但所有的武士都围在传递消息的绒毛身边。赤杨心听见米莉发出一声悲痛的哭号,声音在石头山谷间回荡,他看到灰条将身体贴近自己伴侣的身侧。

赤杨心抵达黑莓星的巢穴时,黑莓星已经醒了。赤杨心觉得肯定是米莉的哭号将他唤醒了。黑莓星立刻跳起来,警惕地伸出爪

子。"出什么麻烦了吗？"他喝问道。

"不是你以为的那种麻烦。"赤杨心回答，"是荆棘光。她得了病，就快不行了。"

黑莓星琥珀色的双眼里充满哀伤。"我知道这事总有一天会发生的。她带着可怕的伤痛活了很久。"他说道，"但这并不能让她的离别好过一些。"

他带头踏入下方的营地，从聚集起来的武士中穿过，倾听他们的悲痛。他环顾四周，看到了云雀鸣，然后用尾巴示意他过来。

"叶池应该在场。"他对年轻武士说道，"麻烦你去找她来——先去影族营地，那里比河族近。"

云雀鸣点点头，快步跑开，他在学徒巢穴前停了一下把鳍爪叫上。

赤杨心留下黑莓星和他的族猫讲话，自己回到了巫医巢穴。灰条、米莉、梅花落和黄蜂条已经在这里了。米莉蜷缩在女儿身边，轻柔地舔舐她的双耳，剩下的几位至亲则聚在她们周围。

"我不愿相信这个时刻还是到来了。"灰条低声对赤杨心说，"她一直那么强壮，那么勇敢……"

"她病情发展得那么快，我也没想到。"赤杨心回答，"我觉得她之前肯定一直在掩饰自己感觉到的痛苦。"

她吃得也不够。他看着荆棘光竭力呼吸时，肋骨在皮毛下滑动，又对自己说道，她还不能移动，对她来说要与疾病抗争就更困难了。

听着荆棘光的呼吸声慢慢弱下去,赤杨心不知道自己在巫医巢穴里坐了多久。期间叶池安静地走了进来,坐到松鸦羽身边,用尾巴环绕着儿子的肩膀。

后来枝爪来了。"赤杨心,你有没有……"她刚钻过黑莓屏风,就说道。接着当意识到了荆棘光已经变得多么虚弱时,她立刻陷入了沉默。她轻轻靠近这只将死的猫。

"哦,荆棘光,再见了。"她轻声说,"当我还是一只幼崽时,你待我那样的好。"

荆棘光颤抖着睁开眼,然后温柔地冲枝爪眨了眨眼。"我们度过了……很开心的时光。"她喘息着说。

米莉朝女儿更凑近了些。"我的小家伙,别离开我们。"她的声音都在颤抖,"请你别离开我们。"

荆棘光抬起眼看向母亲:"别……别担心我,米莉。我……到了星族,就能再次……奔跑狩猎了。"

然后她再次闭上眼睛,发出长长的最后一声叹息。米莉发出一声恸哭,灰条和她的另外两个孩子簇拥在她身边。

赤杨心受不了了,他无法看着他们试图安慰彼此。他跌跌撞撞地离开巢穴,震惊地看到,太阳已经在下沉了,落日将黑色的阴影投入山谷之中。他再也站不住了,蜷伏下来将头埋进脚掌间,任由自己陷入深深的悲痛之中。

很快他就意识到松鸦羽也跟着出来了,正蜷伏在他身旁,他的呼吸变成了浅短的喘气声。"这都是我的错。"他低吼道,"肯定

是我去育婴室接生藤池的幼崽时把病传染给了她。我根本就不该靠近她的。"

松鸦羽的愧疚和悔恨像一只巨爪一般击在赤杨心的心头，让赤杨心从自己的哀痛之中分出心来。"这不是你的错，"赤杨心坚定地说道，"没有巫医帮忙，藤池和她的幼崽们也许就死了。而且你也可以说我和叶池有责任。我们不应该把你留下，让你成为营地里唯一的巫医的。"

松鸦羽转头面向他，用盲眼激动地瞪着他。"我们都以为藤池还有几天才会生幼崽，"他承认道，"但这并不会改变荆棘光是从我这里感染上疾病的事实。而且我还帮不了她。"他又补充了一句，"谁都帮不了她。星族啊，我们还有什么用啊？"

"你已经尽你所能了。"赤杨心对他说，安抚松鸦羽让他感觉好受了些，"你给了她活下去的理由，你给她定下了规矩，还为她想出了那么多练习方法。"

他有些希望松鸦羽冲他吼，但却惊讶地听到族猫同意地咕哝了一声。"我希望自己能治好她。"他说道。

"我也是。"赤杨心回答，"我很自责……我本该意识到她变得有多虚弱的。"

"不，"松鸦羽用力地摇摇头，"你是一位优秀的巫医。我们谁都没想到后来会这样。"

身后传来动静，赤杨心转过身，看到叶池走出巫医巢穴，后面跟着灰条和米莉，他们抬着荆棘光。他们将荆棘光的身体放在营地

烈焰焚河

中央，族猫们聚过来开始为她守夜。

松鸦羽站起来走到叶池身旁，与她一起站在荆棘光的脑袋旁。赤杨心在原地又停留了几个心跳的时间，才整理好情绪，前去面对他的族群。他的心仍然在发疼，但松鸦羽意外的柔和言辞已经让他稍感安慰。

松鸦羽之前也表扬过我——表扬过那么一两次——但这是第一次他让我相信，也许有朝一日我真的会成为一位好巫医。

雷族众猫围着荆棘光的身体聚成一个参差不齐的圈，为她守夜。赤杨心加入他们的行列，倾听族猫们站起来分享对她的回忆。

"我还是只幼崽的时候，她对我很好。"枝爪说道，"当时我很害怕，还很想念我的妹妹，这里的一切都让我觉得陌生。但荆棘光让我觉得我在帮助她，让我觉得我属于这里。"

她说完以后，灰条和米莉站了起来。米莉无法控制自己的声音，于是灰条代表他们俩讲话："我们非常为她骄傲。她坚韧而勇毅，虽然没有行走的能力，却一直怀有一颗武士之心。"

"的确。"梅花落附和道，她就站在父母身边，"我只愿我的孩子们能继承荆棘光的乐观与坚韧的精神。"

他们重新坐下，松鸦羽站起身来。"她从未放弃，"他开口道，"她从未……"他声音哽咽，说不下去了。

"她从未丧失勇气，永远心怀幽默。"赤杨心跳起来站到松鸦羽身旁，接着他的话说下去，"她是一只非常特别的猫，我们都会想念她。并非因为我们曾经照顾过她，而是因为她是我们的朋

友。"

松鸦羽点头。赤杨心有些讶异地看到茸球轻轻走上前,安静地在自己身旁坐下。更让他震惊的是,他看到松鸦羽伸出尾巴,轻轻碰了一下这只姜黄色小公猫的肩膀。

最后,山谷之上的天空开始在暮色中黯淡下去,星族祖灵们依次眨着眼出现。叶池站了起来。

"愿星族照亮你的前路,荆棘光。"她嘴里说着,从许多个季节前起,巫医们就对着亡者的遗体念出的那些悼词,"愿你猎获丰盛,奔跃轻捷,安睡时能有栖身之所。"

她的话语好似阴暗的树枝间透出的一缕阳光,让赤杨心稍感抚慰。在一个瞬间,他似乎看到了荆棘光,她灵巧美丽,正奔跑在星族葱茏的草木之间。

叶池的悼词结束后,灰条和米莉将荆棘光的身体抬起来,搬出营地埋葬。赤杨心看着他们时,悲痛又一次哽在他的喉间——按照传统,这是族群中长老们的任务,但这两位长老正是荆棘光的父母,这让他更觉哀痛。

他们离开后,赤杨心站起身来,蹒跚着走回自己的巢穴中。漫长的守夜让他感到非常寒冷,身体也有些僵硬。他知道自己还有工作要做,但他太累了,连有些什么工作都想不起来了。

这时绒毛出现在他身边,靠着他的肩膀引导着他走向他的窝。

"躺下睡一会儿吧。"她说道,并轻轻推着他,让他躺进苔藓和蕨叶间,"我会在巢穴里守到叶池和松鸦羽回来的。要是有谁需要你

烈焰焚河
LIEYANFENHE

的话，我会把你叫醒，但那些小伤小病我来处理就好了。"

"但我应该……"赤杨心想要反对。

绒毛将尾巴横在他嘴上，打断了他。"让我来照顾你吧。"她小声说道。

这种感觉真好。渐渐沉入睡眠时，赤杨心昏昏沉沉地想，有猫来照顾我了……这种事之前从没有过。

他睡着前最后感觉到的，是绒毛甜美的气息环绕着他。

第十七章

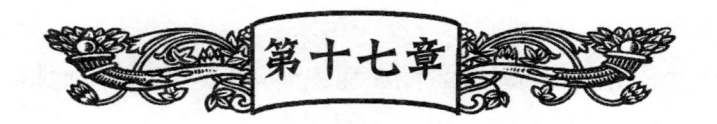

紫罗兰光滑进蕨叶通道，进入天族营地。几只老鼠从她嘴边垂下来。花楸掌和麦吉弗跟在后面，两只猫都带着各自的猎物。这次狩猎很顺利。

营地里几乎空了——这天轮到天族去帮忙修复大火后的河族营地。紫罗兰光只看到了蓍叶，她在育婴室附近一块被太阳晒着的石头上盘起身子，已经睡着了。

感觉有点儿奇怪。紫罗兰光走过营地，将猎物放到新鲜猎物堆上时想着。很快，她就意识到了哪里不对劲。

蓍叶的幼崽呢？

顿时，一阵不安在紫罗兰光心中升起。她将脑袋伸进育婴室，查看幼崽们是否在里面。微云和雪鸟都被自己的幼崽簇拥着，在一堆皮毛中打着瞌睡，但没有蓍叶的幼崽小蹦和小亚麻的踪影。

紫罗兰光退了出去，四周查看，却仍然没在外面看到。噢，星族啊，他们可千万别是走丢了！

紫罗兰光从营地间飞速跃过，跳过小溪，跳上蓍叶睡觉的岩石，用力捅了捅姜黄色母猫的身体。

烈焰焚河

"蓍叶……"

紫罗兰光突然停住了。蓍叶身旁的石头上放着一只吃了一半的老鼠,撕开的老鼠肉上可以清楚地看到黑色小点。

罂粟籽!紫罗兰光差点儿颤抖起来。她以前曾试图用罂粟籽给暗尾及其追随者下药,但她没有意识到她做这一切时滑须都盯着她。紫罗兰光几乎为那次失败付出了生命的代价。

而松针尾就是为此被溺死了……

在几个心跳的时间里,紫罗兰光僵直地站在原地,盯着那些罂粟籽。会是谁将被下药的猎物带给蓍叶的?以往,滑须和她形影不离,但现在哪里都看不到这只黄色母猫。会不会是紫罗兰光上次试图给暗尾下药的失败经历,让她记住了这种手段?紫罗兰光想起在风暴大作的那一天,看到滑须朝远离营地的方向走。

她在做某件事……但是什么事呢?我当时该记住把她的行踪报告给叶星的!

一阵冰冷的恐惧浸透了紫罗兰光心头,她再度戳了戳蓍叶,直到这只母猫抬起头来,睡眼惺忪地盯着紫罗兰光。"怎么了?"她含混不清地问道。

"蓍叶,你的孩子在哪里?"紫罗兰光急切地问道。

蓍叶坐起身来往四周看,然后猛然震惊地睁大了眼睛,似乎一下子从最猛烈的那段药效清醒过来。

"我的孩子!"她惊慌地叫起来,"我的孩子在哪里?"她跳起来,转身时还有些摇晃,她四下查看,试图找出自己的幼崽。

"小蹦！小亚麻！"

"蓍叶，冷静点儿！"紫罗兰光喊道，"滑须之前在吗？"

"她在，我们一起看着孩子们玩。"蓍叶神情困惑。

"然后她就把这只老鼠带给你了？"

蓍叶点点头。"你是说滑须带走了我的幼崽？"她问道，"她永远不可能那么做。她是我的朋友。"

"你这么确定？"紫罗兰光问，"记得滑须当时对暗尾有多么忠诚吗？她有没有可能是在和暗尾至亲的余孽共谋，要向影族复仇？"

我从来就不信任滑须。她帮着杀害了松针尾。她一直以来都在欺骗我们吗？

蓍叶盯着她，神情茫然，最后她终于理解了这个可怕的猜测。"星族啊！"她哭叫道，"滑须挟持了我的孩子们！她要把他们带到哪里去？"

"我不知道，但我们会找出来的。"紫罗兰光冷冷地说道。她环顾四周，看到花楸掌和麦吉弗在猎物堆旁分享一只松鼠，她尾巴一挥示意他们过来。

"发生什么事了？"花楸掌问道，"蓍叶怎么这么难过？"

紫罗兰光给他们解释了蓍叶被罂粟籽放倒，而滑须和幼崽们失踪的事情。"我们必须找到他们。"她最后说道。

"我们一定能找到的。"花楸掌说道，"我们追踪他们的气味踪迹。"

烈焰焚河
LIEYANFENHE

　　他率先离开营地，紫罗兰光和麦吉弗紧随其后。蓍叶也跟了上来，虽然她的步伐还是有些不稳，但却决心不等到幼崽们安全决不罢休。

　　紫罗兰光率先辨认出滑须的气味。滑须的踪迹通向前影族营地的方向。幼崽们的气味也和她的在一起。

　　"看来确实是她把他们带走了。"他们往下追踪时，花楸掌说道，"她肯定是和他们讲了什么故事之类的，让他们跟她走。"

　　"他们都迫不及待地想到外面的森林里去。"蓍叶回答道，"如果滑须提议出去的话，他们肯定会跟着去的。噢，星族啊，"她继续说道，"但愿她没有伤害他们！"

　　"她目前还没有。"紫罗兰光安慰她，"一点儿也没有恐惧的气息。"也没有血，没有瘫软的幼小尸体，她对自己说道，我们当初为什么要信任滑须？她是暗尾的至亲里最为卑劣的一位！我早该想到的！

　　走过了一小段路，气味踪迹偏离了直接通往影族的路线，朝罗基与赛尔达居住的两脚兽领地而去。

　　他们不该是往那边走啊，紫罗兰光想，他们不会想惹上两脚兽的，而且那里对幼崽们来说也太远了。

　　接着，一直沿着气味踪迹边缘往前走的麦吉弗突然停了下来。"我闻到了其他猫的气味！"他大声说道。

　　紫罗兰光朝他跳过去，也闻了麦吉弗刚刚发现的新嗅迹。"你说得对。"她说道，"有两只……不，三只猫。其中两只我不认

识,但第三只……这,花楸掌,这是褐皮!"

"什么?"花楸掌急忙走到紫罗兰光和麦吉弗身旁,眼睛里流露出担忧和困惑的神情。"你说得对。"他咕哝道,开始循着这道新的嗅迹往前追踪,鼻子几乎贴到了森林地面上。

新的嗅迹在前方几只狐狸身长外和滑须的气味交汇在了一起。从这里开始,所有猫的气味都混在了一处。

"褐皮!"荠叶啐了一口,眼神里充满了仇恨,"她从来就不愿意让我们回到族群。"

"不,"花楸掌声音沙哑地说,"我不相信。不管她对你和滑须有什么意见,她都永远不会伤害幼崽的。"

"她肯定不会的。"紫罗兰光也表示赞同,"褐皮是一位高尚的武士。她绝不会做任何有违武士守则的事情。"那她在这里又是做什么呢?

紫罗兰光真希望阿树也在这里,但他跟着叶星到河族去了,以免两族之间发生任何冲突。他肯定知道现在该做什么。她难受地想。

"有点儿不对劲,"他们跟着气味踪迹走了几只狐狸身长远,花楸掌又开口道,"我觉得我应该认识另外两只猫的气味,但就是想不起来。"

"他们不会是暗尾的泼皮猫吧?"麦吉弗问道,"我听说他们有的没死。"

紫罗兰光又深深嗅了一口那两种气味,然后摇摇头。"不。如

果是他们的话，我能认出来。"她回答道，不由身子一抖，又想起了与暗尾和他的至亲一起生活的那段可怕时光。

她之前注意到嗅迹里混进了一抹血腥味，极力希望那不是幼崽们的血。那是猫血，不是猎物留下的。她暗想，也许是这些陌生猫打了起来。或者也许是褐皮……

她的思绪被花楸掌打断了。只见花楸掌突然停住脚步，目不转睛地看着树林深处。"我终于知道了！"他惊呼道。

"知道什么？"蓍叶问。

"我知道我们是在往哪里走了。这条路通往以前影族领地里那座两脚兽巢穴。现在我想起来那些气味是谁的了。是那两只吃鸦食的宠物猫！"

麦吉弗似乎有些糊涂："滑须把幼崽们带去了两脚兽巢穴？"

蓍叶发出一声哀号，花楸掌赶紧甩起尾巴拦在她嘴前。

"安静，你这鼠脑子！"他低声嘶嘶道，"你想让他们知道我们在这里吗？"

"啊，我敢肯定你们不想的。"一个愉悦的声音从头顶上方传来，"那会是个糟糕透顶的坏主意。"

紫罗兰光抬起头，看到一只黑白相间、个头很大的公猫懒洋洋地躺在一棵松树最低的枝条上。他的一只耳朵被撕裂了，鼻子上还有一道新的抓伤，他有力的利爪扣进了树皮里。

"那是宠物猫？"她低呼一声。

"你们的妈妈没和你们说起过我们吗？"这只大公猫声音恼怒

地说道，愉悦的音调从他的声音里消失了，"要乖乖的，不然凶恶的大宠物猫就会把你们抓走？"

"雅克！我们和雅克还有他的朋友苏珊发生过冲突，那是以前的事。"花楸掌对紫罗兰光说，"但在你来到森林里的时候，暗尾就已经足够让我们担心了。"

"是你把我的孩子带走了吗？"蓍叶颤抖着问道，"求求你把他们还给我吧！"

"不，我才没带走你的幼崽呢，跳蚤脑子。"公猫讥讽道，"但我知道他们在哪里。想让我带你们去看看吗？"

"求求你了！"蓍叶乞求道。

"好啊。"黑白相间的公猫在枝条上站起身，拱起背，美美地伸了个懒腰，"但敢动我一爪子，你就再也别想见到你的幼崽了。"他从枝条上跳下来，落地时轻轻地撞了花楸掌的身子一下。他身上不熟悉的气味让紫罗兰光皱起了口鼻。

"走这边。"公猫尾巴一挥，高声说道。

紫罗兰光和其他几只族群猫跟着他绕过一丛黑莓灌木，沿着一条穿越排排蕨丛的小路往前走。被粗糙石墙环绕的两脚兽巢穴，从灌木间一闪而过的一道缝隙里露出来，她想起自己在巡逻时好几次经过这里。

但这只个头很大的公猫并没有往巢穴走。他转了个弯，领着族群猫往下走，最后来到一个被金雀花丛遮掩住的岩质山谷。水从岩石间的一处裂隙里缓缓滴落，在山谷底部聚成了一个小水池。

烈焰焚河

水池旁边，褐皮正蹲伏在两只猫之间。其中一只是紫罗兰光从未见过的浅棕色虎斑猫，她猜测那就是可怕的苏珊。第二只猫就太熟悉了，是渡鸦，暗尾至亲猫群里那只黑色母猫，当初暗尾和滑须试图将松针尾淹死在湖里时，就是她将紫罗兰光拖住，让她眼睁睁地看着挚友死去。

在水池的另一边，紫罗兰光看到了滑须，还有暗尾泼皮猫里的另一位成员荨麻，他曾是蓍叶的伴侣。两只幼崽在他们旁边挤作一团，抬着头看着他，一双瞪大的眼睛里满是恐惧。

"我的孩子！"蓍叶喘息着叫道。

"蓍叶！"小亚麻哀号着跳起来朝她跑去，却被荨麻漠然地一掌打倒在地上。

蓍叶尖叫一声，跳起来冲入山谷，将颤抖的幼崽们拢到身旁。紫罗兰光绷紧肌肉，为可能爆发的战斗做好了准备，但荨麻只是鄙夷地瞥了蓍叶一眼。

"他们是我的孩子，"他对蓍叶说，"他们得和我在一起。"

蓍叶对他怒目而视，而紫罗兰光则很纳闷儿，怎么会有母猫能受得了和荨麻这样一只可憎的猫成为伴侣，更别说和他生下幼崽了。

黑白相间的宠物猫慢悠悠地走下山谷，坐到自己的同巢伙伴身边，而花楸掌和搜寻队剩下的成员依旧站在坡顶。

"褐皮，这是怎么回事？"花楸掌质问。

"我还想知道呢。"褐皮咆哮道，她那一双绿眼睛里怒意迸发，眯在一起，"叶星和其他猫到河族去了以后，滑须问我想不想

219

和她一起去狩猎。但进入森林以后她就消失了，接着这两只蜜蜂脑子就来袭击我。"她朝宠物猫们弹弹尾巴，"至少我给了他们难忘的记忆。"

紫罗兰光之前就注意到了黑白相间的公猫鼻子上的新鲜爪痕。现在她也看到虎斑皮毛的宠物猫身体一侧少了几团毛，而褐皮的一边肩膀上有一道干涸的血迹。

感谢星族！紫罗兰光心想，褐皮是囚犯，不是叛徒！

"我懂了。"花楸掌的声音里带上了一丝咆哮，"让我猜猜，然后滑须就又快速回到营地，带走了幼崽们。计划很周密。可我还是不明白你们囚禁褐皮想做什么。"

"啊，她是特意为你准备的，花楸掌。"滑须站起身来面对她曾经的族长，她抬眼盯着他，目光里带着胜利的神采，"对影族而言，你是位懦弱的族长。我的成长经历并不愉快，而正是因为你没能处理好暗尾，我在乎的许多猫都死了。"

花楸掌低下了头。"你说得对，"他承认道，"但我已经为之付出了代价。"

"还不够！"滑须的声音变得凶残起来，"现在我要为自己复仇了，因为我已经夺得了你最为珍爱的东西——褐皮！"

花楸掌顿时僵住了，他的利爪紧紧扎入森林地面上带着腐叶的泥土里。"你或许可以把她带走，但你没办法把她留住。"他怒吼道。

"不，我不会留着她。我是要杀了她。"滑须吼道，"而你只

烈焰焚河

能眼睁睁地看着。"

"你试试看！"褐皮对她啐道。

"啊，我可不仅是试试。"滑须向她保证，"因为要是其他猫敢动动胡须，这些幼崽就再也看不到下一个日出了。"

"不！"蓍叶叫道。

她试图将幼崽们搂得更紧一些，但荨麻将她猛地推开，立在两个瑟瑟发抖的小毛球身边，把他们和别的猫隔开。

"他要杀自己的幼崽？"麦吉弗低声说，声音里满是惊骇和难以置信，"我知道暗尾的泼皮猫们不是什么好东西，但这比我想象的还要可怕得多。"

荨麻静静地站了片刻，接着，紫罗兰光看到他慢慢将头转向花楸掌。

"倒是有一件你能做到的事情，"他对这位曾经的族长说道，嘲弄的神色在他的眼中闪动，"我们允许你用自己的命来换褐皮的命……但我们都清楚，你太软弱了，才不敢为了她牺牲自己。"

花楸掌朝前走去，动作迅速而坚定。紫罗兰光屏住呼吸，期待着他会做什么或说什么，但花楸掌并未立刻做出回应。

紫罗兰光的视线从山谷中的众猫身上扫过，想着，如果真的打起来会怎么样。他们数量上和泼皮猫相当，但蓍叶的首要任务会是保护幼崽。而他们的对手，甚至包括那两只宠物猫，打斗起来都堪称可怖。

要是荨麻真准备杀死幼崽，我们又该怎么办？

猫武士

这时紫罗兰光听到花楸掌迅速用嘴角向她发令:"准备。"

想到她曾经的族长已经有了计划,紫罗兰光振作了许多,她紧张起来,随时准备跃出,但也小心着不要在表面上露出破绽,以免被山谷里的泼皮猫发觉她会构成威胁。

"很好。"花楸掌说,"荨麻,如果你能释放褐皮,让蓍叶带走她的幼崽,我愿意牺牲自己。"

"你当我是鼠脑子吗?"荨麻的眼神傲慢无礼,"褐皮可以走,但幼崽是我的。蓍叶再也别想见到他们了。"

"荨麻,我求你了。"花楸掌一面说着,一面往山谷里走了一两步,"我知道我是位懦弱的族长……我任由暗尾和他的至亲毁了我的族群,应该由我独自承受他们遭受过的痛苦。你们对我所做的一切,都是我应得的。"

说完,他恭顺地低下头,尾巴拖在地上,完完全全是一副被打败的懦夫模样。紫罗兰光能看到荨麻和滑须眼中流露出的轻蔑与期待。

"带上幼崽!跑!"

花楸掌的吼叫劈开静默的空气。与此同时,他猛然一跃,直扑到荨麻头上,将他从幼崽们身边撞开。荨麻尖叫一声,两只猫在山谷地里翻滚起来,尖牙利爪紧紧地缠斗成一团。滑须冲了过去,从背后向花楸掌发起攻击。

与此同时,蓍叶迅速叼起小蹦的后颈,而褐皮则跳过水池叼起小亚麻。两只母猫一同冲上山坡,消失在灌木丛里。

烈焰焚河

渡鸦和虎斑宠物猫飞奔着追去，但紫罗兰光跳到她们面前，麦吉弗与她并肩面敌。

"这一下是为了松针尾！"紫罗兰光嘶吼着朝渡鸦扑去，爪子插进黑色母猫的肩膀。她的攻击让渡鸦脚掌打滑，她们俩一起从山坡上滑了下去。紫罗兰光猛地撞上了一块突出地面的石头，一时无法呼吸。

渡鸦的眼睛凑在她跟前，闪闪发光。"暗尾就该在他还有机会时把你杀了的。"她吼道。

作为回答，紫罗兰光挥出一只前掌，感觉到自己的爪锋割开了渡鸦的肩膀。黑色母猫痛得尖叫了一声，猛地探出脑袋，牙齿咬向紫罗兰光的喉咙。

紫罗兰光将她往后推开，蹬起后腿踹在渡鸦的肚子上。仇敌扒拉着地面想要逃走时，胜利的感觉涌上紫罗兰光的心头。她正站起来将渡鸦赶走，却有谁从背后朝她发起猛击，沉重的躯体压到她的身上，在她倒地时把光线都遮住了。

大个头公猫的声音在她耳边响起："准备好受死吧，跳蚤皮！"

紫罗兰光在他的重压下无助地扭动。她嘴里塞满了毛，无法呼吸，后肢处传来剧烈的疼痛。黑暗涌上来将她包围，好似她正被旋涡挟裹着沉入无底的湖泊。

突然，重压消失了。紫罗兰光啐出皮毛，大口喘着气，然后跟跟跄跄站起身来，看见褐皮正与黑白相间的宠物猫打作一团。

> 紫罗兰光紧张起来,随时准备跃出,但也小心着不要在表面上露出破绽,以免被山谷里的泼皮猫发觉她会构成威胁。

很好。

荨麻,如果你能释放褐皮,让蓍叶带走她的幼崽,我愿意牺牲自己。

你当我是鼠脑子吗?

褐皮可以走,但幼崽是我的。蓍叶再也别想见到他们了。

"荨麻,我求你了。"

"我知道我是位懦弱的族长……我任由暗尾和他的至亲毁了我的族群,应该由我独自承受他们遭受过的痛苦。"

说完,花楸掌恭顺地低下头,尾巴拖在地上,完完全全是一副被打败的懦夫模样。紫罗兰光能看到荨麻和滑须眼中流露出的轻蔑与期待。

花楸掌的吼叫劈开静默的空气。与此同时,他猛然一跃,直扑到荨麻头上。

猫武士

褐皮回来了！紫罗兰光心头一松。

宠物猫硕大笨拙的躯体和他有力却毫无章法的攻击，完全无法与褐皮迅捷的战斗技巧抗衡。褐皮飞扑上去，朝着宠物猫的口鼻和肩膀就是一顿痛击，又在他反击前跳出攻击范围。仅仅几个心跳过后，宠物猫就转过身朝着附近的两脚兽巢穴方向逃之夭夭了。

紫罗兰光喘息着，查看四周。麦吉弗正追赶着那只虎斑宠物猫，滑须和渡鸦则一瘸一拐地爬上山谷的另一边，消失在灌木丛里。

"这是你最后一次背叛自己的族群了！"紫罗兰光在她们身后吼道，"别再让你的脸出现在这里！"

山谷底部，荨麻毫无生气地躺在那里，身子一半浸在水中，他的血慢慢扩散进水里。而在他的身旁……

紫罗兰光发出一声哽咽的呼喊："不！花楸掌！"

往日的族长四肢伸展着躺在荨麻的尸体旁。他还活着，但血液却从他喉咙上一道深深的伤口中不断涌出。他眼神迷离，当他竭力想呼吸时，胸腔猛地起伏着。

褐皮从紫罗兰光身边冲过，猛扑到她垂死的伴侣身边。"花楸掌……噢，花楸掌，"她低语道，"别离开我！"

花楸掌眨着眼看向她。"没事，这样最好，"他低声说道，"影族被毁灭是我的错。但别担心，"他伸出一只脚掌触碰着褐皮的肩膀，宽慰地补充道，"虎心会回来的，我在梦里见过他……"

紫罗兰光不确定自己是否相信他的话，她猜褐皮也是。

烈焰焚河

"再见了，褐皮。"花楸掌说道。他呼出最后一口气，身体瘫软下来。他的双眼闭上了，喉咙里淌出的血流变得越来越慢，最后停止了。

"不……"褐皮将口鼻埋进他的肩膀，"花楸掌，你有九条命。你一定要回来。"

紫罗兰光看了一会儿，几乎不敢呼吸。星族会不会拒绝收回他的九条命？她问自己，他会不会其实一直都是花楸星？

但一个又一个心跳过去，花楸掌仍一动不动，紫罗兰光这才意识到她的这个希望落空了。曾经的族长真的死了。

"来吧。"紫罗兰光柔声说着，弯下身用鼻子轻触褐皮的头，"我们把他带回营地，为他守夜。他献出了自己的生命，"她竭力让声音保持平稳，又说道，"但他死得像一位族群的族长。"

麦吉弗走下斜坡来到她们身边，帮着她们抬起花楸掌的身体。"褐皮，你怎么想呢？"他问道，"你现在可以领导影族了吗？"

褐皮只是盯着他，好像一时间没理解他的问题。接着她摇了摇头。"发生了这样的事情以后，不可能了。"她回答，"没有花楸掌在，不可能了。影族已经死了。"

第十八章

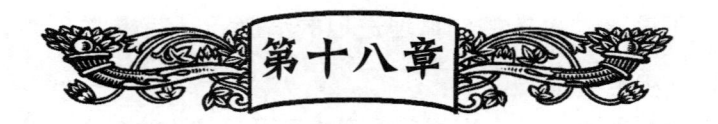

绒毛在营地里四下走动,赤杨心跟在后面,入迷地盯着她。她停下来,看着藤池的幼崽们在育婴室前翻筋斗打闹,赤杨心站到她身边,都被小东西们滑稽的动作逗得笑出声。太阳渐渐落下,每只猫都在享受阴影笼罩石头山谷前的最后温暖。

荆棘光死后,已经过去了四分之一个月了,当赤杨心想起她有多喜欢看幼崽们玩耍时,终于不会再被悲痛淹没了。

她为族群奉献了很多,他想,我们都很怀念她,但我知道她在星族就能再度奔跑了。

"你的腿好多了。"他们继续散步,赤杨心对绒毛说,"你现在几乎都不怎么跛了。"

她的好转让他很高兴,但想到她不再需要他的帮助,很快就会回到两脚兽领地去,赤杨心压抑住了一声惆怅的叹息。

但我们还是朋友,对吗?

快到荆棘通道了,他们转身往回走,赤杨心看到烁皮和云雀鸣正在营地中央和黑莓星讲话。

"他们看起来都很高兴。"绒毛说道。

烈焰焚河

"可能有什么好消息吧。"赤杨心回答道,"我们的确需要好消息让大家都开心。我该回去了,"他又说,"虽然没有病猫,但我还得把草药整理好。"

他不情愿地带着绒毛往巫医巢穴走去。荆棘光死的时候,叶池回来了一小会儿,但已经又回河族去了,赤杨心知道,要是让松鸦羽觉得他在偷懒,松鸦羽就会扒了自己的皮。

"我可以帮你,"绒毛主动说,"跟着你待在巫医巢穴里的这段时间,我学到了更多草药的知识。我能帮上忙的!"

他们钻过黑莓屏风走进巢穴,赤杨心看到松鸦羽正低头盯着玫瑰瓣的喉咙,而茸球在他的爪旁跳来跳去。

"她怎么了呀,松鸦羽?"茸球问道,"我能帮她拿草药吗?我现在懂得可多啦!"

松鸦羽从齿缝间咕哝了一句什么话,赤杨心只听到了"讨厌的毛球"几个字。赤杨心突然担心自己之前是不是做错了,他动了动耳朵,示意姜黄色小公猫过来。

"你和松鸦羽相处得还好吧?"他压低声音问道,"我知道他很难搞……"

"才没有呢!"茸球叫道,并眨着眼钦佩地看向那只瘦骨嶙峋的灰色虎斑猫,"松鸦羽超酷的!我知道他很严格,但那也是因为他很重要。"

赤杨心和绒毛交换了一个好笑的眼神。还真是田鼠鹪鹩,各有所爱啊……

"嘿，松鸦羽，"他问道，"我能帮上什么忙吗？"

松鸦羽只是微微摇了摇头。他检查完玫瑰瓣，直起身来。"只是喉咙痛而已，"他对她说，"我会给你一些艾菊，不会妨碍你回去执行你的武士职责。"接着，他的目光落到了赤杨心和绒毛身上，"不过仔细想来，"他又对玫瑰瓣说，"也许你今晚还是留在这儿比较好。"

"哦，算了吧，松鸦羽！"玫瑰瓣说，"没那么严重吧。"

"但我不希望你把疾病传染给其他猫。"松鸦羽反驳道，"那场腹痛的疾病已经让我们受够了。绒毛，你的腿怎么样了？"

"现在好多了，谢谢你。"绒毛回答道。话题的突然转变让她显然有点儿摸不着头脑。

松鸦羽低下头，仔细嗅了嗅绒毛长长的灰毛里那处已经几不可见的伤口。"你说得没错。"他说道，"既然现在玫瑰瓣要留下，你最好是搬到学徒巢穴去和茸球一起住。我们需要腾些地方，而我也不想在你还带着伤的时候就把你送回两脚兽领地去。"

原来演的是这一出！赤杨心感觉自己肩膀上的毛开始支棱起来了。他感觉到松鸦羽因为自己和绒毛走得很近有些担心，但他何必非要这样对她下逐客令。他对玫瑰瓣大惊小怪只是因为他想把绒毛赶出巢穴。

"我不知道自己什么时候才能回两脚兽领地，"绒毛伤感地回答道，"我也不知道我的主人还会不会回家了。但你说得对，松鸦羽，我现在好多了，不该再在巫医巢穴里占着位置。"

烈焰焚河
LIEYANFENHE

赤杨心努力迫使自己的皮毛平顺下去。虽然我不喜欢这样，但我不得不承认，松鸦羽的话有道理。绒毛已经不用再留在这里了。

松鸦羽去给玫瑰瓣拿蜂蜜，这时黑莓屏风一阵晃动，枝爪冲进了巢穴。"赤杨心，你猜猜看！"她大叫道，"烁皮和黑莓星说我可以进行武士测评了！"

"这可是好消息！"赤杨心对她说。

"云雀鸣也要测评鳍爪了，"枝爪两眼发光，继续说道，"我终于要成为一位雷族武士了！"

"很高兴你终于决定安顿下来了。"松鸦羽刻薄地说道。

"别理他，"玫瑰瓣插嘴进来，并朝松鸦羽弹了弹尾巴，"我们都为你感到开心，枝爪。"

"是的。恭喜你。"绒毛也补充道。

赤杨心感到一阵欢悦的咕噜涌过他的全身。他觉得自己都快骄傲得爆炸了。我简直不敢相信，我和松针尾当初发现的那只小小的幼崽，明天就要成为一位武士了！

"来吧，"他对绒毛说道，"我会帮你在学徒巢穴里安顿下来的。"

"你要来和我们一起住吗，绒毛？"枝爪问，"我会帮你做一个窝。那里现在挺挤的——有我和鳍爪，还有雕爪、贝壳爪和李爪，茸球也在。但明天过后就会少两个了！"

枝爪仍然激动万分，又跑出了巢穴。

赤杨心和绒毛慢慢跟在后面。"我会想念你在身边的感觉

的,"当他们迈步穿过营地时,赤杨心低声说道,"你白天还是会来巫医巢穴帮忙的,对吧?"

绒毛的回答被荆棘通道口的一阵骚乱打断了。罂粟霜、贝壳爪和黄蜂条组成的边界巡逻队回来了,但他们不是自己回来的,还有一只陌生猫和他们一起。那是一只无论身形还是力量都显得很大的公猫,进入族群营地让他显得很是焦虑。更多雷族猫聚到周围,想知道这位陌生的闯入者是谁。

"那是阿亚克斯!"绒毛惊呼道,"他和我一样是宠物猫。他和他的主人住在一起,离我家也就几个巢穴远。"

她跑过去和她的朋友打招呼,但她还没到那只猫跟前,松鼠飞就快跑过来,拦在这位新来的猫面前。"怎么回事?"她问道。

"我们在雷族领地上发现了这只宠物猫。"罂粟霜报告说。

"我们本来要把他赶走的,"黄蜂条补充道,"但他说他在找绒毛和茸球,所以我们觉得该带他到营地来。"

"你找他们干什么?"黑莓星走上来站到他的副族长身边,问道。

"但愿我们不是又要接纳宠物猫。"烁皮很不友善地看了阿亚克斯一眼,插嘴道。

"没错。"刺掌说道,"我们的宠物猫已经够多了。"

几只别的猫也低声表示赞同。

松鼠飞扭过身来,严厉的目光从他们身上剐过去。"无论黑莓星做出何种决定,我们都会尊重他的决定。"她厉声说道。

烈焰焚河
LIEYANFENHE

"我又不想留在你们这里。"阿亚克斯反唇相讥,"我很喜欢我的主人,谢了。我只是有话要和绒毛和茸球说。"

绒毛悄悄穿过群猫,站到他面前。赤杨心和从巫医巢穴一路小跑过来的茸球跟在后面。松鸦羽也跟了过来,满脸的好奇。

"嘿,阿亚克斯。"绒毛朝他低了低头,说道。

"嘿!"茸球也说道,还激动地小跳了一下,"见到你真开心,阿亚克斯!"

"我可算找到你们了,"阿亚克斯回答道,"我还以为我今晚都得在这阴森的森林里过呢。我是来告诉你们,你们的主人已经回来了,它们也修好了被火烧过的巢穴。你们不回到安全的家里去了吗?"

"啊,我们在这里过得很好!"茸球叫道,"我和这些野猫在一起很开心,现在我能像他们那样狩猎、战斗。我还知道了每一种草药呢。"

赤杨心看到,这只小公猫热情的吹嘘逗得几只猫高兴地交换了一下眼神。

"但我也非常想念我的主人,"茸球继续说道,"而且它们看到我肯定会超开心的。"他快活地眨着眼睛,看着聚集在周围的众猫,"谢谢你们这些好朋友,尤其是你,松鸦羽。"

赤杨心久久地看着绒毛。我会非常想念她的。他想。

"你们现在能回家了,这是个好消息。"黑莓星坚定地说道,"但现在天越来越黑了,我们欢迎你们留下过夜,等到第二天早上

再走。"他轻快的语气表明,这两只宠物猫最好不要想再在族群里逗留。

"我不太想留下,"绒毛和茸球带着阿亚克斯朝学徒巢穴走去时,阿亚克斯咕哝道,"这里又黑又挤。"他从蕨丛里钻过,被族群猫的气息刺激得皱起口鼻,"我可不想身上长跳蚤。"

"我们好心给他一个窝过夜,他却挑剔有跳蚤。"烁皮对赤杨心嘀咕道,"他当我们是泼皮猫吗?"

茸球已经冲向了猎物堆,带着一只大画眉回来了。"看!"他对阿亚克斯大声说,"我给你带了些猎物。"

阿亚克斯盯着这只鸟,显然是在努力地保持教养。"这东西有羽毛。"过了一会儿,他挤出了一句话。

"嗯,对啊,这是只鸟。"茸球回答道,"你不想吃吗?"

"呃……不了,谢谢。"阿亚克斯对他说,"我之前好好吃了一顿,不怎么饿。"

"你的朋友有点儿……怪。"赤杨心对绒毛说道。他取来了一只田鼠和她分享,他们在暗影笼罩的暮色中一起蹲伏下来。

"我知道。"绒毛回答道,"但他走了这么远来找我们,真是位好朋友。我知道他平日里都不愿意离他的主人太远。"

"你想回你的主人身边去吗?"赤杨心问她。

有那么一会儿,绒毛迟疑着没有回答。赤杨心的心都悬了起来,希望她会留下来。我知道那样不会有什么好后果,但还是……

"是的。"最后,绒毛长叹一声,回答道,"但族群里有一些

烈焰焚河

东西，会让我分外留恋。"

她一边说着，一边羞怯地从眼角瞥了一眼赤杨心。赤杨心明白她说的就是自己。他不知道该如何回应她，只得专心咽下自己的那份田鼠肉。

那夜稍后的时间里，赤杨心怎么也睡不着。没有绒毛睡在一旁，巢穴里显得空荡荡的。他在自己的窝里辗转反侧，每过去一个心跳，他就更加的燥热难受。他不敢打扰到松鸦羽和玫瑰瓣，但最后还是觉得自己在这座巢穴里待不下去了。他站起身来，悄悄穿过黑莓屏风。他来到外面的空地上，大口吸着夜晚清凉的空气，抬头凝视着遍布天空的银毛星带发出的灰白的微光。

胡须轻颤，让赤杨心知道有别的猫站到了他身边。他转过头，看到了松鸦羽。

"你以为到了巫医巢穴外，就会感觉好些，感觉更容易些？"这位巫医说道，"但不会。"

"你是什么意思？"赤杨心问道，一双困惑的眼睛睁得大大的。

"我知道，你和绒毛开始互有好感了。"松鸦羽的声音干巴巴的，不带一点儿感情，"我也知道这样的故事通常会有怎样的结局。"

"可是我……"赤杨心开口道。

"我能理解。"松鸦羽打断了他，"你的感情没有错，但按感情行事就错了。伴侣和幼崽不能在巫医的生命中占有一席之地。你

对族群负有的责任,就注定了你要成为所有族猫的父亲,你的注意力必须用在他们身上。叶池是我的母亲,你知道吧?那个故事你听过吗?"

赤杨心点点头,刚想再开口,但松鸦羽抢在他前面开口了。

"叶池当初决定恋爱并生下幼崽,"他继续说道,"后来她不得不谎称他们是松鼠飞的孩子,而松鼠飞也为了深爱的姐姐,带着这个秘密生活。那个决定毁了我和我的同窝手足的部分生活——尤其是毁了我的姐姐的生活,冬青叶为了让这个秘密不被发现而杀死了蜡毛。"

松鸦羽用盲眼凝视着赤杨心,声音异常严肃:"赤杨心,雷族需要你。你是一位优秀的巫医。你为了族群的健康付出了很多努力,你也和星族有真正的联系。而且你还很年轻——你将会照顾随后一代又一代的雷族猫,就像你照顾枝爪一样。如果雷族失去了你,这会成为一道无法愈合的伤口。"

在几个心跳的时间里,赤杨心呆在原地,被这番称赞的话惊得讲不出话来。对我说出这些话的真的是松鸦羽吗?

"没错,我是喜欢绒毛。"赤杨心终于说道,"我确实感觉自己对她动了心。但松鸦羽,你大可放心,我永远不会离开雷族的。我现在已经确信这里就是我的归属。只是……唉,能和一只不是开口要我帮忙的猫聊聊天,那种感觉真的很舒服。我会怀念这种感觉的。"

"真的吗?"松鸦羽听上去又惊讶又欣慰,"你没有想过要和

烈焰焚河

绒毛去两脚兽领地？"

"没有，"赤杨心回答道，"我是在想要怎样和她说再见。"

松鸦羽尴尬地舔了舔肩膀的毛，显然是不知道该如何回应了。"谢谢你，赤杨心。"他笨拙地低了低头，轻声说，"听到你这话我就放心了。"他往后迈开一步，消失在了巢穴里。

赤杨心看着他离开，充满感情地咕噜起来。我知道我属于哪里，他想，是和你在一起啊，你这个暴脾气又难相处的敬业毛球。我属于雷族。

黎明把山谷上方的天空染成了淡淡的玫瑰色，赤杨心在巫医巢穴的入口处徘徊着。在营地的那一边，绒毛和茸球正在和别的猫道别，而阿亚克斯在荆棘通道入口处不耐烦地等待着。

赤杨心心里懦弱的一面让他想一直躲在自己的巢穴里，直到绒毛离去。但他看见她四下张望着，翕张着鼻孔想要捕捉到他的气息。他知道要是自己不现身的话，她一定会很难过。

赤杨心鼓起勇气，从自己的巢穴里走出来，迈步穿过营地。绒毛离开了她周围的猫群，朝他走来。

"我会想念你在营地里的这段日子的。"他说道。

"我也会想你的。"绒毛回答道，她的声音有些微的颤抖，"但我知道我们没办法在一起。我们过着完全不同的生活。我不能留在这里，我也理解你有自己的责任，不能离开你的族群。"

赤杨心点点头："谢谢你的理解。绒毛，我永远不会忘记

你。"

绒毛抻长脖子，两只猫轻轻碰了碰鼻头。"再见了，赤杨心。"她说道。

"嘿，绒毛！"阿亚克斯刺耳的叫声从营地入口的方向传来，"我们要在这里站一整天吗？"

"我得走了。"绒毛哀伤地朝赤杨心眨了眨眼，然后转过身，脚步轻快地跑向另外两只宠物猫。

"再见！"赤杨心在她身后喊道。

绒毛甜美的气息在空气中飘荡了一会儿，然后，她就消失了。

第十九章

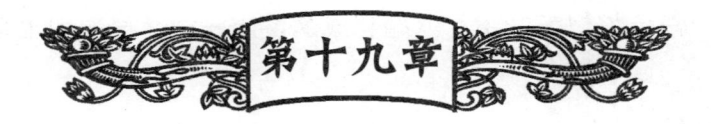

和烁皮一起离开营地踏入森林时，枝爪的心不安地怦怦直跳。

我知道我已经准备好成为一位武士了，她想，要是今天我成不了武士，我可就要受不了了。要是出了什么岔子呢？我早已经厌倦等待了！

她知道在森林里的某处，鳍爪也正在云雀鸣警惕的目光下执行自己的测评，但现在看不到他们的踪影，只有他们不久前出发时留下的一股气味踪迹，正在慢慢淡去。

一开始，烁皮选择了通往废弃巢穴的那条旧两脚兽小道，但她们还没走到巢穴，她就转了个方向钻进灌木丛里，然后停在一丛黑莓灌木边。

"好了，"烁皮说道，"我要你在日高前尽可能多地抓到猎物。你不会看到我，但我会一直盯着你。"

就是现在了！枝爪回答时努力不让自己的声音颤抖："好的，烁皮。"

老师严苛的目光突然柔和了起来。"不用紧张，"她欢快地说道，"你是位优秀的狩猎者，要是你都不能通过测评的话，那刺猬

都会飞了。"她说着转过身，迅速消失在蕨丛间。

枝爪盯着她的背影。自枝爪回到雷族以来，她就一直觉得烁皮不怎么喜欢自己，也不想当她的老师。现在，烁皮的表扬让她很受鼓舞，自信好似秃叶季寒冰融化成的溪流一样，再次朝她奔涌而来。

我能做到！

枝爪张开嘴嗅尝空气，辨识出了田鼠的气息，将它的位置锁定在附近的一丛冬青下。她压低身体，进入狩猎蹲伏状态，然后蹑足向前，直到靠得够近了才一扑而上，在田鼠脖子上迅速一咬，结果了它的生命。

"感谢星族赐予这只猎物。"她小声说道。

这次捕捉轻而易举，让枝爪更自信了。她环顾周围洒满日光的森林，红色和金色的落叶上闪着光。她感觉能量就像雨水填满地上的小坑一般，充满了她的身体。

"我会享受这一切的。"她大声喊道。

将近日高，枝爪在等待老师归来，她对自己的猎获很满意。她抓到了更多的猎物，刨了些土盖在它们上面，等着过会儿把它们带回营地。

这时枝爪看到，自己前方的空地里有个覆盖着冰的树桩，一只乌鸫飞落在上面。她确保自己的尾巴稳稳地放低了，小心翼翼地朝那只鸟潜行过去。

烈焰焚河

在最后一刻，乌鸫振翅起飞。枝爪飞身而起，牢记着烁皮曾展示给她的猎鸟技巧，将目标定在视野中乌鸫的上方。她轻易地截住了鸟儿的去路，叼住它落下地来。

正当枝爪带着那只乌鸫转过身时，听见有什么东西急速奔过灌木丛的唰唰声。她放下猎物，辨认出了兔子的气味，但不只是这个。

还有别的。枝爪深吸一口气，嗅闻着空气，还有鳍爪的气味！

一个心跳过后，一只兔子从一堆蕨丛中冲了出来，飞速跑过空地，奔枝爪而来。鳍爪在后面紧追不放。看到枝爪正在前方，兔子惊恐地尖叫一声，往旁边跑去，但枝爪动作快。她遽地跃起，一掌击在兔子的后腿上，而鳍爪则扑向它的肩膀，一口咬住它的喉咙，结果了它。

"抓得好！"一个声音从枝爪身后传来。

枝爪转过身，看到云雀鸣正从灌木间走出来，烁皮跟在他的后面。

"你们俩狩猎表现都很好。"云雀鸣继续说。

烁皮点点头。"你们俩合力抓住了这只兔子，展现出的团队合作让我们印象尤为深刻。"她说道，"云雀鸣，你看到枝爪怎么抓那只鸟没？我自己来都不一定能做得那么好。"

老师眼里闪着赞许的光芒，都快让枝爪觉得不好意思了。自豪之情从耳朵涌到尾尖，让枝爪全身都暖烘烘的，尤其是想起自己和烁皮当初相处得那么紧张。

烁皮现在对我的印象好多了。我肯定是真的做得很好！

枝爪和族猫们满载着他们两位学徒抓到的猎物回到营地时，百合心和藤池朝他们跳了过来。

"我们在等你们回来呢，"百合心说道，"看来你们猎获不错。"

"我们就知道，你们会做得很好的。"藤池补充道。

枝爪咕噜得很厉害，连叼着的猎物都掉下去了。这两只猫，一只哺育了她，另一只则是她在雷族的第一位老师，能得到她们的表扬对枝爪意义重大。她把自己的幼崽留在营地里，就为了等在这里为我祝贺！

"让我来拿这个吧。"藤池接过她的猎物，带到猎物堆。百合心把尾巴放在枝爪的肩膀上，领着她朝巫医巢穴走去。

赤杨心正等在那里，而当枝爪看到还有两只猫和他在一起后，不敢相信地睁大了双眼。

"鹰翅！紫罗兰光！"她惊呼道，"没想到可以在这里见到你们！"

"是赤杨心安排的。"鹰翅说道。

"嗯，我说服黑莓星让他们过来，"赤杨心补充道，显然对自己的这个安排很满意，"我不希望他们错过你的武士命名仪式。"

"经过这么长时间，你真的就要当上武士了！"紫罗兰光发出咕噜声，将口鼻埋进枝爪的肩膀。

"谢谢你，赤杨心。"枝爪说着，朝他感激地眨了眨眼睛，"这对我意义重大。"

一阵急促的脚步声宣告了鳍爪的到来——他冲向鹰翅，一头撞上他的身体。

"小心点儿，"鹰翅笑着抗议道，"能不能表现出一点儿尊重啊！"

枝爪记得鳍爪曾告诉过她，在鳍爪还是幼崽的时候，他的父亲砂鼻失踪过一段时间，那段时间里，都是鹰翅在帮忙照顾他。能看到他们仍然如此亲密真是太好了。

"你能在这里见证我成为一位武士，我真是太高兴了！"鳍爪大声说道，"简直和我自己的至亲们来了一样。他们都还好吧？"他又问了一句，声音里突然多了些许紧张。

"他们都很好。"鹰翅安慰道。

"他们不介意我加入雷族吗？"

"哦，他们挺介意的。"鹰翅回答道，"他们不想失去你，也觉得你应该待在天族。但我想再过段日子，他们就会释怀了。在森林大会上你总能和他们说上话的。"

"谢谢你，鹰翅！"鳍爪热情地说道。

"都是我的错。"枝爪喃喃地说，一想到是因为自己，鳍爪才离开了至亲和族群，罪恶感就让她皮毛刺痛。

"不，才不是呢，你这傻乎乎的毛球。"鳍爪低声回答她，"反正我更愿意和你待在这里。"

猫武士

幸福填满了枝爪心间。在过去的这几个月里，我经历了那么多的挑战，但我是何其幸运，才能在我的生命中遇到鳍爪，与他相伴。

"到这里来，"百合心又走上来对她说，"我想你是把半个森林都缠到皮毛上了吧。"

"没错，你可不能这副样子被命名为武士。"紫罗兰光也表示赞同，从枝爪的皮毛上捋下来一片枯叶。

枝爪低头躲开了。"爪子拿开啦！"她抗议道，"我又不是幼崽！"她抖了抖皮毛，然后迅速舔了几下胸前的毛，"好了。开心了吧？"

"我觉得你看上去很不错。"鹰翅咕噜着说。

"所有能独自狩猎的猫到高石台下参加族群会议！"

喊声吓了枝爪一跳。她刚才一直在和至亲们说话，都没发现族猫们已经开始聚到周围了。她抬起头，看到黑莓星离开了高石台，从落石堆上跳下来，进入空地。烁皮和云雀鸣紧跟在他身后。

"我听说自己要任命两位新武士了。"黑莓星说道。

他迈步上前，在围成一圈的众猫中间站定了位置，然后用尾巴示意枝爪到他身边来。

枝爪走到族长身边，她觉得脚掌都兴奋得刺痛。她发觉自己难以呼吸。武士命名仪式上要说的那些话，她听过很多次，而今这些话终于是要为她而说了。

"我，雷族族长黑莓星，请求武士祖灵们俯视这位学徒。她已

经接受了刻苦训练，理解了你们崇高的武士守则。我将她作为武士引荐给你们。"

黑莓星琥珀色的目光落在枝爪身上。枝爪抬起头，眼睛一眨不眨地看着他。

"枝爪，"族长继续说道，"你是否愿意发誓，捍卫武士守则，守护并保卫这个族群，哪怕付出生命也在所不惜？"

枝爪全心全意地回答道："我发誓。"

"那么我以星族的力量，"黑莓星大声宣布，"赐予你武士名号。枝爪，从此刻起，你将会被称作桠枝。你活力十足，为自己的归属仔细考量，星族以此为荣。你已经一次又一次地证明了自己的心属于雷族，但你对所有族群和族群协作的关切之心也令我感动。拥有如此广阔的视野，能让你成为一位更强大的武士。"

"我授予你桠枝的名号，以纪念你以幼弱之身来到我们的族群，而今却已成长为一位强大的武士，犹如嫩枝长成枝干。我们欢迎你成为雷族武士。"

黑莓星将口鼻贴在她的头顶，桠枝高兴得浑身颤抖。她满怀敬意地舔了舔黑莓星的肩膀，然后退下，重新站到至亲和鳍爪身边。

"桠枝！桠枝！"

族猫们呼喊着她的名字，桠枝看着周围迎接他们闪闪发光的眼睛和舞动着的尾巴，心里知道，自己终于属于这里了。

她看着鳍爪进行武士命名仪式，在黑莓星赞扬他的勇气和对新族群的奉献时连连点头表示赞同，并高兴地加入群猫，一起呼喊他

的武士名号鳍跃。

喧闹继续，这时，亮心的厉声尖叫刺破了营地上空。亮心正站在荆棘通道入口处守卫着。

"黑莓星！"

每只猫都转过身去看向营地入口。桠枝认出了草心和击石，警惕立刻涌上了她的心头。那两只猫闯进营地，正朝聚在一起的雷族武士们跑过来。他们眼神狂乱，毛发也支棱着。

亮心在他们身后追着。"我拦不住他们！"她喘着粗气说道。

黑莓星一跃来到猫群前方，伸出利爪，肩头的毛也竖了起来。"这是什么意思？"他尾巴猛地一挥，喝问道，"你们来这里干什么？"

草心和击石打着滑停在了黑莓星面前。"对不起，黑莓星，"草心喘着粗气说，"我们不是来袭击你们的。但那些失踪的影族猫们回来了——虎心也和他们在一起。我们需要鹰翅。"

震惊的尖声呼叫从周围聚集的雷族猫群中响起。

"虎心！"

"他去哪里了？"

"鸽翅和他在一起吗？"藤池从猫群里挤出来看着两位闯入者，焦急的神色在她深蓝色的眼睛中闪动。

闯入者们似乎并没有听到周围渐渐靠近的众猫提出的问题。

"鹰翅，你必须马上来，"击石催促道，"虎心死了！"

第二十章

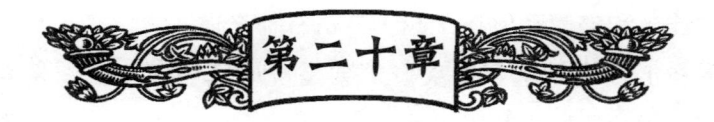

紫罗兰光跟在两位影族武士和父亲身后挤出荆棘通道，赤杨心走在最后——击石带来虎心死了的可怕消息后，在黑莓星的同意下，赤杨心坚持要和他们一起来，看看自己能否帮上忙。

我简直不敢相信虎心死了。紫罗兰光想，尤其是花楸掌也才刚死没多久。虎心的身体一直都很强壮，充满活力。她还是幼崽时，经常想念姐姐，在新的族群里茫然无措，虎心也对她很友善。

紫罗兰光知道，鹰翅和赤杨心不会和她有同样的感受，他们和虎心并不那么熟悉，但她能在影族猫们的脸上看到和自己完全一样的惊骇与惶恐。

"我不知道，这对预言来说意味着什么，"赤杨心追上紫罗兰光，在她身边往前跳着说道，"虎心就是那不得被驱散的阴影吗？但现在他死了，那……"

他困惑地摇了摇头，声音也弱了下去。

紫罗兰光也一样迷惘，她甚至都没有注意到他们是往哪个方向走的，直到过了一会儿后，赤杨心突然停住了。

"等等！"他叫道，"这不是往天族营地去的路。我们为什么

朝着风族的方向走？"

"不是往风族那边走，"草心告诉他，"我们要去月亮池。和虎心一起来的那些猫坚持要把他的尸体带到那里去。"

"洼光和斑愿和他在一起。"击石补充道。

赤杨心哀伤地摇了摇头。"要是虎心真的死了，"他轻声说道，"我觉得星族也帮不上他。"

等紫罗兰光和其他猫来到通往月亮池的最后一道陡坡时，紫罗兰光的四肢和脚掌都已经发疼了。太阳已经开始落山，将殷红的光芒照射到层层岩石上。

看到斜坡底部正在等候的猫群时，紫罗兰光震惊得张大了嘴。她看到的第一只猫是鸽翅。鸽翅正伸着爪子，焦躁不安地抓挠着脚下的石头，三只幼崽挤在她身边。

"鸽翅！"赤杨心惊呼着朝她跑去，"你在这里——你安然无恙！啊，感谢星族！"

鸽翅朝前短暂地倾了倾身，与这位雷族巫医碰鼻。"这不是我希望的那种回家方式，"她回答道，"但是为了我们的孩子，我必须坚强起来。"

"你和虎心的？"赤杨心悄声说着，低头看向那三只小猫，"这只深棕色虎斑猫看起来和他一模一样。"

"那是小光，"鸽翅对他说道，"灰色公猫是小影，灰色母猫是小扑。"

赤杨心称赞幼崽们时，紫罗兰光则盯着和鸽翅站在一起的其他

烈焰焚河

猫。其中四位曾是影族的武士。

"莓心、雀尾、苜蓿足和石板毛！"她倒吸一口凉气，几乎不敢相信自己的眼睛，"我们都以为你们死了！"

三只更小的幼崽簇拥着莓心。他们身后是三只紫罗兰光之前从没见过的猫——两只成年猫和一只学徒年纪的年轻猫。

"你们都是从哪里来的？"紫罗兰光问道。

回答的是鸽翅。"我一直和虎心还有孩子们住在一个很大的两脚兽领地。我们就是在那里遇到了蚂蚁、肉桂和炽焰。"她朝三只陌生猫弹了弹尾巴，"但最后，我们还是觉得自己得回来。回来的路上我们碰到了莓心和其他的猫。"

等鸽翅不说话了，紫罗兰光这才发觉，在这些猫中间弥漫着一种紧张的情绪，他们一脸的恐惧和期待，屏息凝神地等待着。他们在等什么？在期待什么？虎心都死了啊！

岩石投下的阴影里传来的动静让紫罗兰光一惊，她才发现这里还站着更多的猫，同样焦急地守着。其他的影族猫也在这里，叶星和斑愿也在。紫罗兰光朝前走了一步，朝族长低了低头。

叶星颔首回应。"紫罗兰光，鹰翅。这一切太奇怪了……这些猫是期望发生什么吗？"

没有猫回答她。

叶星身后站着褐皮，她低着头，盯着自己的脚掌。她似乎已经悲痛得麻木了。

我真为她感到难过，紫罗兰光心想，曙皮，花楸掌，现在又是

虎心。褐皮真的很坚强——但任何一只猫怎么能承受失去这么多所爱呢？

紫罗兰光也想知道，虎心的死对残存的影族猫们会有怎样的影响。

她试图甩开这些忧虑和过于强烈的怪异感，于是朝刚归来的影族武士们走去。

"能再见到你们真好，"她对莓心说道，"我们都以为你们死了。"

"能见到你我也很高兴，紫罗兰爪。"莓心回答道，"孩子们，来和紫罗兰爪打招呼。"

"你们好呀，小家伙们。"紫罗兰光和每只幼崽都碰了碰鼻子，"但我的名字是紫罗兰光了。我现在是一位武士。"

"真是好消息。"莓心咕噜起来，"他们是小凹，小塔尖和小日。或许他们里头有一个以后会当上你的学徒。"

"是我！"小日尖声叫着上蹦下跳。

"不，是我！"

"我！"

幼崽们滑稽的举动让紫罗兰光感觉心里的疼痛感稍稍缓解一些，但她很清楚，如果莓心得知她的幼崽们将会在天族长大肯定会非常难受——她肯定不愿接受影族已经逝去的事实。"那得由族长来决定。"她说道，"你们后来发生了什么事？"她又对莓心说，"这段时间，你们都去哪里了？"

烈焰焚河
LIEYANFENHE

"当时暗尾接管影族的手段把我们吓坏了，"莓心解释道，"我们逃了出去，在一座坍塌的两脚兽巢穴里给自己找了个安身的地方。后来我们遇到了正在往家走的虎心和鸽翅，他们告诉我们暗尾已经死了，现在回家安全了。"这时，她的表情变暗了，"我们正往影族走，小凹被一只猫头鹰袭击了。"她将尾巴放在那只幼崽的肩膀上，紫罗兰光这才注意到小凹的身上少了几簇毛，一侧肩膀上还有一道正在愈合的抓伤。"虎心救了小凹，"莓心继续说道，"但那只猫头鹰把他伤得很重，虎心没能恢复。要是我们能及时赶回来，让他得到巫医的救治，他就不会死了……"

"但他没死！"一个尖锐而果断的声音吓了紫罗兰光一跳。她朝声音来处转过去，看到的是鸽翅和虎心生下的那只小灰猫小影。"我知道他没死！"

紫罗兰光看着那只瞪大眼睛望着她们的幼崽，心头升起一阵悲痛。他年纪太小了，还不懂什么是死亡。她心想。

"我做了个梦，"小影继续说着，"我在和我父亲玩，就在一个离这里不远的地方，而且我知道这是个真实的梦。"

紫罗兰光用尾巴轻抚着幼崽的身子，看到了他身上那些和他父亲一样的深色斑纹。"你为什么会这样觉得呢，小家伙？"她问道。

"我就是知道。我们当时在一个大山谷里，山谷顶上有大石头和矮树丛，周围全是松树。它们的枝条垂得很低。在山谷的底部有一丛一丛的蕨叶和黑莓灌木，我住在里面，和鸽翅还有小扑还有小

光一起。我们都和虎心玩苔藓球。"

紫罗兰光和莓心交换了一个迷惑的眼神:"听起来像是影族营地。"

"但他从来没有到过那里啊!"莓心有些疑惑。

一阵战栗传遍紫罗兰光的身体,就像有冰水拍到她身上一样。"他的父亲或母亲肯定和他提起过,"她对莓心低声说,但与此同时,小影的话仍然在她心中唤醒了一簇小小的希望之火。

如果这是个预兆呢?

时间慢慢过去,直到最后几缕日色也消失在远远的影族领地那边。众猫挤在渐浓的暮色里,紫罗兰光觉得自己心头的那一簇希望的火苗越来越弱。第一批星族武士已经出现在天空,苍白的月亮也从山顶升起。

"无论如何,"过了一会儿,苜蓿足低语道,"只要能回到影族营地就好。不管发生了什么,那里都是我们的家。"

"但影族猫已经不住在那里了。"紫罗兰光阴郁地对她说,"剩下的影族猫太少了,也没有族长领导,他们就加入了天族,住在他们的新营地里。"

归来的影族猫们盯着她,眼睛里满是震惊,他们贴平耳朵,肩膀上的毛也渐渐竖立起来。

"你这话是什么意思?"雀尾质问道,"没有族长领导?花楸星呢?"

烈焰焚河

紫罗兰光吞咽了一下，真希望不是由自己来说出这个可怕的消息。"花楸星死了，"她回答，"但他死前就已经……将自己的九条命交还给了星族。他认为自己让暗尾毁灭了他的族群，因此不配当族长。"

影族猫们顿时呆住，相互看着。紫罗兰光看得出，他们并不愿意相信自己道出的消息。

"我不知道……族长会做出这样的事。"莓心恼怒地说道。

"没有猫知道，直到它发生。"紫罗兰光说道，"而从那以后，星族就没有送来过征兆，显示谁应当替代花楸掌出任影族族长。"

"所以我们的族猫就都加入了天族？"苜蓿足的眼里盛满了恳求，仿若期待有谁来告诉她这一切都不是真的。

紫罗兰光点点头。

"都去吃狐狸屎吧！"石板毛大声叫道，"我才不想当天族猫！我以前属于影族，我也会永远属于影族。"

他刺耳的声音引起了几只狐狸身长外的叶星和鹰翅的注意。紫罗兰光看到他们都恼火地看着他。

但两只猫都没说话。这时，有爪子落地的声音从斜坡上传来，还伴随着猫挤过月亮池山谷周围灌木发出的窸窣声响，叶星站起了身。

洼光进入空地，于是叶星又坐了回去。洼光的两眼圆瞪，毛因震恐而竖起，呼吸急促。

猫武士

他终于放弃了虎心。紫罗兰光绝望地想，悲伤的低语声也从周围的猫群中响起。

但接着又传来一阵窸窣声。洼光站到一旁，另一只猫步入了空地。在银色月光下，他棕色的虎斑毛微光闪烁，肌肉在他的皮毛下起伏着，眼睛闪闪发亮。

在一个心跳的时间里，紫罗兰光并没有认出他来——她从没想过自己还能再见到他。

这不可能……没错，这只猫正是虎心！

一时间，虎心没有动。接着，他突然跃出，跳下岩石落在影族猫群之中。

惊讶的喊叫声爆发开来，虎心的族猫们向他簇拥过去，急切地向他发问。鸽翅从猫群中挤过去站到他身旁。

"你活过来了！"她喘着气说道。

紫罗兰光退到猫群边上，和父亲以及其他天族猫站在一起，以免打扰虎心和他的家庭与族猫们重聚。她困惑地盯着这只强壮、健康的猫，只听到了他们谈话的只言片语。"可能……可能他根本就没有死。"她结结巴巴地对莓心说。

"哦，不，他确实死了。"莓心回答道，"我知道死猫是什么样子。"

紫罗兰光不得不相信她。即便真的是洼光把虎心给复活了，虎心也应该是有伤的，身体很弱，而不是现在这副精力充沛，好似马上就要跳下山丘绕着大湖跑上一圈的样子。

烈焰焚河

影族猫们最初的欣喜慢慢平息了下去，紫罗兰光看到了他们眼中的不安，好似他们也在向自己提出同样的问题。接着，虎心站得更直了些，他用目光扫视着他的族群。

"我曾离开了你们，"他沉稳地说道，"但现在我已归来。我带回了能让我们的族群再度强盛起来的猫。像我接纳你们一样接纳他们，如我忠诚于你们一样忠诚于他们。我已经做好了领导你们的准备。"

领导你们？紫罗兰光简直不敢相信自己的耳朵。

一时间，影族猫群陷入了死寂。接着，杜松掌的声音冲破天空，直达星际："虎星！"

"虎星！虎星！"其余的影族猫也加入进来，他们的声音在山岩间回荡。

呼喊声渐渐平息，褐皮从猫群中挤过，来到儿子身旁，身子靠向他。她咕噜得那么厉害，好似就要炸开了一样。"虎星，告诉我们发生了什么事。"她最后恳求道。

出声作答的是洼光："星族把他带了回来，赐予他九条生命。他是影族的新族长！"

"是的。那实在是……很震撼。"虎星的话音里满是惊叹，"我发现自己在一片草坡上，阳光照耀着，溪流绕着山坡脚下流过。我觉得自己是在星族——而我确实是在那里，只是我没想到后面发生的事。"

"继续说……"一些猫屏住了呼吸。

"我被带到了另一个地方。"虎星讲述起来,"那里的夜空下布满了岩石。花楸掌和曙皮出现了,还有……啊,还有很多猫。他们的皮毛璀璨夺目,让我几乎不敢直视。花楸掌告诉我,我会被送回来,成为我族的族长。然后他们就给了我九条命。"

紫罗兰光站在叶星和斑愿旁边,她觉得天族巫医看起来很不安,而叶星开口朝影族众猫讲话时,则眯缝着双眼。

"我不愿违逆星族的意愿,"她大声说,"但我受够了影族猫们把天族营地当成什么临时巢穴一样的做派。河族已经回家了,所以你们以前的营地正等着你们呢。从现在起,你们最好离天族营地远远的。你们在那里不受欢迎——我们也会严密巡逻边界的。"

虎星朝天族族长冷冷地点头致意。"你说得对,叶星。"他说道,"影族是时候回家了——回到影族的营地。"

他用尾巴召唤了一下,然后沿着陡峭的荒原往下走去,他的族猫跟在他的身后。褐皮经过紫罗兰光身边时,停住了。

"你要跟我们回影族吗?"她问道,"你能来的话,虎星一定会很高兴的。"

"不,我现在属于天族了。"紫罗兰光瞥了一眼父亲,回答道,"我想和鹰翅待在一起。但还是谢谢你。"

她伤感地看着影族猫们离开。虎星在她还是幼崽时对她很好,她也很钦佩褐皮的坚强,还有她经历了种种痛苦后仍然对族群一如既往的忠诚。在过去的很长时间里,影族猫一直是紫罗兰光的族猫。紫罗兰光第一次觉得自己有些理解桠枝的感受了,那是一种夹

烈焰焚河

在两个族群间进退两难的撕裂感。

想着从今以后影族会变成什么样子，紫罗兰光的肚子里就有什么东西在不安地搅动。虎星是只好猫，但是过去发生了那么多可怕的事情……

紫罗兰光看到鸽翅也在离开的行列里，她挥动着尾巴，带领她的幼崽们走下斜坡。

"嘿，鸽翅！"赤杨心朝她喊道，语气惊讶，"你不回雷族吗？"

鸽翅停下脚步，回头看向他，接着摇了摇头。她眼神哀伤，但语气却十分坚定："不，我现在的归属是虎星。我已经选择了我雷族之外的伴侣和孩子们。对不起。"

赤杨心震惊地眨动着眼睛，紫罗兰光看到他伸出爪子抓挠着脚下的岩石。"但我们都以为你死了，"他抗议道，"藤池想见你。她现在也有幼崽了。"

鸽翅迟疑了一下，眼里显然有犹豫。接着，她扔下幼崽，独自跳下斜坡追上虎星。他们一起交谈了一会儿，然后鸽翅又跃上斜坡，朝赤杨心走来。

"我会先去雷族拜访，然后再到影族去。"她有些犹豫地说，"要是你觉得他们愿意见我的话。我也一直非常想念你们。来吧，孩子们。"

她和赤杨心并肩朝坡下走去，一起帮着幼崽越过不好走的地方。

"喂，紫罗兰光？"叶星走过来站到她身边，语气里带着一些怀疑，"你确定要跟我们回去？你可不能像枝爪，或者这些影族猫一样，想来就来想走就走。你要么永远当一位天族武士，要么现在就得走。"

紫罗兰光骄傲地站直了身子。"对此我没有丝毫犹疑，叶星。"她回答，"我是只天族猫。"

第二十一章

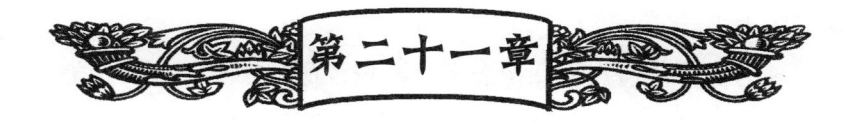

黎明的凉风吹过森林，星族的武士们眨着眼一个接一个从天空中消失了，赤杨心和鸽翅以及她的幼崽们抵达了雷族营地。赤杨心实在太累了，都快没有抬起脚掌迈步的力气了，但脑海里仍然思虑纷繁。

我简直不敢相信虎星被起死回生了，他想，这肯定意味着他与众不同。

一想到如今又有五个族群了，宽慰就像凉风一样拂过赤杨心全身。我确信我们当时已经处在灾难边缘了，但现在——感谢星族——我又开始觉得一切都会好起来……

在从月亮池回来的路上，鸽翅问赤杨心自己离开雷族后都发生过什么事。当赤杨心讲起藤池和炭心的幼崽时，她一脸的渴望，听到荆棘光的死讯时，她也面露哀戚。

"她是只非常了不起的猫，"鸽翅说道，"有时候我觉得整个族群的猫加起来都不及她有勇气。我永远也不会忘记她。我真希望自己当时能够在场，和她好好道别。"

他们谈话的时候，三只幼崽一直在母亲脚边蹦跳撒欢儿，想知

道关于族群生活和他们的至亲的所有事情。

"我们会被任命为武士吗？"小扑问道。

"现在还不行。"鸽翅对他们说，"你们得先当学徒，但你们现在还太小。"

这话在三只幼崽中间激起了一阵抗议的哼唧声，但很快他们就又开始相互追逐起来，伸着小小的爪子，竖起柔软的毛。

"我是武士！滚出我们的领地！"

"不，你滚开，你这只癞皮猫！"

"真不知道他们的精力是从哪儿来的。"鸽翅叹了口气。

现在，雷族营地入口出现在眼前，鸽翅停下脚步，面向赤杨心。哪怕是在残月微弱的月光里，赤杨心也能看出鸽翅有多么紧张不安。

"你觉得雷族会原谅我吗？"她问道，"我之前跑掉了，现在又要离开去加入另一个族群。他们怎么可能不把这看作背叛呢？"

赤杨心觉得鸽翅说得或许是对的，心头也闪过一丝不安，但他仍然试图安慰她。"每只猫都很担心你，"他说道，"他们看到你会感到安心的，也就不会怪你了。"

鸽翅似乎并不完全相信他的话，但她没再说什么，只是让赤杨心在前面带路，穿过荆棘通道，进入营地。

石头山谷内，雷族猫还没开始一天的活动，赤杨心一开始还以为所有猫都在巢穴里。这时，两个身影在他身旁出现了，是桠枝和鳍跃，他们正在进行武士命名仪式后的守夜。

烈焰焚河

起初，桠枝只在赤杨心走进营地时对他低了低头，但当看到跟在他身后的鸽翅和她的幼崽们时，她发出一声惊喜的尖叫，完全忘记了自己守夜时要保持静默的规矩。

"鸽翅！"

她的叫声在营地里回荡。紧跟着先是一阵静默，接着就有猫冲出武士巢穴，跑过空地，将鸽翅和幼崽们围了起来。灰条和米莉从他们在榛树丛下的巢穴里跳了过来，而松鸦羽和叶池则眨着眼出现在巫医巢穴的入口处。

看来叶池也从河族回来了。赤杨心想，再次看到她，赤杨心很高兴。

跑得最快的是藤池。她从育婴室里飞奔出来，打着滑在姐姐身边刹住脚步，紧靠着她，用力吸入她的气味。有那么一会儿，她完全说不出话来——她咕噜得太厉害了。

"你到哪儿去了？"鸽翅的父亲桦落从猫群中挤出一条路来，她的母亲白翅紧跟在他身后，"我们都以为你死了。"

"能再看到你真是太好了！"白翅叫道。

一开始，鸽翅似乎有些不知所措，试图立刻回答每一个问题。这时，藤池的幼崽们扭来扭去地从猫群里挤过来，好奇无比地嗅闻着新来的猫。

"这是你的孩子吗，藤池？"鸽翅问道，"多可爱的幼崽啊！"

"对，他们是我和香薇歌的孩子。"藤池骄傲地回答道，"这

个是小鬃,这个是小海石竹,这个是小翻。"

"他们好小啊,"小光边说,边小心翼翼地走上前去和小鬃触碰鼻头,"不像我们!"

"他们只有几天大,"藤池解释说,"他们的眼睛是今早才睁开的。"

"他们真漂亮!"鸽翅介绍了她自己的幼崽,并对他们解释道,"这些幼崽是你们的至亲。他们的母亲是我的妹妹藤池——你们还记得我给你们讲过她吧。"

两窝幼崽都用睁得大大的双眼打量着对方。"有至亲真是太好了!"小扑快活地咕噜着。

曾和鸽翅短暂地当过伴侣的黄蜂条走上前来,僵硬地朝她低了低头。"很高兴你没事。"他对她说。

赤杨心能看出他这话发自内心,但与此同时,他也在黄蜂条的声音里听出了受伤的情绪。知道她选择和一只来自另一个族群的猫在一起,黄蜂条心里肯定不是滋味。

"还有其他消息呢!"赤杨心说道,"虎星活过来了。"

这条消息在族猫中间几乎没有激起丝毫波澜——他们的注意力都放在鸽翅出乎意料的归来上了。

"对,他们是虎星的孩子,"鸽翅补充道,"他现在是我的伴侣。我当时必须离开,因为我担心自己怀着父亲来自影族的幼崽,在这里不会受到欢迎。"

场面一时之间尴尬地安静下来,雷族众猫彼此交换着犹疑的眼

神。赤杨心暗想,现在就抛出鸽翅幼崽的父亲是虎星这个重磅消息,未免会让他们一时难以承受。

"好吧,两族之间有很多事情都发生了改变。"最后松鼠飞说道,"总之,鸽翅,你回来了我们都很开心。"

"我离开还有另一个原因,"鸽翅继续说道,"我当时一直在做噩梦,梦见我们的育婴室被摧毁,我的孩子也死了。"

周围的猫群里发出同情的低语声。

"你当时要是告诉我就好了,"黛西轻声说着,用尾巴尖轻抚鸽翅的肩膀,"我就可以告诉你,所有母猫在怀着幼崽时都会做些怪梦。"

鸽翅动了动尾巴,看起来有些生气:"我做了我认为最恰当的事。"

赤杨心不太相信那些梦只是怀孕猫后的怪梦。他记得育婴室在之前的风暴里的确被毁坏了,不过当时炭心和梅花落的幼崽都被安全转移到了长老们的巢穴。但要是鸽翅留了下来,谁又知道会有什么事情发生到她的幼崽头上呢?"等一下,"之前一直在若有所思地静静听着对话的黑莓星,这时往前踏了一步,"我是不是听到你说虎星了?在月亮池到底发生了什么事?"

赤杨心主动解释起星族把虎星送回来,让他成为重新恢复的影族族长的事情。黑莓星不住地向他提出问题,他眼神凝重,尾巴尖前后摇晃。赤杨心看得出来,有件事深深困扰着他。

"我不喜欢这样。"赤杨心说完以后,黑莓星说道,"又是一

位虎星来领导影族，总感觉不太吉利。"

赤杨心突然想起了曾经的另一位虎星，不由心头一震。那只声名狼藉的猫为了执掌整片森林，几乎让四大族群消亡。

那位虎星是黑莓星的父亲，而这位新的虎星也是他的至亲。怪不得黑莓星有此疑虑了！

"没错，那些日子我记得很清楚。"灰条打了个寒战，也插话道，"没有猫会想要再经历那个时代。现在影族会变成什么样子呢？"

"其实你们没必要担心。"鸽翅恼火地抖了抖胡须，"虎星仍然是你们一直以来熟知的既讲理又好心肠的猫。星族选中了他，让他重生而来复兴影族。他注定有着伟大的使命。"

谈起伴侣，鸽翅的眼睛都在发亮，赤杨心能理解她想要让曾经的族猫们安心的迫切心情。但他也看得出，鸽翅也发现自己刚回来时的那种欢乐气氛已经消失了。

"好了，孩子们，"鸽翅挥动尾巴把幼崽们聚到自己身边，"我们该走了。我们得回影族，到你们的父亲那里去。"

在一个心跳之间，冰冻一般的死寂笼罩在雷族众猫头上。赤杨心意识到族猫们都以为鸽翅这次回来就不走了，他的肚子顿时一紧。

"你要去影族？"烁皮惊叫道，"你这个叛徒！"

藤池什么都没说，只是转过身去，召唤自己的幼崽远离鸽翅。

"我会回来看你们的。"鸽翅的声音里充满了恳求，"我不得

烈焰焚河

不这样选择。我不能在我的族群和我爱的猫之间左右为难。"

一股强烈的愤慨从簇拥在周围的猫群中升起,而鸽翅的话没能让这种激愤平息分毫。连白翅和桦落注视着她时,也显得极为失望。

最后黑莓星走了上来。"你带着幼崽,需要保护,"他说道,"我会派出一支巡逻队和你一起走到影族边界。"

"我们去。"桦落主动请愿,并往前迈了一步来到女儿身边。

黑莓星点点头。"好的。香薇歌,你也可以去。看到鸽翅安然无恙地踏上影族领地以后,你们还可以沿着边界进行黎明巡逻。"他又转向鸽翅补充道,"我们期待着在下一次森林大会上见到你。但既然你已经不是这个族群的一员了,那你就不能再随意来往雷族营地了。"

起初鸽翅神色有些吃惊,好像她还没完全意识到自己的选择意味着什么。接着她低下头,表示接受。她最后瞥了一眼仍旧拒绝看她的藤池,将自己的幼崽们聚到一起,在桦落、白翅和香薇歌的护送下,朝营地外走去。

天越来越亮,松鼠飞也开始组织其余的巡逻队,有的猫则走向猎物堆,挑选剩余的猎物。

赤杨心觉得好累,脚掌好像变成了石头。他拖着沉重的步伐回到巫医巢穴,咕哝着朝叶池和松鸦羽打过招呼后,就瘫倒在自己的窝里。

虎星重生带给他的惊讶已经消退成了悲哀。我还以为现在一切

猫武士

都会好起来。我们听从了星族的警告，流离的影族猫们也找到了回家的路。

但事情并没有按照这样的趋势发展。风暴过后，大家并未感到轻松，族群间以及雷族内部，气氛依旧十分紧张。

求求你们了，星族，为我指引前路吧。他陷入沉睡时，这样祈祷着。

透过黑莓屏风的阳光唤醒了赤杨心，他意识到早晨已经过去很久了。叶池和松鸦羽都不在巢穴里。赤杨心从窝里站起来，抖掉皮毛上粘着的碎屑，迅速地整理了一下自己。然后，他钻出黑莓屏风，进入空地。

山谷上方的天空是一片澄澈的蔚蓝，没有一片云。空气里有霜冻的味道，但太阳仍旧闪耀着。赤杨心前一天晚上的担忧似乎已经远去，变得不那么急迫了。现在他感觉精神焕发。

也许这美好的天气是来自星族的预兆，预示着现在五族并存的局面重现，一切都会好起来。

他漫无目的地在营地里走着，享受阳光洒在皮毛上的感觉。他来到学徒巢穴，绒毛回家前曾在这里短暂地住过一段时间。在巢穴外蕨丛投下阴影的地面上，他看到了一个东西。一开始，他以为是死老鼠，但等他用一只脚掌把那东西钩出来后，才发现那是绒毛从两脚兽领地带来的那块皮毛。

这是她最喜欢的玩具。他想，她是故意留下的，还是离开时忘记带了呢？

烈焰焚河

在靠前一点儿的地方，藤池正在育婴室外问香薇歌，在护送鸽翅到影族边界的一路上，鸽翅都说了什么。

"她有没有留下什么话给我？她有没有说起离开雷族的事情？"

香薇歌不自在地挪动着脚掌，显然是无法应付伴侣不住的提问。

营地另一边的落石堆下，黑莓星和松鼠飞把头凑在一起，紧张而忧虑地讨论着什么事。

赤杨心突然不想理会族群里紧张的气氛了，他想保持自己刚醒来时那种充满希望的感觉。他捡起那块皮毛走出营地，希望雷族能给他足够的时间散步。

肯定不会有什么坏处的，只是把绒毛的玩具还给她而已……并再去见她一次……

那处两脚兽领地在雷族边界外的位置，赤杨心知道大概的方向。没过多久，他就辨认出了昨晚返回的那几只猫留下的气味踪迹。

但等他到达两脚兽领地时，发现这里比他预想的大得多，也更为吵闹。他沿着两排两脚兽巢穴间一条狭窄的雷鬼路蹑足前行时，连毛都竖起来了，心也在胸腔里猛烈地怦怦直跳。附近什么地方传来两脚兽幼崽的喊叫和笨重的脚步声，还有一条狗在更远的地方吠叫的声音。

有的两脚兽巢穴前睡着怪物。赤杨心害怕吵醒它们，于是悄悄

地溜过去，尽力待在它们的视线之外，远离它们圆滚滚的黑色脚掌。他不知道在哪里可以找到绒毛，当他嗅尝空气，想要辨认出她的气味时，却被许多怪异的气味干扰着，怎么也分辨不出来。

也许我该回去了。赤杨心有些犹豫，站在另一条雷鬼路和他之前走的那条的交叉点想。

这时赤杨心听到了一个声音："和野猫们一起生活真是太酷了！我成了一位了不起的狩猎者。我还认识了所有的草药！"

茸球！

顺着声音的方向，赤杨心跳上一道环绕着一个两脚兽巢穴的栅栏。栅栏的另一边，又短又光滑的草地一直从栅栏处直延伸到巢穴前，巢穴边缘的灌木丛上开满了艳丽的陌生花朵。

茸球站在草地中间。他正和另一只猫讲话，那是一只白色公猫。赤杨心认出了他，惊讶地瞪大了眼睛。

那只猫是涟尾，失踪的影族猫之一！

"涟尾！"赤杨心喊出声来，从栅栏上跳进花园。

涟尾一下子转过身来，目瞪口呆地看着赤杨心。接着他飞奔过草地，从两脚兽巢穴门下方的一个小缝里挤了进去，随着那条白色尾巴一甩，他消失了。

"嘿，涟尾！"赤杨心放下绒毛的玩具，在他身后大喊道，"是我！雷族的赤杨心！"

涟尾没再出现。

茸球朝赤杨心跑了过来，与他触碰着鼻头。"嘿，赤杨心！"

烈焰焚河
LIEYANFENHE

他说道，"见到你真好。你刚才叫那只猫什么？"

"涟尾。"赤杨心回答道，"他是位影族的武士。"

茸球看起来有些迷惑。"不，我想你肯定是弄错了。那只猫的名字是巴斯特。我把和族群一起生活的所有故事都讲给他听了。"他又说道，"他要是知道的话，肯定会说的。"

"他在这里很久了吗？"赤杨心问。他很确定，自己没有认错。

"有一阵子了。"茸球耸耸肩，"他和自己的两脚兽在一起似乎挺开心的。"

赤杨心不知道怎么办了。既然涟尾很开心，或许我不该去烦扰他。

"茸球，你下次见到他时，能帮我带句话吗？"最后，他这样说道。

"没问题。什么话？"

"告诉巴斯特，影族已经又合为一体了。"赤杨心慢慢地说着，想着要怎么说最好，"暗尾已经死了，泼皮猫们也离开了，涟尾的同窝手足苜蓿足和莓心都已经回来了。你能全记下来吗，茸球？"

这一次，小公猫显得有些不确定："我试试。嗯……'告诉巴斯特影族又喝了一地……'"

赤杨心强忍着才没发出叹息："跟着我说。"

重复了好几次，茸球才把话说明白，赤杨心觉得他这下总该记

得了。

"好的，我会告诉他的。"最后，茸球承诺道，"但即使他是你以为的那只猫，我也觉得他不想离开。"

赤杨心觉得他说得对，涟尾逃走的样子已经把他的想法表露无遗了。"嗯，这取决于他了。"他说道，"现在，你能告诉我绒毛住在哪里吗？"

茸球的眼睛一下子亮了起来："见到你她会开心死的！她很想你。"

赤杨心捡回绒毛的皮毛碎片，跟着茸球从两脚兽栅栏间的一个缝隙钻出，沿着另一条狭窄的雷鬼路往下走去，最后站到了第二座两脚兽巢穴外。这座巢穴的墙是红色的，方形的石头围出一个更大的花园，一条小路穿过一丛丛鲜艳的花朵。

"这是绒毛的巢穴。"茸球对赤杨心说，"我最好回去了。要是我离开得太久，我家主人的幼崽有时会哭起来。"他朝赤杨心摆了摆尾巴，沿着雷鬼路走开了。在转角处，他停了下来，回过头喊道："替我向松鸦羽问好。常来看我呀！"

赤杨心跃上墙顶，仔细查看这座巢穴。他几乎立刻就看到了绒毛，巢穴墙上的开口被坚硬透明的东西堵住了，绒毛正透过那东西往外望。

"绒毛！"他高声喊道。

绒毛抬起头看过来，然后立刻就消失了，这让赤杨心很沮丧。

我今天是怎么了？赤杨心想，先是涟尾一看到我就匆忙逃走

烈焰焚河

了，现在又是绒毛。他感觉有一处冰冷的空洞在他心中张开大口，她不想见我吗？

接着，赤杨心看到一只两脚兽打开了巢穴的门，绒毛飞快地从里面跑进花园里。他跳下墙头，跳跃着朝前方跑去，在一丛花朵旁碰上了绒毛。

"抱歉我花了这么长时间。"绒毛小声说着，朝前探出身子与赤杨心碰碰鼻子，"我得去让我的主人放我出去——真讨厌，它们什么都不懂！就连一只刚生下来的幼崽都比它们懂得多！"

"没关系。"赤杨心心里有些惊讶。还好我没跟着她来。我可不想被一只两脚兽规定什么时候能出去什么时候该回来。"你来了就好。你看！"他一边说着，一边用一只脚掌将那块皮毛推向她，"我把这个给你带来了。"

"我的玩具！"绒毛开心地睁大了眼睛，"赤杨心，真是太感谢你了！我们离开你们的营地时，我完全把它给忘了。"她咕噜一声，又说道，"在族群里时，我好像并没有像我以为的那么需要它。我猜这也显示了那里的生活有多么不同。"

赤杨心难过地点点头。是啊，我们的生活是如此的不同……

"能见到你真是太开心了，"绒毛柔声继续说道，"你愿不愿意让我带你去周围转转？"

逗留一会儿也没关系。赤杨心这样想着，试图说服自己。"好啊，"他回答道，"我很想。"

等绒毛领着赤杨心回到她自己的巢穴时，太阳已经开始西下了。"我想你得走了。"她惋惜地说道。

"是的，我必须回去了。"赤杨心回答道，"再见，绒毛。"

"再见。"绒毛快速地舔了舔赤杨心的耳朵周围。"你来了我很高兴。"她继续说道，"我一直很想你。但我不知道我们能不能做朋友。你选择了一种生活方式，而我选择了另一种。"

她琥珀色的双眼里充满了悲伤，但也透着理智。赤杨心知道她说得对。在内心深处，他已经打定了主意，这会是自己最后一次和她相见。

"我会永远永远感激雷族的，因为你们收留了我和茸球，"绒毛对他说道，"我想给你一些东西表达谢意。跟我来。"

绒毛带着赤杨心绕到了两脚兽巢穴背后。这里的花园有些不同：没有那么多的花，而是整齐地生长着一排排绿叶植物。

"这边。"绒毛指着一处长着矮小灌木的角落，对赤杨心说道。

赤杨心查看了一下那种植物的茎秆，又嗅了嗅宽阔带尖的叶片。"这是百里香吗？"他问道，"看起来有点儿像，但和森林里长的那种百里香不一样。"

"对，这是另一种百里香。"绒毛解释说，"是两脚兽种的，我觉得它的药效比你们的那种更强一些。它对治疗咳嗽、伤寒和消化不良都有效果。"她刨起土来，最后将一株小灌木连根拔起，"给你。我希望雷族能拥有它。"

烈焰焚河

"谢谢你。"赤杨心回答道。绒毛这么有心让他很感动。"我会把它种下,好好照顾的。"

绒毛靠到他的肩膀上,而他最后一次沉浸在她甜美的气息中。"再会了,绒毛。"他喃喃道,"我永远也不会忘记你。"

"再见,赤杨心。"绒毛深情地眨着眼,凝视着他看了一会儿,然后飞快地跑到两脚兽巢穴另一边去了。

赤杨心留在原地,盯着她离去的背影。他试图想象自己在这里生活的景象,吃着宠物猫食,在两脚兽的巢穴里睡觉,在门边等两脚兽放他进出。

不,我做不到。松鸦羽说得对。我是位巫医,而且是位好巫医。

但他也无法假装自己心中的疼痛不存在,他总会想起绒毛美丽的双眼和柔软的灰色毛发,不仅如此,还有她对每只猫的温柔和关怀。但我不能任由自己沉溺于这样的思绪中。

他捡起百里香植株,跃上花园墙头。前方的天空里,一弯淡淡的半月正缓缓升起。

一阵慌乱掠过他的心头。哦,糟了……我最好跑快点儿,不然就来不及到月亮池参加半月巫医集会了!

赤杨心抵达月亮池时,夜幕降临,半月高挂在苍穹之上。他没回雷族营地,直接从两脚兽领地往那儿赶。当他爬上最后一道石头斜坡时,不安得连脊梁都在刺痛。

松鸦羽可有话要和我好生聊聊了！

从岩石上落入月亮池的水流好似流动的星光，水面反射出月亮的银辉。这样的美景让赤杨心心里平静了一些，他确信这就是他的归属之地，比别的一切都更重要。

赤杨心挤过灌木丛，沿着盘旋的小路下到月亮池时，看到其他巫医已经在水边等着他了。看到蛾翅和柳光也在，快慰让他的皮毛都温暖了起来。自打暗尾袭击了河族后，这还是她们第一次和巫医们一起集会。

"你们好，蛾翅，柳光。"他下到小路底端说道，"你们能回来真是太好了。"

两位河族巫医低首回礼。

"别忙着打招呼了，"松鸦羽喝问道，"你上哪儿去了？让我们都在这里浪费月光。"

"是的，我们都很担心你。"叶池也说道。

"对不起。"赤杨心解释说，"我到两脚兽领地去看绒毛和茸球过得怎么样了。"

松鸦羽用他那看不见的蓝眼睛狠狠地瞪了他一眼。

"他们过得很好。"赤杨心继续说着，直直地迎上松鸦羽的眼神，"我不用再去了。对了，看看这个。"他放下绒毛给他的百里香。

松鸦羽嗅了嗅："是百里香。"

"对，但这是另外一种百里香。"赤杨心说道，"绒毛说是她的两脚兽种的，药效比森林里长的那种更强。这些不够分给每个族

烈焰焚河

群。"他对其他猫补充道,"但我会把它种下,如果你们需要的话,等它长大了,我们就可以和各位分享了。"

松鸦羽咕哝着,显然并不愿意承认自己内心的喜悦:"我觉得我们可以试试。"

"还有另一件事。"赤杨心坦承道。他感觉很不好,因为那只影族公猫显然并不想被打扰,但他觉得这个秘密自己无法保守。"我看到涟尾了,他现在是住在两脚兽巢穴的宠物猫。我喊了他,但他冲进自己的两脚兽巢穴,不愿意出来。"

另外几位巫医彼此交换着震惊的目光。

"至少,能知道他过得不错也挺好的。"最终洼光说道,"我会告诉虎星和褐皮的,让他们来决定是否想派去几只猫和他谈谈。"

提到虎星,赤杨心又想起昨晚发生的事情。虎星被复活,回到自己族群之中的事实仍然让他惊叹不已。他敢说别的巫医也有同样的感受。

"当时到底发生了什么?"隼飞问道,他的眼里闪着好奇。

"星族现身了。"洼光回答道,"它们把虎星带了回来,赐予他九条性命。"

这和什么也没说有什么区别。赤杨心想,但话说回来,把九命仪式上发生的事情告诉别的猫本来就是禁止的。

斑愿恼怒地哼了一声。"星族倒是随随便便就给了影族重建的机会,"她说道,"但你们最好别想把割让给天族的领地要回来,

是的,我必须回去了。

我想你得走了。

再见,绒毛。

再见。你来了我很高兴。

我一直很想你。但我不知道我们能不能做朋友。你选择了一种生活方式,而我选择了另一种。

我会永远永远感激雷族的,因为你们收留了我和荁球。

我想给你一些东西来表达谢意。跟我来。

这边。

绒毛指着一处长着矮小灌木的角落，对赤杨心说道。

绒毛带着赤杨心绕到了两脚兽巢穴背后。这里的花园有些不同：没有那么多的花，而是整齐地生长着一排排绿叶植物。

这是百里香吗？看起来有点儿像，但和森林里长的那种百里香不一样。

对，这是另一种百里香。

是两脚兽种的，我觉得它的药效比你们的那种更强一些。它对治疗咳嗽、伤寒和消化不良都有效果。

赤杨心查看了一下那种植物的茎秆，又嗅了嗅宽阔带尖的叶片。

我们会巡逻边界的，你们可记清楚了！"

天族巫医严厉的语气让洼光有些吃惊。但赤杨心能理解斑愿的不满。她显然和叶星观点一致，认为那些加入了天族又离开的猫是在利用天族的慷慨。

"当然了。"过了一会儿，洼光说道，"我敢肯定所有的影族猫都会珍惜与天族的友谊的。"

"现在我们能不能行行好开始了？"松鸦羽烦躁地抽动着尾尖，"我们今晚到底还和不和星族交流了？"

听了他的话，所有巫医都在水边找好位置，探出身体用鼻尖触碰月亮池表面。赤杨心感受到了那冰冷黑暗的熟悉浪潮，等他睁开眼，发现自己正坐在点点日影光斑下。植物生长的清新气息充斥着他的鼻腔；他能听见鸟在树枝上啼啭，稍远的地方还有溪流的汩汩声。

赤杨心站起身来，环顾四周。起初他谁也没看见，心里想星族把他带到这里是什么意思。接着，他看到附近的一排蕨丛中蕨叶摇曳，一只灰色母猫踏进空地里。她的眼睛是纯净而澄澈的蓝色，星光在她的皮毛和脚掌间闪耀。

赤杨心不记得自己以前见过她，虽然她看上去很面熟。她朝这边走来，赤杨心对她低下头，表示最深的敬意。

"你好啊，赤杨心。"母猫说，"我是炭毛。"

赤杨心顿时恍然大悟。她看起来和炭心很像。怪不得看她眼熟！他也想起了叶池在他刚成为巫医学徒时讲给他的那个故事：炭

烈焰焚河

毛为了保护族群而死，星族将她的灵魂送回来留了一段时间，让她在炭心的身体里经历了第二次生命。这只猫可是的的确确地特别！

"我曾是火星的学徒，"炭毛说道，"但我在雷鬼路上受了伤，永远也不能过武士的生活了。于是我成为了雷族的巫医。"她用尾巴拂过赤杨心的身体，友善地咕噜着。她的触碰让赤杨心有些颤抖。

"我爱火星。"炭毛继续说道，记忆在她的蓝眼睛深处飞旋，"但我选择了自己的职责，而不去期望他回报我的爱，这个选择是正确的。雷族需要你，赤杨心，就像当初需要我一样。要想让未来不为阴云所笼罩，巫医就必须将自己对族群的责任放到高于一切的位置上。"

"我知道。"赤杨心低声说，"但这很难做到。"

"的确。可回报是丰厚的。"炭毛向他保证，"现在，"她往下说时，语气轻快了起来，"既然五大族群已经再次团结起来，新的挑战也就出现了。天空的阴霾终于被驱散，但族群必须联合起来，才能使森林生长。"

她声音里的最后几个词开始变淡，日光刺得赤杨心睁不开眼睛。他最后看到的是炭毛温柔而赞许的目光。接着，他就在月亮池旁醒来了，看着自己的巫医同行们从各自的幻象中醒了过来。

当他站起来准备踏上回家的路时，快乐让他从耳朵到尾巴尖都温暖起来，但他无法完全放松下来。我想知道炭毛是什么意思，他问自己，既然五个族群必须学着共存了，我们又会面对怎样的挑战呢？

精彩内容抢先看

下集预告

　　重建的影族频频跨越与天族的边界，妄图夺回赠予天族的领地，这引发了天族猫的极度不满。雷族武士桤枝在一次外出狩猎时，意外救回了影族巫医洼光。为了治愈奄奄一息的洼光，赤杨心冒险喂他死神浆果。影族副族长杜松掌为了表现自己对族群的忠诚，赶走天族，偷走了赤杨心埋藏的死亡浆果种子，并在天族的猎物堆下毒。天族武士雀毛因此险些丧命，这使得天族与影族之间的矛盾进一步加剧。

　　天族孤立无援，族长叶星心灰意冷，不顾星族的警告，带领天族离开湖畔，准备重回河谷。赤杨心在得知天族被迫离开的真相后，请求黑莓星采取行动，劝归天族，而桤枝与阿树相遇后，再次意识到天族留在湖畔的重要性，于是主动请缨，与阿树带领各族武士踏上了寻找天族之旅。

　　星族的警告正在成真，连日的暴雨淹没了河族营地，天族在回归河谷的路上，也被洪水困住。危急时刻，桤枝和阿树带领的巡逻队及时赶到，解救了天族，并说服叶星重返湖畔，在返回途中救下了故意落水的影族幼崽小影。天族又一次回到了湖畔，暴雨骤停，天空放晴，各族群主动放弃自己的部分领地，为天族提供了新的家园，五大族群终于再次聚齐……

猫武士 绒毛

猫武士 鸽翅

猫武士 褐皮

猫武士 虎星

猫武士 滑须

猫武士 茸球